沈阳文化丛书

初国卿 主编

瀋水文韵

韩 扑 著

沈阳出版发行集团
沈阳出版社

图书在版编目（CIP）数据

沈水文韵 / 韩扑著. -- 沈阳 : 沈阳出版社，2024.4
（沈阳文化丛书 / 初国卿主编）
ISBN 978-7-5716-3656-2

Ⅰ. ①沈… Ⅱ. ①韩… Ⅲ. ①散文集 - 中国 - 当代 Ⅳ. ① I267

中国国家版本馆 CIP 数据核字（2023）第 197626 号

出版发行：沈阳出版发行集团|沈阳出版社
（地址：沈阳市沈河区南翰林路10号 邮编：110011）
网　　址：http：//www.sycbs.com
印　　刷：辽宁泰阳广告彩色印刷有限公司
幅面尺寸：170mm × 240mm
印　　张：18.25
字　　数：240千字
出版时间：2024年4月第1版
印刷时间：2024年4月第1次印刷
选题策划：张　闯
出版统筹：张　闯　赵长伟
责任编辑：鲁莎莎　籍　莉
封面设计：杨　雪
版式设计：润泽文化
封底篆刻：孙熙春
责任校对：邵彤彤
责任监印：杨　旭
法律顾问：张宝兰

书　　号：ISBN 978-7-5716-3656-2
定　　价：158.00元

联系电话：024-24112447
E - mail：sy24112447@163.com

“沈阳文化丛书”编委会

编委会办公室

濮陽文化叢書

总序

文化是一个国家、一个民族的灵魂。党的十八大以来，习近平总书记深刻把握新时代历史方位，以坚定的文化自觉、宏阔的历史视野、深远的战略考量，创造性提出了一系列新思想新观点新论断，形成了习近平文化思想。中共沈阳市委深入学习贯彻习近平文化思想，扎实推进文化强市建设，加快打造区域文化创意中心，沈阳市展现出独有的文化风貌和文化魅力。

沈阳是闻名遐迩的历史文化名城，拥有11万年的人类活动史，7200多年的人类生活史，2300余年的建城史，勤劳、勇敢、智慧的沈阳人民创造了璀璨夺目的历史文化，斯文在兹，底蕴深厚。沈阳是一座英雄城市，在中国共产党领导下，沈阳英雄儿女为了国家独立、民族解放、人民幸福不屈不挠、奋起抗争，谱写了可歌可泣的壮丽诗篇。新中国成立后，沈阳人民担当奉献、开拓创新，积极投身社会主义革命、建设和改革的宏伟事业，创造了共和国历史上数百个“第一”。沈阳作为辽宁“抗日战争起始地、解放战争转折地、新中国国歌素材地、抗美援朝出征地、共和国工业奠基地、雷锋精神发祥地”重要承载地而名载史册。新时代以来，在以习近平同志为核心的党中央坚强领导下，沈阳聚焦建设国家中心城市、在辽宁打造新时代“六地”中当好排头兵，顽强拼搏、砥砺前行，全面振兴其时已至、其势已成、其兴可待。

2022年9月，中共沈阳市委决定编纂“沈阳文化丛书”（以下简称“丛书”），旨在探求历史源流，提炼文化精髓，彰显城市魅力，赓续城市文脉。沈阳市政协荣膺此任，市政协党组高度重视，组织编委会成员深入学习习近平文化思想，弘扬社会主义核心价值观，严把意识形态关，认真研究丛书内容、结构、体例等。参编人员辛勤工作，钩沉史料，斟酌推敲，精心打磨，倾力为读者提供内容翔实、鲜活生动的高质量文化丛书。

丛书共10卷，采取文化散文体例，撷取精粹，探幽穷赜，全方位、多角度描绘沈阳历史与现实、艺术与人文、民俗与风貌，深入挖掘丰富内涵和时代价值，彰显了沈阳海纳百川、开拓进取的城市品格。其中，《名城沧桑》萃取沈阳先人筚路蓝缕、上下求索的文化记忆，记录城市变迁，张扬人文风骨；《峥嵘岁月》以凝重的笔触书写烽火硝烟的年代和英勇抗争的传奇，为英雄立传，为信念放歌；《名家风流》记述沈阳历史上重要人物、重要事件，尽展名士风范，彰显爱国情怀；《铁流百年》实录沈阳百年工业文明的铿锵步履，赞美沈阳人民主人翁的秉性、勇立潮头的天性、精工细作的品性，弘扬劳模精神、工匠精神；《山水形胜》描绘沈阳山川多娇、钟灵毓秀，触摸山水灵性，品味城市意蕴；《沈水文韵》赏鉴地域文学史、艺术史之精品力作，汲取文本精华，滋养城市文心；《建筑风华》让历史吟咏凝固的音乐，展现多元气象，熔铸城市性情；《市列珠玑》敷陈沈阳都市商业史、市井民俗史，呈现生活场景，尽显城市繁华；《巷陌至味》氤氲人情味、烟火气，记述围炉煮酒的饮食文化，盛邀四季客来；《物华天宝》讲述名物藏珍和民族瑰宝的前世今生，展现雍容气度，见证文化辉煌。相信这部丛书能够更好地以文化人，以文育人，传承文化基因，坚定文化自信，给奔跑的沈阳以智慧和力量，奋力谱写中国式现代化沈阳新篇章。

丛书编纂得到了省委宣传部、省委党史研究室、市委宣传部和沈阳出版社等省市部门、单位的热情帮助和鼎力支持，丛书编委会表示衷心的感谢和诚挚的敬意！丛书的出版是沈阳文化建设的一件大事。我们要认真学习贯彻落实习近平文化思想，坚定文化自信，坚持守正创新，在新的历史起点上更好担负起新的文化使命，推进文化繁荣，建设文化强市，续写无愧于先贤、无愧于时代、无愧于后世的文化新篇。

文章千古事，得失寸心知。尽管编委会做出了很大努力，但由于时间和水平所限，丛书不免有缺点和不足，敬请指正。

沈阳市政协主席 

2024年4月

引言

一座城市，得有新文章可做

看沈阳的城市文化，文旅体产业是面子，文学艺术是里子、内核部分。

要想做大做强文旅产业，没有坚实的内容链条适配上下游产业链，也是空中楼阁，很难落地，更谈不上长远。这本书主题关注的是沈城的文学艺术，但是笔者始终瞄着的是与文学艺术相关联的文旅产业全链条，比如写到“秦开却胡”的故事，我就想：如果有一部舞台剧是有关秦开和秦舞阳的，会怎么样？写到《聊斋志异》和《夜谭随录》，写到函可与苗君稷，我就想：若有一部动画是从“黑兽”和“褦襶”故事改编得会怎样？

笔者深信：一座城市要表里兼得，得有新文章可做，有新故事可讲。

而一篇文章、一个故事要广为流传，得有扎实的背景文案。当然，若能都是一手的素材就更好了，尤其在这个新时代。

“绝好红桥人闹坏，傍花村里觅诗题”“一缸雪酒三升水，惯赚闲人看柳条。”清代人孔尚任这两句竹枝词，写尽了游人与商家的互动心境。

其实无论是红桥柳条、野花野草，还是人面桃花、种瓜小孩，哪里没有呢？多数人都好扎堆，那如织游人，图的就是这种轻松热闹的气场。而景区所在的商家，往酒里对点儿纯净水，往爆米花里撒点咸盐面儿，只要不被吃出来，不把人吃犯病，游人一般不会计较的。

游人其实很容易满足，关键是得有场景让他们代入，有典故和讲究让他们觉得不虚此行，让他们的社交活动变得有意义有情致。

先有人迹，后有文章。沈阳如何做好城市文化这篇大文章？我们之前有哪些地方做得还不够？恐怕人、文、景、物结合的环节就有很大的提升空间。

我们看看古人、看看别处是如何做的。

柳宗元被贬到永州，滕子京被贬到岳州，欧阳修被外放滁州，这都是很平淡甚至荒蛮的地方，没啥文章可做。但是这难不倒他们，柳宗元写了《永州八记》，这几个地方后来都成了景点，语文书里的“小石潭”一带，如今成了花钱才能玩好的旅游区。

滕子京集资摊派翻建岳阳楼，建完了有点心虚，拉老领导范仲淹来背书，范仲淹说我没到现场啊，不讲话了吧！于是滕子京就把《洞庭秋色图》快递过去了：看图作文！所幸范仲淹完成得不错，从那以后，岳阳楼就成了景点。

欧阳修运作得更巧妙，滁州四边本没有山，可文豪偏偏写“环滁皆山也”，你能怎么地？接下来欧阳太守又派人造两座亭子，丰乐亭、醉翁亭，前者歌颂朝廷功绩，后者炒作高士情怀，然后组织市民去游玩，结果文章一流传，这两座亭子就“成精”了。据《滁州志》记载：“欧阳公记成，远近争传，疲于摹打。山僧云：寺库有毡，打碑用尽，至取僧室卧毡给用。凡商贾来，亦多求其本，所遇关征，以赠监官，可以免税。”人气有了，滁州的 GDP 当然也跟着上去了，你说文章带来的软实力多可观！

苏轼也是走到哪儿写到哪儿，黄州有个赤鼻矶，苏轼拿它当引子，借传说发挥说这里就是“三国周郎赤壁”，写了三国人物，又写吹箫怪客，最后实在没啥写的，凭空拈来一鹤，说做梦梦见个道人，醒来抬眼看，孤鹤正掠舟飞去。《大江东去》《前赤壁赋》《后赤壁赋》一流传，大家都来了，虽然明知是假古迹，也没梦见吕洞宾（顶多撞上大闹华光庙的假神仙），但感觉还是有的。

还有更厉害的，没啥事也能给你整出点事来。

张继在封桥（原地名）晚上失眠，因附近寒山寺半夜敲钟扰民，干脆掌灯起身写了《枫桥夜泊》。那寒山寺是因寒山和尚曾任该处住持而得名，寒山子乃大唐第一诗僧，诗格远在张继之上，但寒山寺出名，却是凭了“夜半钟声到客船”，而不是寒山子的“朝朝不见日，岁岁不知春”。到现在游人大半夜到因诗得名的枫桥镇，躺在小船里冒充失眠者，听夜半钟声还要排队。

杜牧也是误打误撞，清明出行，路上喝光了酒，问牧童酒家在哪里。牧童遥指杏花村。杏花村在哪里？杜牧进村之后怎么没有再留下诗句？许是在村里被宰客了也说不定。但是偷着不如偷不着，指准了不如指得不准，如今山西、湖北、安徽、江苏、江西……连黑龙江都有杏花村，气候允许的地方都大面积栽杏，柳暗花明又一村，好看不？好看，那就来呀。

温庭筠宦游，路过商山挂单，住村野小店，也没啥人特殊招待他，于是早早出行，心情很不好，随手写了“鸡声茅店月，人迹板桥霜”。现在一上秋，去商山旅游区踩霜的老鼻子人了，茅店里的鸡都不够使了。

林升是两宋间人，见南渡权贵在临安苟且作乐，不思光复中原，在诗里质问："山外青山楼外楼，西湖歌舞几时休？"完了，楼外楼，名字起得多妙，现在上楼外楼吃西湖醋鱼成了到杭州旅游的打卡地，那楼上楼下夜夜歌舞，一年三百六十五天，天天也不休。

戴梓、陈梦雷谪居沈阳时，行吟沈水之畔，殷殷客愁与古渡旅人往来场景相激荡，遂成《浑河晚渡》诗篇，落日晚钟，深林鸥影，此后沈城历代"八景""十景"均有"浑河晚渡"之景，正是因为数百年前，那水边天人合一的诗性留存，实在打动人心，实现了时空上的破壁效果，其激起的涟漪一直到今天仍未消散。

但是话说回来，骚人墨客是珍稀品种，习性都很独特，你指不定他什么时候来，什么时候走，什么时候情绪上来了就给你的城市写一篇好文章，有时在这里住很多年，却连个喷嚏声都没留下，大概就是因为没有灵光给他展纸做篇新文章的情境吧。

1923 年，南京市市长齐燮元没有邀请朱自清和俞平伯去游秦淮河，但朱自清和俞平伯二位游完了回去，朱在温州，俞在北京，却各写了一篇《桨声灯影里的秦淮河》。朱自清的《温州》《荷塘月色》《绿》都成就了后人"钱景"，他自己得到什么？只是一点点稿费。考据家告诉我们，滕王阁、黄鹤楼组织过笔会，崔颢的诗、王勃的序属于笔会产品，虽然总体看来妙手偶得的情况还是偏多。刻意整假古迹、假景区，靠行政手段强行"整合"旅游资源而不做内容核心，长不了。

如何长远呢？我们需要这样的链条：

第一环，经过解密、梳理的档案，有坚实的底部素材。

第二环，有情致的、能够广泛适配的高级文本，比如散文、推文、视频文案。

第三环，由此创作的诗歌、小说、歌曲、绘画。

第四环，由此改编、生产的影视剧、剧本秀、密室、桌游等。

第五环，周边文创产品、文创街区、综艺节目。

要发展文旅产业，少不了流量、资金的引入，以助力文化资源的保护、挖掘、开发、活化、利用以及文旅产业的生态建设。上面链条中的五大环节，缺一不可，这是城市文化的体量需求。由此观之，第一环的素材类出版物，沈阳不缺；而我们的这套书，笔者承担的这本书，才仅仅是第二环而已，而若没有这一环，凭着一些爱好者和外埠作者写的沈阳主题小说、剧本都是平面的、苍白的，那些小说其实是故事，那些剧本其实是套路。

所以，本书有两个最基本的界定。

第一，本书的读者群是新沈阳人、来沈游客、全国尤其是沈阳现代化都市圈的文化内容的阅读者、沈阳的数字化市民，我们叫“沈阳文化丛书”（以下简称“丛书”），主要就是给关注、热爱沈阳文化的人来看的，读者界定清晰后，针对这些人群的阅读习惯，笔者努力将本书的整体风格、调性加以校准：散点式选题、散文式文体，单篇里有烟火气，有现在主流阅读人群和文旅消费人群喜欢读的故事，寻求共情效果，最好每一篇都有具体的线下场景可以匹配。

第二，对本书的“沈阳文化”有清晰的内核设定，即当代都市文化，对标其他国家中心城市的文化丛书，效果彰显者均为突出当代都市文化，尤其在新时代大背景下，我们的叙事出发点应是新时代的、当下的、与文旅产业相衔接的，如上海的“老味道新味道”书系、“行走城市”书系均是按这种思路设计推出。

此外，再补充一点，这本书可作为成系统的“高级文本”，供不能（或从不）原创内容的各种自媒体取用、引用，所谓高级文本，即有我们需要的内容植入其中的、经过“脱敏”处理的、讲沈阳故事的、可以与全媒体读者用户阅读需求相适配的文案。

本书展现的是自古代至现代的沈阳文学艺术亮点。全书正文部分五十六篇。书中文章基本依据时代先后为序，植入与丛书宗旨相统一的历史观念（纵轴），观照与丛书调性相一致的文化价值（横轴），每篇文章均以文化散文呈现，从作品文本内部和场景处落笔，取材为沈阳文学史与代表性作品、艺术史与代表性成就，兼及文学艺术相关的人物与事件等。

沈阳文脉深远绵长，迤逦而行到今天，今后会更加繁华而多元，新的文化现象乃至文艺品类应时而生，应运而生，沉浸式演出、剧本秀互动等崭新的事物正洋洋而至，何其幸运，我们宛如手攥太空旅行机票，临行时分，飞速地用感应笔在无边屏幕上写下真挚的留言。

目录

听舞阳说

沈城最早的历史故事，是从《史记》里生出的。

司马迁当然没有来过辽东。

在文学的视域中，在华夏大历史的描述中，那时的辽土一切如鸿蒙初开、

| 秦开像 |

氤氲将散去时那般宁静。

太阳升起之时，光线在平野大地上勾勒出前所未有的影像，这是崭新文明的开始。

但彼时这片土地并不宁静，正在上演着一部个人的史诗，其主角秦开就是那位开创新局的人物。

沈水之阳，波光映在秦开塑像的战甲和车轮上，闪烁而又灵动，这是至今犹存的天人一心的默契。古代的歌吟者沿河而行，搜集和吟唱着充满悲欢离合的人间传说，此刻，仿佛仍可听见那回响。我们最早的历史叙述便生成于这波光与吟唱之中，所以那其中，一定有恩怨，有复杂壮丽的情感，如同河流回转处皆为风景。

但是我相信，司马迁笔下“秦开却胡”的故事定有扎实的来处。近年考古挖掘的古城，印证了故事里的关键点。荆轲与秦舞阳在易水上作别燕丹，暗藏利刃的车马缓缓西行，他们路上会谈什么事？除去此次劫持、刺杀秦王的细节，便是他们之前的故事：荆轲所讲述的，应该是比我们在《史记·刺客列传》里看到的论剑场景有更多的内情；而秦舞阳的故事里，除了他十三岁时的杀人往事，就该是他的祖父秦开在辽东时开疆却胡、设置郡县的家族传说。

刺秦王之事败后，荆轲、舞阳等均丧于秦，秦王攻打燕国，这个古国江山尽墨，最后的抗争据点，正是多年前秦开攻略的辽东之地。

古代大人物离去的场面都是不寂寞的，就像屈原和项羽临终之时，身边自有人在。太子丹最后走向势穷身死的时日中，衍水之畔，也许擅记言行的臣属已经亡散不整，但行吟采诗的歌者一定在他的身边，与他分享秦开和刺秦的故事。

秦开祖上是鲁国宗室贵族，在燕国应为客卿出身。鲁国秦姓家族是比源自秦国后裔的秦姓更古老的家族。史载，周武王时，其弟周公旦被封鲁（今山东曲阜），称鲁公。但鲁公后因辅佐周王留在周都，其子伯禽（小周公）接封鲁国，其裔孙中有一支食邑于秦地。其后人以此为姓，所以河南、山东、山西的秦姓人多出于这支古老秦氏。

据《史记·匈奴列传》记载，秦开早年在东胡部落做人质，东胡人很信任他，他也因此对辽东地区的地形人情非常熟悉。当时，燕国陷入内乱。后来燕昭王姬职结束内乱即位后，励精图治，选贤任能，回归燕国的秦开因为熟悉边事脱颖而出，当时燕国最大的对手是齐国，但是燕昭王是战略高手，其发展思路和后来的秦一样，秦在与天下诸侯争霸之前，先降伏西戎，南下吞并了蜀国，形成坚实的战略后方，在此过程中充实了兵源，锻炼了队伍。

燕昭王命秦开率军对东胡展开攻击，“袭破走东胡，东胡却千馀里”，秦开采用东胡人的运动战法，突袭并击败东胡后，并没有赶尽杀绝，而是迫其退走。东胡人将辽东千余里的土地让出后，秦开继续对当时国政混乱的箕子朝鲜用兵，取地两千馀里，燕国在辽东的统治全面展开，最远到达今天朝鲜半岛的北部地区。在这些土地上，燕国置上谷、渔阳、右北平、辽西、辽东五郡，修筑了燕长城。

司马迁对秦开的评价是：贤将。

这是一个非常高的评价，苏洵《心术》论将才说：“故古之贤将，能以兵尝敌，而又以敌自尝，故去就可以决。”中心意思是，贤将是可以掌控战局、拿捏敌我的统帅，在史书中，只有秦的王翦、唐的李靖、宋的岳飞和明的徐达这样的将帅才能冠以贤将之称。

设置郡县，筑城开道，这是华夏文明在辽东地区系统性地落地生根的开端。

20 世纪 90 年代初，沈阳古城内准备建设商场。在拆除成片的青砖瓦房后打地基时，考古人员同步进行考古发掘，在距地表 7 米多深处，发现了一段东西走向的城墙。城墙的西端，向南折入沈阳故宫院内。与此同时，还出土了战国和西汉时期的陶器、货币、建筑材料等文物。考古专家认定，这段城墙，是沈阳古城北城墙西侧的一段。

据考，这就是候城的城址，即沈阳最早的城址所在。

据《汉书·地理志》记载，秦汉时期辽东郡的 18 个县中，候城县始建于战国燕昭王时期，是中部都尉的治所。此处南边一百六十里为当时的郡治辽阳，北部即是燕长城，是辽东郡的战略要地。遥想战国之时，秦开在辽东经略多年，候城的选址与建设一定出于秦开的整体擘画。所谓候城之“候”，是出于军事概念，即此城最初的定位，所以，一定不是某些人错读的“侯城”。“候”字读（hòu），“侯”字读（hóu）。除了读音上的区别，“候”字本义“守望、侦察”，又引申出“观测、等候、问候、预测、服侍、诊断”，后来又被借用为计时单位（五天为一候），因此又有“时候、物候”的字义。它还与“堠”的古字通用，指边境上用于瞭望、侦察敌情的设施、哨所、要塞。所以候火即烽火，候台即烽火台，候馆指的是瞭望敌情用的小楼。现在的沈阳是大都市，但在古时，这里到处是森林、草场，候城在郡治的东北方向边境上，深深揳入东胡人的领地。

|1993 年沈阳故宫北墙外候城古城墙遗址挖掘现场|

既然地处前沿阵地，这座新城的人口必然是以军人、官吏、商人为主，秦灭燕、汉代秦，但辽东郡候城的要塞性质没有变化。候城的军事意义非常重要。辽东郡郡治在襄平（今辽阳），东部都尉驻武次县（今凤城），西部都尉驻无虑县（今北镇），中部都尉驻候城县（今沈阳）。三都尉互为掎角，是秦汉时期长城东端的防御重心。从战国到汉末，历朝历代都死守此城，作为辽东腹地的屏障。候城前后存在五百多年，至东晋末年毁于战火。辽太祖耶律阿保机的时候，契丹人进入辽东，在候城旧地重修方形土城，命名为“沈州”，那就是后话了。

这五百多年的城市史告诉我们，候城一直作为临近古长城的边塞存在，而以“要塞”本义取名，与辽东郡其他各县的命名原则也不同，比如“襄平”古意即有“实现平安”之意，“险渎”的名字则取自当地的地势特点。有意思的是，沈城在早期曾作为卫所，尤其在明朝时这里还叫“沈阳中卫”呢。清太祖努尔哈赤定都于此，才开启了城市的新篇章。

所以，如果要我来写一部关于秦开、候城的小说，那主题一定是阳刚与热血、恩怨与智慧，文明的碰撞与交融。秦舞阳沙哑的讲述，《史记·刺客列传》的余音，歌者的身影远远近近，在悠长岁月之中，边城烽火，沈水西流，月照金戈铁马，又仿佛是亘古不变的模样。

征战地，有人还

相比古代的城，如果现在的大沈阳是一片天幕，很多古代的城就像一点一点的星光，组成了璀璨闪烁的星座。比如候城是沈阳境内最早的城，但后来玄菟郡城的名气也并不输给前者。

玄菟郡，汉武帝元封四年（前 107）前后开辟。“玄菟”意为黑色的虎。当时设此郡的最直接背景为武帝朝大举向辽东地区外的东北腹地开疆拓土，并确保北面与匈奴战争的侧翼安全，而玄菟郡在当时新开辟的领土中属于最前线，所以，历史上这一段凡提到玄菟，皆与战事相关。

自西汉到东汉，东北地区战事不绝，玄菟郡的范围和位置也剧烈变化，其郡治所在地也多次变化。东汉安帝永初元年（107），候城、高显、望平三县划归玄菟。建光元年（121），郡治移至今沈阳上伯官屯汉城，这是浑河古道上的一座城池。考古发掘显示，城周长有 2500 米，设有四门。该城址近年出土了大量自东汉至魏晋时期的绳纹筒瓦、板瓦和青砖等。城址周围的东汉至魏晋时期的墓葬，也与城址内出土文物的时代相同。

这是经历了无数沧桑变乱的古城。从两汉到魏晋，候城、玄菟郡古城遭破坏、焚毁前，战事与战将在这里鱼贯登场，精彩纷呈。

范晔编撰的《后汉书》，讲述了东汉时期陈禅在候城任职的故事。史书中的陈禅以强烈的家国情怀和高尚的人格魅力著称。陈禅是巴郡安汉（今四川省南充市）人，因举善罚恶、廉能卓著，入朝成为专掌议论之事的谏议大夫，但也因始终不改孤直刚正之风，而得罪了当权者，于汉安帝延光元年（122）贬职外放为玄菟候城障尉，负责维护玄菟郡候城县的城防。

这在当时是个相当危险的职位。

建光元年（121），幽州刺史冯焕、玄菟太守姚光、辽东太守蔡讽出塞与异族大战，遭到偷袭，被端了后方，玄菟、辽东二郡的城郭多被焚毁，军民死伤两千多人。据《三国志·魏书》记载：敌军“密遣军攻玄菟，焚烧候城，入辽隧（今辽宁省海城市西），杀吏民”。敌人采用麻雀战的形式不断骚扰，恼羞成怒的蔡讽率军追击，结果大败，蔡讽与他的部下、属吏百余人阵亡。蔡讽是当时名士（即《三国演义》里荆州大将蔡瑁的父亲），他军败身亡带给朝廷的震动可想而知。次年，陈禅就被派到辽东任职。

当时，玄菟郡候城县为要冲之地，各方力量杂处，文化多样杂糅，且刚刚遭遇浩劫，对于治理者的廉能要求极高。陈禅来到治所后，修缮城池，整饬官吏，改善民生，广布德教。陈禅先后于候城和辽东郡任职约五年时间，推行文治于边郡，成为那个时代封疆图治的典范。他的文治武功为候城乃至辽东换来了此后数十年的和平与发展，直到桓帝、灵帝时，朝政紊乱，辽东又开始了战战和和。

东汉时期，朝廷曾连续对北方用兵，辽东是其北上的重要支点，故而在这里居住的人多为军户或其后裔。这些辽人常年跟北方各族打仗、做买卖，饱经变故，经验丰富，属于通才。到汉末，中原乱了，西陲叛了，辽人才能凸显，幽州的辽东、辽西、玄菟、右北平几个边郡成了出军事干部的地方，如《三国演义》里的徐荣、公孙度、韩当、程普几家，都因此脱颖而出。其中，徐荣、公孙度还是玄菟郡的老乡。

为平西北边章韩遂之乱，董卓到辽东征兵，徐荣带兵入伍，而公孙度当时还是郡吏。

董卓到辽东招兵买马时，与他不同路的孙坚则到辽西郡、右北平郡一带招人，在辽西招了韩当，在右北平得到程普。史载，当时辽人以善战尤其是会骑射著称，按照有些材料的说法，在那前后还掌握了使用马镫的技术，骑兵技战术产生了质的飞跃。

董卓、孙坚们随着张温征战西北，都力战有功。他们回来后，朝廷高兴，封官赏钱，分田分地。董卓资格老、人脉广，当了并州牧，养兵绰绰有余；孙坚则只当上了议郎，这点俸禄哪够养骑兵？骑兵是昂贵的兵种，曹操后来屯田，拿一大块收入供养他的虎豹骑。孙坚为了养兵，就投了袁术，给袁术当打手、抢地盘。

这边董卓进京，废立汉帝，当了国贼，关东的刺史、郡守们组成联军去讨伐他。关东诸侯联军方面，南线的主力是袁术，袁术军的先锋是孙坚，孙坚亲自当骑将，率领他的精锐骑兵冲锋陷阵，韩当是他帐下的别部司马（相当于独立团团长）。联军中线的先锋是曹操，老曹后来打仗莫测高深，还注了《孙子兵法》，但打董卓时他还是菜鸟，率领几千名雇佣兵和好友卫兹、鲍信入股的几千人，总人数将近一万，怀着攘除奸邪的雄心，呼呼啦啦地杀向洛阳。

杀到荥阳汴水，曹操们遭遇了徐荣的骑兵部队，大败，曹操中箭、伤马，族弟曹洪把马让给曹操，自己跟着跑，曹操这才捡回性命，但部队已经散了，兵哥们儿甩卖刀枪，回家种地去也。将领方面，曹操、鲍信受伤，鲍韬、卫兹则死于此战。曹操这下折尽老本，痛定思痛，才有了后来他对虎豹骑的着力经营。

徐荣骑兵打仗，并不硬拼，多为弓骑，一小队一小队地轮转攻击，远远地射你；曹军多是步兵，追不上去，要立营时又被骚扰，饭不得吃，跑时却被追斩，这样被“玩”一天，新雇佣来的步军，身心早已处于崩溃状态——这时徐荣再派百十来个重骑，组团直冲曹操帅旗，那就是毁灭性的打击了。西汉初匈奴打汉军，后来金军打辽、宋的步军，蒙军西征，都是靠这种套路在野战中取得“玩胜”。

那么，曹操仓皇撤退后，徐荣有没有乘胜追击？

没有，徐荣在追击一段之后就退了。

后来陈寿写《三国志》，无法理解徐荣完胜之后竟主动退兵的行为，也无法理解董卓没有追究他“不战而败”的原因，便写道：“荣见操所将兵少，力战尽日，谓酸枣未易攻也，亦引兵还。”

陈寿不懂徐荣骑兵部队的特点。弓骑为主的部队，哪有攻坚能力？这个兵种的任务，就是侦察、骚扰、断粮道、抄后路以及消耗敌人有生力量。徐荣赢了这一阵，就游动到南线，去攻打孙坚。

在这期间，董卓为了在政治上反击关东诸侯，重新任命一批人取代这些叛乱者的职位，连一些边远地方也指派亲信上任，布局造势。当时徐荣在董卓帐下因功已升为中郎将（相当于独立师师长），他推荐自己的发小公孙度，董卓于是任命公孙度当了辽东郡的太守，公孙度断土辽东，发迹就始于彼时。

徐荣的轻骑，自带辎重很少（董卓也不给），平日补给主要靠抢掠，以战养战，这支部队进入南线的豫州后，很快与孙坚遭遇。孙坚惨败，和他的核心骑兵冲出包围，徐荣军紧紧追赶，孙坚情急之下，把自己的红色毡质头巾交给亲随祖茂戴上，自己走小道跑了，祖茂当了一回“影武者”，被徐荣兵追得急了，把头巾挂在一个柱子上，自己下马藏在草丛中，也得免一死。徐荣没有抓住孙坚，但生擒了袁术委任的颍川太守李涛，把他下了油锅。

然后，孙坚收聚败兵，在阳人（地名）重新立营。徐荣的部队不负责攻坚，此战一胜，他又游动到北线去了。

董卓听说孙坚重来，便命东郡太守胡轸为帅，吕布为骑将，华雄为先锋，去消灭孙坚，胡轸吕布将帅不和，孙坚以复仇雪耻之姿出击，大破胡、吕，阵斩华雄。后来有人据此推断：徐荣打败曹操、孙坚，孙坚大破吕布、华雄，由此可见徐荣可被称为汉末三国时一流的名将。

这是没有参透兵种相克的原理。

同是“辽”字号骑兵，徐荣部主要是弓骑，孙坚部主要是冲阵重骑。孙坚几十骑就能突出重围，说明徐荣骑兵的单体正面作战能力并不强。后来徐荣死得很冤。董卓被吕布刺杀后，西凉军分裂，胡轸、徐荣投了朝廷，李傕、郭汜、樊稠、贾诩率众为董卓报仇，王允派胡轸、徐荣率兵抵挡，胡轸临阵反戈，徐荣被陷身亡。

那之后各方分分合合，孙氏坐稳了江东，并图北进伐魏，为了建设骑兵，孙权派使节乘船到辽东，结好割据于此的公孙氏。公孙度这时已死，土皇帝宝座轮到其孙公孙渊坐，孙权的使者用珍宝从公孙渊处换取了不少土特产，比如貂皮、名马。使者回吴复命，孙权一见辽东好马就兴奋了，很快又派高级使者，率大船队，运载一万精兵、大量粮食、金银财宝，到辽东买马。

| 公孙渊 |

见孙权太热情，公孙渊害怕了。这时北半球已进入后来导致五胡南下的小冰河时期，北方连年苦寒，地力锐减，生产凋敝，人口逃亡，汉末跑到辽东隐居的隐士，如管宁、邴原等隐不下去了，此前已拖家带口返回中原，辽东各郡人口总计不到两万户。

人口凋敝，公孙家的军事实力也大为削弱，骑兵只有三千五，加上若干步兵和从杂胡那里征发来的夫役。所以，吴国大船队抵达辽东后，公孙渊起了戒心，没有允许吴国船队靠岸建立永久据点甚至商栈，只允许吴使带几百名随员和一部分财宝上岸。公孙渊是个反复无常的小人，只贪图孙吴的钱物，好马自己都不够用，怎么可能卖给孙权？于是公孙渊翻脸斩了使节，把首级送到曹魏，东西自己留下了，那几百名随员被分押到各处，又派兵攻打吴国船队。吴国船队不知岸上虚实，只好返航。孙权闻讯“气涌如山”，但也无可奈何。后来，被关在玄菟郡的六十多名吴国小吏见该城中只有二百户人家，于是约起暴动。暴动失败，只跑出来四人，这四人一路向南逃了千里之远，到高句丽境内得到庇护，转海道回吴。

公孙渊多行不义，众叛亲离，后来连累整个辽东都被司马懿率大军屠灭了，辽河文化历史上的一个兴盛期也告一段落。鲜卑等族趁势崛起，辽东故郡回到了秦开却胡之前的纷乱与征战状态，一晃儿就是数百年。

但是，古人做事无巨细，寂寞豪华皆有意，从战国到秦汉这一段精彩的城市史，说明这城市是有能人的，这块土地是有灵魂的。

面对此情此景，朕想吟诗一首

翻开史书可见，中古时沈阳地区发生的最大、最久的一场战事就是隋唐东征。从隋炀帝杨广开始，到唐太宗李世民，到高宗李治、则天武后的时代，

| 千年前有“玄菟月色”，如今依旧照人间 |

一直在辽东地区用兵。

话说隋大业九年（613），隋炀帝杨广御驾亲征，小胜而返。身为著名“业余诗人”，杨广与宠臣王胄一唱一和，共写了两组四首《纪辽东》诗作为文学上的自我点赞。

炀帝诗云：“辽东海北翦长鲸，风云万里清。方当销锋散马牛，旋师宴镐京。”我们胜利了，天地清澈了，刀枪入库了，回宫宴乐了。

王胄诗云：“欲知振旅旋归乐，为听凯歌声。”班师路上，听奏凯歌，心情格外激动。

炀帝诗云：“策功行赏不淹留，全军藉智谋。讵似南宫复道上，先封雍齿侯。”朕要论功行赏，大家人人有份儿，就算是临场表现不好的也有份儿哦。

王胄诗云：“还笑魏家司马懿，迢迢用一年。”想当年用兵如神的司马懿，征辽东还用了一年，跟我们的速胜相比，呵呵。

以上是摘录的诗句，原诗四首加一块儿挺长挺长。不过呢，因为战事不力，隋朝内外矛盾集中爆发，杨广身死国灭；这位王胄，后来也因参与谋反而被诛杀。

这一下又是过了多年——

夜深了，有一个人背着手站在辽东城头上，看天地之间的月色，吟出了一首传诵至今的《辽城望月》。其中头尾两联为：“玄菟月初明，澄辉照辽碣。”“驻跸俯丸都，伫观妖氛灭。”

华夏雄浑的声音复临，时为唐贞观十九年（645），此人就是李世民。

当时，他率军东征，打下了盖牟山城（今沈南塔山山城），收复了玄菟故城、辽东城（今辽阳）。望着沉睡中的大地深处，李世民的心情既豪迈又复杂。

李唐代隋之后，国家刚刚安定下来，李世民又不得不对辽东用兵，没办法，咱这一块地方对中原王朝北方的安全局势太重要了！

唐贞观十九年（645），李世民御驾亲征辽东，这一次历经数次激战，收复了大片疆土，尤其是辽东城，后来在这里设置了安东都护府。但是，唐军伤亡也很惨重，太宗此间留诗三首：《辽城望月》《辽东山夜临秋》和《悼姜确》（《伤辽东阵亡》）。其中《辽城望月》最为有名。这首诗写北国大地壮美旷远，令李世民感慨万千。诗是标准的帝王体，先写山河，生发出此时此刻的胸中抱负。

另一首《悼姜确》中，他深情悼念之前阵亡的亲随将领姜确："凿门初奉卫,伏节始临戎。""防身不足智,徇命有馀忠。悲骖嘶向路,哀笳咽远空。""凄凉大树下，流悼满深衷。"姜确为鹰扬府左屯卫将军、行军总管，于攻打盖牟城时阵亡。常伴身边的智勇之士，就这样长眠于辽土，李世民深深为之伤感。但他未曾预料到，此行虽然获胜，却也未成全功。要再等 23 年后，唐高宗朝，唐军才终于收复全部辽土。

《辽城望月》是唐代较早的边塞诗，又有月又有边塞又有战争。此后随着唐朝人开疆拓土，边塞诗自成一派，而且唐朝诗人一见十五的月亮照在边关，诗思灵感就开挂，李白、杜甫、王昌龄、李益等都有名作，连张若虚在扬州写《春江花月夜》，里边还有一个月照碣石潇湘的全景镜头。

再说一位政治诗人沈佺期，他的那首《关山月》写得好："汉月生辽海，朣胧出半晖。合昏玄菟郡，中夜白登围。晕落关山迥，光含霜霰微。将军听晓角，战马欲南归。"此诗中辽海、玄菟郡都有。后来李白的同题诗里开头就是"明月出天山，苍茫云海间"，明显的有沈诗的影子。

沈佺期一生紧跟政治主流，在他少年时代，辽东战事即已宣告胜利，这首《关山月》的诗意，代表了当时人们对这场战争的看法：这是惨胜，但又是必须打的一战。

沈佺期的《古意呈补阙乔知之》（又名《独不见》）云："卢家少妇郁金堂，海燕双栖玳瑁梁。九月寒砧催木叶，十年征戍忆辽阳。白狼河北音书断，丹风城南秋夜长。谁谓含愁独不见，更教明月照流黄？”即使写闺怨，也多要与边塞的军情隔空互动一下。此诗瑰丽高古，流传极广，摇动古今人的虐心泪点，诗中辽阳指代边疆险远用兵之地，白狼河就是现在的大凌河。沈佺期《杂诗》云：“闻道黄龙戍，频年不解兵。可怜闺里月，长在汉家营。少妇今春意，良人昨夜情。谁能将旗鼓，一为取龙城？”至于黄龙戍要塞的具体位置，有朝阳和开原西北两说。

大概与沈佺期同时，金昌绪有一首《春怨》：“打起黄莺儿，莫教枝上啼。啼时惊妾梦，不得到辽西。”这首五绝神作写思夫少妇梦中正在辽西寻夫，却被窗前枝上的黄莺吵醒，因而迁怒于这多事的小鸟。《千家诗》也有这首，但题为《伊州歌》，署名盖嘉运。据考，盖嘉运是玄宗朝前期武将，他进奉朝廷的是曲子，金昌绪则是给《春怨》填词的。

皇帝与前贤给定了调子，唐朝诗人笔下，辽东、辽海、碣石、玄菟便都成了边塞诗的标签。

盛唐边塞诗人中，李颀的诗歌阳刚雄浑，视野开阔，其《古意》云：“男儿事长征，少小幽燕客。赌胜马蹄下，由来轻七尺。杀人莫敢前，须如猬毛磔。黄云陇底白云飞，未得报恩不得归。辽东小妇年十五，惯弹琵琶能歌舞。今为羌笛出塞声，使我三军泪如雨！”这首诗是唐代写辽东风情最得其味的。开笔大写意，勾勒出幽燕猛士的人生肖像，端的是杀气腾腾、满脸胡须，伤疤里都是故事。但镜头一转，黄云白雪之间，三军誓师之际，凭空飞来一位芳龄十五、能弹善舞的辽东小妇，军前一曲羌笛，打动了钢铁汉子心灵中柔软的地方，将士们顿时泪飞如雨……这辽东小妇是胡是汉？何以军前献曲？诗中全不提及，均以蒙太奇一样展现，古人将好句迭出比拟天上风雨纷飞、水下鱼龙百变，但都不比李颀此处引唐传奇笔法成篇的诗胆与手段。

每读此诗，便可惜这辽东小妇未再有下文，不知千年之后，会不会又有人给续出新传。

一路走来 一路歌

翻捡古诗，按照“辽”字头或“沈”字头的关键词检索，可以发现一个挺有趣的现象：两汉、魏、晋、唐、明几朝的诗词里，有关我辽的一般都是边塞题材，而辽、金、元、清几代的诗词里，咱辽沈大地却是一派家园景象。因为两汉、魏、晋、唐、明几代，辽沈地区都是中原王朝的北方边地，而且是那种一直不咋太平的边地，经历了长期战争。而在辽、金、元、清几代，东北则都在其国家统治范围内，是家园乐土。这里四季分明、物产丰富，很少有极端天气和频繁的自然灾害，如果国家政治和边境相对稳定，这里可就是塞北的好江南了。

尤其辽金元时，地缘政治换位重组，辽沈地区成为这几朝的统治腹心地区，人口大量集聚，土地得到开垦，新的城市不断涌现。虽然政权更迭期间若干城市遭到损毁，但仍在大部分时候成为此间各族百姓的乐土。耕牧旋舞，渔歌梵音，神鸦社鼓，烟火相闻。

史载，正是辽太祖耶律阿保机拢合各方民众，于神册六年（921）在古候城原址上新建了沈州城。太祖之后，辽太宗耶律德光又将沈州城重新规划，在土城内开辟成十字交叉大道，并通达四方城门，同时在城内外兴修了大批

位于新民市的辽滨塔

密檐式佛塔和寺庙。辽代崇佛，塔寺林立。天赞三年（924），建新民公主屯辽滨塔；重熙十三年（1044），建沈阳塔湾无垢净光舍利塔；重熙十四年（1045），建苏家屯塔山无垢净光塔；咸雍九年（1073），建新城子石佛寺七星山舍利塔；乾统七年（1107），建沈州城北门释迦佛生天舍利塔及崇寿寺。

据塔湾无垢净光舍利塔石函记载，该塔位于"沈州城西北丰稔村东"；据崇寿寺塔石函记载，该塔位于"州北三歧道侧寺前"。

沈阳北门城外的崇寿寺与释迦佛生天舍利塔（白塔），到清末时还存在。缪润绂的《沈阳百咏》写道："地载城边塔一枝，难从古寺问残碑。闲来每听居人说，建在城门未有时。"如今白塔小学即以之为名。

“沈州”之名因而常见于《辽史》《金史》《元史》。金元易代，沈州城垣毁于兵燹。如今沈阳周边还有辽金时的遗址，如棋盘山石台子山城、新民辽滨塔城遗址、于洪区高花城址与彰驿城址、苏家屯辽金土城等。

元统一后，很多顺服的骑射民族和离散民众安置在辽东地区。至元三年（1266）重建了沈州城，并于大德元年（1297）擢升为“沈阳路”。这是“沈阳”第一次以地名出现在史书中。从现存史料看，记载“沈阳”一名最早的文献是《元史·成宗本纪》。当时是将“沈州”取其“沈”字、“辽阳”取其“阳”字合而得来。明朝时并未使用辽金时期的“沈州”旧名，而采用了元代晚期“沈阳路”的用法，就是“沈阳中卫”。

从辽金元时的“沈州”“沈阳”城，到明代改建为卫城，说明不同时期沈城的城市功能、定位绝不相同。

那么，走进中古时期的辽海人物的生活是什么样子的呢？高适《营州歌》写边地男儿风情：“营州少年厌原野，狐裘蒙茸猎城下。虏酒千钟不醉人，胡儿十岁能骑马。”作《黄鹤楼》的崔颢还有《辽西作》云：“燕郊芳岁晚，残雪冻边城。四月春草合，辽阳春水生。”青青草滩，野花点点，下面是无边的泥泞，冻冻化化的水冒着无知的泡沫。写“发冲冠易水寒”的骆宾王有《送郑少府入辽共赋侠客远从戎》：“边烽警榆塞，侠客渡桑干。柳叶开银镝，桃花照玉鞍。”美好的天空下，得意的少侠信心满满地到辽地建功立业去了，看着他越走越远，最后成了一个风中的黑点，送别宴席上的人相视一笑。王建的《远征归》有句：“万里发辽阳，处处问家乡。回车不淹辙，雨雪满衣裳。”饱经风霜，见惯生死洗礼，当年的得意少年，今番回乡，只剩了一具枯槁麻木的躯壳。这样的人生绝无冷场的枯燥，而在充满诗性张力的故事里沉浮聚散。

从那以后，“沈州”第一次入诗，是在金朝名臣王寂笔下。

《沈州吊古》写于金朝明昌元年（1190）二月，诗云：“李唐遭百六，边事失经营。大氏十传世，辽人久弄兵。战场春草瘦，戍垒暮烟平。今日归皇化，居民自乐生。”诗的前两联扣题，追溯的是史事，说李唐王朝内乱覆亡之后，边疆地区失去中央的经营，失去了战略平衡，大氏的渤海国与契丹的辽国血战数十年，辽最后胜出。后两联写的是作者眼中的沈州景象以及心中感慨：古战场上春来时草木稀疏，旧时的堡垒之间炊烟阵阵；诗情画意，虽然美丽，都得靠了本朝皇帝的德政和教化，百姓才能安居乐业呀。

这首诗呢，艺术成就咱先不说，单是“沈州”的城市名第一次入诗，就非常有意义。这里有必要说一说作者，王寂生于金天会六年（1128），卒于金明昌五年（1194），熟悉历史的朋友都知道，金的历史不算太长，其政治比较稳定的时期更短，而这位诗人王寂，恰巧生活在金朝比较稳定的这段时间，他有生之年没见过辽金易代战争，也不知道后来蒙古的崛起。但是王寂的命运并不平坦，他二十三岁考中进士，前半生仕途顺利，因为能力突出，官做到了户部侍郎。不料后来黄河闹水灾，他到灾区治水赈灾期间被政敌构陷，降职使用。后来老皇帝金世宗驾崩，新帝章宗继位，改元明昌，他才重获起用。

王寂在政治上东山再起时，已经年过六旬。明昌元年（1190）初，王寂奉皇命到辽东“提点辽东路刑狱”，从当年二月十二日至四月七日的五十多天里，他巡行辽东，公干之馀，写了一些诗，还将沿途经历撰写成一部《辽东行部志》。明昌二年（1191），王寂再次奉章宗之命来到辽东，提点辽东路刑狱，又写了一部《鸭江行部志》和若干诗作。

下面再取一首轻松的风景诗《渡辽舟中小酌》：“佳会清欢取次成，逸群高论极峥嵘。掀须已判玉山倒，蘸甲不辞金椀倾。落日衬云鱼尾赤，斜风卷水縠纹生。犹愁江上分飞后，千里关河月共明。”写的是老王由地方官员陪着捧着，一起坐着官船渡过辽河，在船上一边作诗一边喝着美酒，雅趣超然，笔下的天光水色柔美了许多。

后来，他的这些写辽东的诗作，都收入了《拙轩集》里。翻阅王寂和其他诗人笔下的辽沈地名，感觉分外亲切，毕竟是离我们越来越近了。

王寂巡行辽东期间，在庆云县放生了两条本来要在早餐时吃掉的鱼，“我哀濡呴辍晨馐，持送东城纵急流。此去更饥须闭口，莫贪香饵弄沉钩”。这里的庆云县遗址，就在现在康平县境内的小塔子村，那里现存一座辽塔，东濒辽河，建于辽代，明代称“乌峰塔”，清代称“包塔”。

金朝显宦赵秉文也写过有关辽东风景的诗，如《辽东》：“几家篱落枕江边，树外秋明水底天。日暮沙禽忽惊起，一痕冲破浪花圆。”赵历仕五朝，官居上品，封过侯爵，为政以宽简爱民著称。此诗写动静相宜的水畔农家民宿，夜来别有一番风景。还有《庆云道中》：“对岸青山隔，孤城碧浪开。绿芜天际合，白鸟日边回。渡口呼舟急，沙头立马催。夕烟生极浦，欲上客衣来。”一派文人山水画中，移步换景，青山碧水，倦鸟炊烟，这简直是水乡桃源的渔家乐了。

金朝中后期的文臣吕子羽，其《宿章义广胜寺》中的场景也发生在今天沈阳境内：“小邑本无事，我来劳简书。路长频问马，人静厌烹鱼。钟冷僧参外，灯残客梦馀。此心谁领会，松月夜窗虚。”诗人鞍马劳顿，在广胜寺安歇，夜中寂寞难寐，也没有知音红袖，所以写了这首诗。这里的“章义”如今就在沈阳西部的“彰驿”，自古就是交通要津，但是当时的县城不大，接待设施也不完备，估计服务人员也是没伺候明白吕大人，否则咱们的诗人就不会半夜与残灯松影为伴了。

辽金元时期，辽东地区一度享受过若干静好岁月。可是一转眼到了明代，这好时光就不再了。作为大明北方最动荡的一块边地，辽东这一块可是折腾坏了，翻开历史地图，可以发现那时候的大明国境线变来变去，地图上满眼都是都司、卫城、卫所、营盘、千户、边墙这样的军事字眼。但是硬碰硬地打了二百多年，大明的辽东战线还是以崩盘告终。

这是为什么呢？后世有很多人百思不得其解。读诗词窥历史，是一种读书思考的方法，咱们来拿明代在辽东的一位大官的诗说起。

明代中后期讲究文臣武用，武将阵前厮杀，三军统帅却往往是文人，其中不能说没有文武双全的，比如孙承宗、熊廷弼、袁崇焕、洪承畴这样的。

整个明代，有二十多位辽东巡抚留下了反映辽东的诗作，因为，他们都是文人。其中，名臣王之诰的《渡辽河坐新舫中》较有代表性：“画舫乐新成，牙樯引柔浪。鼓楫泛中流，搴篷凝远望。宿雨润良畴，晴岚起岩障。惭予利涉心，已在孤蒲上。”这里请注意，明清两代巡抚属于京官，多由朝廷因专务临时派遣，人家都在朝中有实职，嘉靖末期来到辽东时，王大人的职务是右佥都御史，在当时的朝廷纪检系统中能排上个四五把手吧，海瑞就当过右佥都御史。

王之诰是湖北石首人，精明干练、能文能武，在嘉靖朝就很受重用，到万历朝又因为是张居正的姻亲而扶摇直上，官至刑部尚书。王大人在辽东组织军民屯田，整顿军务，算是很有作为，当然，那时辽东前线军情相对比较和缓。

这首诗里，王大人稳坐崭新的画舫，享受着辽河夏日的微风细浪，船轻轻摇啊摇到了中流，他掀起篷窗看对岸，看岸边蓝天白云下的庄稼，一时间忘了宦海沉浮功名利禄，倒想做个河畔农夫……

当然，过了河上了岸，王大人又习惯性地背起了手。

不过诗呢，还是要流传出去的，诗里有功绩的呀。

拈花而笑，且弈一局

| 竹雀双兔图 |

人总是这样，不经意地留存，却往往为后人带来奇异的感受与解读。

墓中的随葬品，本是为了献于逝者的寂静世界，却在数百年后重返人间，并将逝者的精神世界、生活写实一一呈现于大众面前，因而这古今互动显得分外精彩。

历史正慢慢走在我们身前身后不远的地方。

1974 年春，沈阳市法库县叶茂台 7 号辽墓内出土一架小木作“小帐”式建筑的棺室，棺室内东西横置宽大的石棺一具，东西壁悬挂山水和花鸟主题的绢质冥画各一幅。此外还出土一副漆木双陆棋盘，其上有三十枚棋子（出土时每粒棋子都用黄罗包裹），另有两颗木制骰子。其中的山水图命名为《深山会棋图》（也称《山弈候约图》），另一幅则命名为《竹雀双兔图》。

这次发现轰动了考古界。

《深山会棋图》青绿设色，画中一士人策杖而行，身后跟随二童仆，一仆携琴，另一仆则肩扛酒葫芦，似在暗示道教的“壶中天”；主仆三人走向山洞洞门，门后高山耸立，山后却别有天地，象征道教中的“洞天”；“洞天”内琼楼玉宇，两位仙人正在弈棋，似待之前来赴约。

| 深山会棋图 |

可见，唐宋时中原地区道教文化兴盛，甚至本以信佛为主的北方契丹人也深受影响。画中策杖士人比拟的当然应为墓主，他去世后成仙，位列仙班，

乾坤两大之间，若时间已静默归寂，何不且弈一局？

据载，辽圣宗耶律隆绪笃信道教，自诩“道释二教，皆洞其旨”，甚至和唐宋两朝君主一样迷信丹药符箓。圣宗之弟耶律隆裕在东京辽阳也是大建宫观。

拈花的指尖，将馀香拂在围棋的十九道棋枰之上。叶茂台辽墓中发现的这幅《深山会棋图》，正是当时辽人上行下效、笃信道家思想的实物佐证，而从绘画史研究的角度看，辽代山水画实物资料的空白状况，由此结束。有研究者说：“《深山会棋图》是目前发现的最为可靠的早期立轴山水画作品，此图作为研究当时中原地区与北方地区在绘画艺术上的交流提供了实物例证，为研究传世辽代及五代、北宋初的山水画提供了可靠的鉴定标尺。”

此外，辽代棋风很盛。据南宋叶隆礼《契丹国志》记载：“（辽人）夏月以布易毡帐，藉草围棋、双陆。”《辽史》记载：“女真大酋阿骨打来朝，以悟室自随。辽之贵人与为双陆戏，贵人投琼不胜，妄行马。阿骨打愤甚，拔小佩刀欲刺之。悟室从旁救止，急以手握鞘。阿骨打止得柄，揕其胸不死。”因为对方棋品不好，金太祖在辽朝下双陆时险些伤了人命。

在这次考古发现中这些史料也得到了实物佐证。该墓出土的漆木双陆棋是我国至今出土的唯一完整的辽代双陆棋实物。

绢画之主是一位史无记载的辽代贵妇人，目前史学界有一种观点认为她是辽代的韩国长公主，为秦晋国王耶律隆庆之女、辽景宗耶律贤与皇后萧绰的孙女，其夫君为辽代重臣萧匹敌。而据当年主持发掘叶茂台辽墓的辽宁省文物考古研究所考证，这位萧匹敌很可能是法库境内的辽代渭州城主萧昌裔。若推测成立，这两幅绢画多半是皇帝御赐之物。

历史是现实的旧影，那么这样的国宝何以在法库出土？

夏日，登上白鹤楼，法库层叠的街路与葱茏的四野一览无遗。遥想千年之前，登楼四望，你将可以看到，在青山鹤影之间，远远近近，星罗棋布着若干州县塔寺，流水、炊烟与车马是其间的动景。

如今，法库境内辽墓星罗棋布，记录那往昔繁华的事物早已深埋地下。

据记载，有辽一代，分布在法库境内的古代城址约有数十处，现在已经得到考古确认的即有二十多处，其中有大辽朝廷分封的头下军州城，还有州城、县城，权贵人物的私城，还有将士们镇守的城堡哨所。

契丹人建国后，虽然各代英主不乏南下之心，但一直未能占据中原与河套，只得自开一盘棋，倾力经营辽东等较有开发价值的地区，繁育人口，以为国家之腹心。同时，因为建国初期频繁的战事、扩张等原因，辽代疆域建制、人口分布变动加剧，多有将某处整座城池“迁”至另一处的事例，贵族外出征战所掠人口，也多安置在其私人领地中，更有因此新设私城者。

据气象学统计资料可知，在十六国—北魏的小冰河期结束后，从唐到辽，北方地区处在长达五百多年的温暖期中，农业可耕作区大范围北扩，辽北一些地方气候温和湿润，河湖密布，农牧业并兴，为辽国在这一带再造一个小的中原、新设州县、安置大量农业人口提供了必要条件。如当时韩德让的属地宗州境内有一灵山湖，宽阔幽美，大量种植宋人所赠的莲花——莲花是佛谛的象征，因此灵山湖的莲花大为辽国皇室所爱重，并精心培育新种，始有“尚佛莲”“观音莲”之称谓。

土地如枰，落子关城，确有辽人在军事与经济等方面深谋远虑。辽代的辽东地区州县相接，农牧业发达，赋税、物价均很低，与其邻国相比，辽国平民的生活较为稳定。其中，州城多发展经济文化、囤积物资；而县城则多偏重开拓土地，繁殖人口，滋养战力。

我们如能乘坐时光机慢回快进，将可以看到，在辽的大地上，在风雨飘零的战争之间，展示了一段段红漾漾翠樱樱的时光。散文《大辽古枫》中，提到法库有一片奇美的枫林，枫林中有一棵千年的五角枫，其生根之年，应在契丹人创立大辽国前后。不知道今人还有没有机会，能够看到这棵古枫的年轮，从中读到大辽的年代密码，闻见那时北国乐土的独有气息。

众所周知，法库被誉为“大辽福地、宰相故里”，辽代有韩德让、萧惠、萧袍鲁、萧义等六位宰相出自法库。在中古之前，凡称相才者，均才兼文武，为人中龙凤，在尚武的辽代尤其如此。然而，培养相才并不简单，对生活环境的要求很高，既要有比较富庶优质的文化涵泳，也要有紧张正规的军事训练，是一种诗酒相伴、弹剑作歌的生活情态。

遥想当时的宗州、灵山，乃至整个辽东，已摆脱了狼烟的缠绕，多年的平静生活中，文化昌明，处处晏然，各州县都设立了太学。史前的猛犸群曾经悠然经过的幽谷溪畔，辽时已是书声、琴声与鹤鸣相伴，声闻于野。水色枫影间，学子与樵子，侠客与处士，游方僧与怪诗人，来者来之，去者去之，都可入画，那是盛辽的山水画卷。

天空呈蜂蜜色的时候

天空呈蜂蜜色的时候，神异的鸟兽在清亮的风里欢唱遨游，森林在低语，上古的神山喷吐着火、雾和绚丽的光芒。

| 沈阳故宫崇谟阁 |

长白山东北的布库里山下，有个叫布儿湖里的湖泊。那时候，有三位仙女下临凡间，在湖中沐浴，大姐叫恩古伦，二姐叫正古伦，小妹叫佛古伦。沐浴后姐妹们上岸，发现神鹊衔来一枚朱果放在小妹佛古伦的衣物上，朱果的色彩鲜艳可爱，令佛古伦爱不释手，在穿起仙衣时，将果子含在嘴里，却不小心吞了下去，于是交感而成孕。她告诉两位姐姐说："我觉得肚子沉重，不能跟你们一起飞升回到天上，怎么办？"姐姐们说："我们有仙灵护佑，应该不会死去，你怀上的应该是天意之子，等生育后回来吧，我们在天上等你。"

佛古伦只好留在凡间生了一个男婴。这孩子生来就能说话，不一会儿就长大成人。佛古伦对他说："上天生下你，是想让你成为人间的国主，那里正在等着你呢。"佛古伦将这位神之子的身世一一详说，然后给他一条小船："顺流而下就可以到达那里。"说完化为祥云飞升而去。

神之子乘舟顺流而下，来到长白山东南方向有人烟的地方登岸，用柳树枝条制成椅子坐在上面。当时，这个叫鳌莫惠的地方有个鳌朵里城，有三家酋长争雄，终日互相攻打不休。话说神之子刚在水边柳枝椅上坐下，一位百姓来取水，见这个人举止奇异，相貌非常，仿佛身边环绕着神奇的光彩，于是回到城中对人们说："你们不要争斗了，我在水边遇到一位奇男子，一看就不是凡人。莫非是上天派来的？我们一起去看看。"酋长听了，停下战事同去看神之子，神之子在他们眼中果真宝相非常。面对众人的询问，神之子说："我是天女佛古伦所生，姓爱新觉罗，名布库里英雄，上天派我前来结束你们这里的纷乱。"并给他们讲述了自己降生的故事。大家惊异地说："咱们不能让这样神圣的人离开啊。"于是用胳膊结成"人舆"，拥举着布库里英雄回到城中。酋长们就此停息争斗，奉布库里英雄为共主，将百里女嫁给了他，自此布库里英雄的国家定号"满洲"，此即该民族的源流。

小时候，在一本杂志上翻到这么一个挺好看的传说故事。后来才知道，这段有关满洲源流的故事取自《清太祖实录战迹图》，书中图文并茂，从满洲起源传说到明万历朝努尔哈赤起兵都有展现，后来的《清太祖努尔哈赤实录》（以下简称《实录》）也选取了这部书的内容另行编纂。《实录》中，清太祖的名字写为爱新觉罗·弩儿哈奇，与后世常见的译法不同，此应为清代官方史书的标准用法。故事里的布库里英雄也就是有些史书里的布库里雍顺。

这个故事虽然自古流传，但是清朝第一部《实录》的修撰地是沈阳，这部八卷本的大书初成于后金天聪九年（1635），最终完工于乾隆四十六年（1781）。

皇太极继承后金汗位，又建立大清朝，有一系列的建设，为其祖上、父亲修撰实录是其"新王朝正统工程"的标配元素。皇太极时清朝还没有设立翰林院，但已经安排专门的实录馆修撰实录。

中国古代史上，南北朝以来，正统王朝都有实录，用以记载皇帝在位期间的重要史实，一般以所记皇帝的谥号或庙号为书名，也有以某一王朝命名的合刊本，如目前存世的《明实录》《清实录》。唐以后，实录均由官修，某位皇帝去世后，即由继位者指令史臣修撰其实录。实录并非国朝正史，涉及高层机密，修成之后均藏于宫禁或有司，从不刊印流布，王朝兴替时大都毁于兵火。南北朝至元代的实录除唐《顺宗实录》及宋《太宗实录》残本二十卷外，皆已佚失，唯独明清两代的实录保存至今。

从《史记》开始，古代历朝创世故事都有其神异色彩，爱新觉罗的祖先更是仙女食朱果降生，一出世便结束了部落的纷乱时代。但在旁观者眼中，当时的白山黑水之地一点也不浪漫。"绝塞驰孤骑，空怀壮士忧。风生鸭绿险，铃急虎营秋。草色横沙碛，雪山渺戍楼。近闻经国议，开拓旧边州。"边塞战事一触即发，秋草间候骑在疾驰，远远看文明之外的世界，地图上的阴云未散，那异色的天空下不知在孕育着什么。这是大明嘉靖年间广宁左卫军籍人士冯惟健的《沈阳道中》书写的景象。落笔之时，他怎么可能想到一百多年后，这座卫城的旧址上会诞生一个崭新的强大王朝。而在冯惟健作诗的当时，在抚顺的赫图阿拉（今辽宁新宾县境内），有一个人率领他的六子和部众沿着河流而来，定居于此，开始了新的创业生活。这个人就是爱新觉罗·福满，清太祖的曾祖父，大清建立后，他被尊为兴祖。

今天，进了沈阳故宫大清门后，在西路建筑的东北角，与文溯阁和仰熙斋隔了两道墙，有一座崇谟阁，这里是《清实录》曾经存放的地方。

乾隆八年（1743），首次东巡的皇帝下旨，要求大清历朝《实录》都要抄写满汉文各一部送到沈阳故宫存放起来作为京师的备份（京师还有蒙文版本）。于是，前几朝的《实录》便在凤凰楼、崇谟阁存放。与之相对，沈阳故宫的敬典阁里放的则是清玉牒（皇族族谱）。盛京崇谟阁大红绫本的《清实录》现藏于辽宁省档案馆（简称辽档大红绫本），是沈阳作为国家级历史文化名城的实物见证。

天知道，水知道，众生知道

城市恢复了烟火气之后，去中街、老北市、太原街，最直观的感受就是在这里流连忘返的面孔越来越年轻。一百年前的这里，可能也这般热闹，只不过热闹的细节各有不同而已。

城市文化是主流消费的同桌。在阅读的主流人群即将成为“Z世代”的当下，越来越多的文字将在各种网络平台上被抓取、被重组、被梳理为全新形式的文本。所以，要想让自己的文字在网络时代长留，必须使它们与人们的社交与消费同根并举，否则，任何不接地气的文化都会失去与城市的日常生活共生、共情的前提。这个道理一点都不复杂，天知道，水知道，众生知道。翻开历史，我们就能够看到历史上老百姓逢年过节最喜欢扎堆的地方是哪里。

每个时代都有自己的热闹，人气的颜色多彩变幻，但那调色板却可以经典流传。翻开旧时笔记，听听古旧传说，城隍庙、长安寺、太平寺、保安寺、实胜寺、慈恩寺、浑河神庙这些旧时去处的名字，便闪烁起来。人们到这些地方不见得就是烧香拜佛、敬神祈福，最重要的是其场所精神符合了最朴素的社交需求。

北京的雍和宫、上海的城隍庙、南京的夫子庙，旧时沈阳的天齐庙、河神庙，都是或曾经是天然热闹的去处。天若有情，当为后人留下文字的鳞爪之痕，若伏藏与虫洞，牵引今时今世的人将往昔繁华即时重现。比如寻访古代的城隍庙，便不仅是一神一庙之事，而更关涉“沈阳”二字最早见诸记载的历史实证，所以不妨先说说老沈阳城隍庙的桩桩往事。

在古代，有城市就有城隍庙。古人认为，城隍是城市保护神，“城”指城池，“隍”指护城河系统。早在汉代，民间就有了祭祀城隍神的记载。沈阳历史上也曾有过城隍庙，始建于辽金时期，而且在清代，成为地位高于普通城隍庙的“都城隍庙”，行政规格可比上海等地的城隍庙高多了！城隍是个神职，而非神仙，也就是说，有本事有口碑的神仙或者名人都可以当城隍。上海的城隍就有霍光、秦裕伯、陈化成三位之多，西安的都城隍是纪信（汉高祖刘邦亲自封的），苏州的城隍是黄歇，北京的城隍有文天祥、杨继盛两说，杭州的城隍有文天祥、周新两说，济南的城隍是铁铉，南昌的城隍是灌婴。那么，沈阳的城隍是谁呢?

1962 年，城隍庙旧址里清理出来一块元朝至正十二年（1352）的“沈阳路城隍庙碑”。举人杜克中所撰的碑记告诉我们，元至正四年（1344），一位叫胡道真的道长出面集资，主持重修了已残损多年的沈阳路城隍庙。那时候，沈阳城的敬神者就已经不知道他老人家姓甚名谁了。这块元碑上面镌刻“沈阳”二字，是目前能找到的最早记录“沈阳”名字的文物。现在这篇沈阳现存最早的碑文还保存在沈阳故宫博物院里，等着我们去进一步破解它的奥秘。到皇太极建立清朝时，盛京城隍庙升级为都城隍庙，清朝入主中原后也封了北京都城隍庙，这样有清一代一共也就两座都城隍庙。

清朝时，每年的元宵节、清明节、中元节，盛京城这位都城隍老爷都要由力士们扛着，沿四平街一直视察到方城小北门（地载门）处的临时神坛，陪都城内的要员们如盛京将军、奉天府尹、承德知县等，在这里次第祭祀，

| 城隍庙石碑 |

禳祓灾疫，祈求都城隍保佑全城官民。每次都城隍出巡，都是市民的视觉盛宴，上街看热闹的人山人海，可以很好地拉动节日经济，相关纪念品、小吃、小玩意儿只要正常走量就能大赢其利。

这种种盛况，如今早已不存，近代以来轰鸣的大工业浪潮，令文科出身的都城隍老爷无所适从，清帝退位后，沈城神仙重排座次，都城隍老爷一步步落伍，终于连专门的庙宇也颓败荒废。西北悬天一片云，乌鸦落进凤凰群。之后好些年，老百姓想给都城隍老爷上炷香都找不着庙门了。可喜的是，没庙了的都城隍老爷，后来到底还是找着了个落关系的地方，那就是故宫北侧、老铜行巷堵头的中心庙。现在你到中心庙，还能看到当年那位都城隍屈身配神之位，在财神、山神、土地等众神之间受着香火。

城隍如此，再说别的。

明代成化年间吴祯撰写的《重修沈阳长安禅寺碑记》不仅记载了明代长安寺屡次修建，还提到了曹雪芹的族祖“沈阳中卫指挥曹铭”“指挥曹辅”，清初仇震撰写的《重修长安禅寺碑记》则记载了顺治年间重修该寺的情况。作为见证了城市千年来变迁的古刹，如今古城中的长安寺，正待后人去研究其香火价值。

无独有偶，沈阳还有一座保安寺，旧址就在现和平区鲁园南侧、盛京医院西侧。僧人性泉撰写的《重修保安寺碑记》记载了彼处清初重修的情景。

再说皇寺，此处因为有皇家敕建背景，称为皇寺，又因为是藏传佛教中的格鲁派（黄教），所以又称黄寺。其实，真正的名称应为莲花净土实胜寺，清初重臣刚林撰写的《莲花净土实胜寺碑记》中记载，此庙落成于大清崇德三年（1638），皇太极敕建此庙的缘起，则为纪念征服察哈尔部后，白骆驼

| 长安寺 |

载着金佛、金经等重宝远来献奉的盛事。

清顺治年间慈恩寺僧慧清撰写的《沈阳慈恩寺碑记》记载，沈阳大南慈恩寺始建于后金天聪年间，到清顺治年间重修，“庄严绘饰，金碧交辉，庙貌为之生色，景象焕然改观”。自彼时起香火旺盛，与今天的景象已经差不多了。

太平寺就是现在老北市的锡伯家庙，此庙在实胜寺西面，由锡伯族部众捐资建于康熙四十六年（1707）。20世纪50年代，太平寺满文石碑重现世间，《太平寺碑记》也有了译本，碑记中，记载了锡伯族在康熙年间移入盛京的往事，也有各部筹资自京城请《甘珠尔经》并塑金身、建寺庙的过程。

老沈阳的庙特别多，翻看百年前的沈阳城区图可以发现，那时沈阳城区面积比现在小得多，却密密麻麻分布着很多庙宇，庙宇内供奉什么的都有，

| 沈阳天后宫：纬度最北的妈祖庙 |

据说方城内外，光供奉关老爷的庙宇就有几十处。为啥有这么多庙？沈阳人因为来自五湖四海，再加上大量的流动人口，所以都把自己信奉的请过来了。比如大批山东人来，有山东特色的天齐庙、娘娘庙的庙会在老沈阳人气极旺：供奉东岳大帝的天齐庙的庙会是沈阳最大的庙会，娘娘庙（山东庙）供奉的则是碧霞元君。无独有偶，天后宫是纬度最北的妈祖庙，是福建人建的。

再比如河神庙，我们多年来大力治理浑河，有那么美的沈水文化廊道，却没有一座河神庙点缀其间，很多以沈水为主题的民俗活动和文化主题都缺乏黏合元素。浑河北岸，离东塔机场不远，原先的上木场村附近，有浑河古河神庙遗址。流人陈梦雷修的《盛京通志》记载，当年的河神庙规模盛大，乾隆皇帝还给写过祭文，院两进，殿三楹，大殿里主位是河神，名为“崇源协应之神”，两侧有风伯、雨师塑像。据乾隆朝翰林院侍讲平恕撰写的《浑河神庙碑文》所载，此庙建于乾隆四十三年（1778），有句言当时此庙所在的山川形势：“英峨北绕，纳鲁西流。萦回千里之遥，演迤三陵之侧。”

直到清末，这里依然香火旺盛，不料易代之后，一家木材厂占了河神庙当厂房，再后来庙墙梁木被拆除一空，又改成了菜园子。

近年坊间一直呼吁，沈阳现在的庙太少，使得我们缺了很多运用无形文化资源、让历史遗存活化起来的文旅产业支点。城市的古庙文化，能够为钢铁森林添一点做旧的元素。不过我们做得仍然远远不够，如今红尘烟火深处，要去往那灯光秀下面寻老掌故的线索，怕只能是像旧风景片里的朦胧之美一样，遥指而不能达到。

耿耿星河望西南

"风疾草自劲，岁寒松愈苍。"直到今天，张春的《不二歌》仍以其直白质朴的真情至性打动着沈阳人。

| 沈阳故宫太庙，张春曾居住的三官庙原址 |

周末夜中，在沈阳故宫南院墙外的沈阳路上徜徉，忽然想到，这里离三百多年前张春自尽殉明处也就是几步之遥。

遥想四百年前，嘉靖、万历朝，算是明代最后的盛世，到了天启、崇祯朝，大明在辽东的形势呈现螺旋向下。明崇祯四年（1631）八月，明与后金在锦州、大凌河一线鏖战。监军张春率军前来救援，中埋伏被俘，誓死不降。

张春，字景和，号泰宇，明同州（今陕西大荔）人，是天启年间进士出身、朝廷大员，做过关内兵略道、太仆寺少卿、永平兵备参议。此番上阵时老人家已然六十七岁高龄，属于辞官后再获起用。让这么一位已赋闲在家的老大人领兵上前线，可证当时大明可用的将帅人选确实不甚充裕。

有些史料上说，张春慷慨悲壮、铁骨铮铮的风采深深吸引了皇太极，皇太极立志要把这个人劝降，还派心腹范文程、达海等人轮番来做他的工作。

但事实恐怕并非如此，张春当时早已白发衰朽，又身为败军之将，身边文武如云、朝气勃发的皇太极不可能在这样一个老人身上倾注太多情感和指望。后金之所以没有杀掉张春，后来更把他送回京城沈阳，安置在大清门外的道教三官庙里（在今故宫太庙的位置），好吃好喝，委托一位白喇嘛供养着他，准其不剃发，甚至保留大明衣冠，这一切都是为了议和。

当时明与后金连年交战，两败俱伤。后金虽然整体上占据攻势，但还是多次不间断地向明廷倡议议和。不仅皇太极，整个后金政权中的多数人，都认为与明朝议和是上策。这一点，不仅熟悉边事的大明前线将帅心中有数，甚至崇祯皇上本人也在私下认同：议和起码可以腾挪出几年时间和大量人力物力，集中解决国内危机，只要议和成功，大明就是活棋。久在边疆的张春当然赞同议和。但是，大明独特执拗，“不与蛮夷和议”（平等谈判）的国家气质和气势汹汹的朝议，就是那样坚硬地存在，甚至达到了“谁谈议和就杀谁”的偏执状态。

张春，以人格为论，是一位很伟大的人。他对大明忠贞不贰，忍辱苟活在后金，就是想以明臣的身份，联系促成明与后金议和。

被羁押期间，张春自号明夷子，不剃发不改衣冠，每日面向西南京城方向而坐立，以示虽在险难之中而绝不动摇的立场。

日久见人心，张春坚贞如一的言行令后金君臣颇为感动，据《清太宗文皇帝实录》载，皇太极于是作了一篇《劝学令》，督促子弟多读圣贤之书，培养忠孝名节之心志。令文中，皇太极提醒诸贝勒大臣子弟牢记之前后金占据遵化、迁安等城后相继失守弃城的教训，比之于明军中祖大寿、张春等人在辽东战事中的表现，足证读书明德对征战、治国之人是有提升的："今我兵围大凌河城，经四越月，人皆相食，犹以死守，虽援兵尽败，凌河以降，而锦州、松山、杏山犹不忍委弃而去者。岂非读书明道，为朝廷尽忠之故乎？"在这番话中，"朝廷"指的当然是明朝，皇太极当时虽为后金可汗，但话里话外对明廷上下仍是很敬重的。

这也是张春所认为的双方能够坐下议和的一个非常重要的客观因素。

可惜张春一片心血被抛之于沟渠。大凌河战役后，明廷方面都传说张春战死，急匆匆给他办理了后事，夫人自缢"随夫而去"。不料嗣后却传来张春不仅活着，还要联系议和的事情，当时朝野一片哗然，舆论反转，说什么难听的话都有。

张春空怀救国的真心，在朔风大雪中，清冷的三官庙里，托白喇嘛为夫人做了场法事。在法事的文案中，因为用的不是明朝年号，张春非常愤怒，拒绝参加，白喇嘛请示皇太极，皇太极笑说："就依他。"后来，患难之交白喇嘛先他而去，张春特作了一篇《祭白喇嘛文》回忆："爱敬施于六年之久，倏而生死分别，不得片言永诀，堪乎不堪乎！痛乎不痛乎！"据这篇祭文所载，白喇嘛是一位非常善良的人，对张春关怀备至，待之以诚，时常宽慰、维护于他。白喇嘛的高洁人格，配得上这篇至情至性的拳拳文字。白喇嘛去世后的数年，由三官庙的道人苗君稷主要照看张春，后来诗僧函可流放沈阳慈恩寺，与苗君稷等结为诗友，并于游览三官庙时听说了张春的事迹后写下“琅璈奏罢星辰隐，永夜如闻《不二歌》”“三读《不二歌》，声声噎寒钟”的诗句，对这位先朝忠臣极表追怀。当时在沈阳作为人质的一位朝鲜世子还曾探访张春，对这位忠义名人表达了敬意。

但是大明议和之事，想都甭想。张春苦等十年，等来了皇太极改国号为清，等来了盛京城的营建，等来了松锦大决战开打的消息。

现实是残酷的，人像诗里用错了的词儿。清崇德六年（1641），绝望的张春绝食殉国。张春死后，人们在其衣领中发现了他的遗诗《不二歌》，其中写道：“心在人之内，丹诚哪可忘？”“之死矢靡他，苦节傲冰霜。风疾草自劲，岁寒松愈苍。委秩许致身，临敌无回肠。”“君父之所在，焚叩西

| 沈阳路上看太庙入口，这里曾是张春的住址 |

南方。富贵不可淫，威武甘锯汤。既名丈夫子，讵肯沦三纲？千秋有定案，遗臭与传芳！”“俯仰能不愧，至大而至刚。”“我作《不二歌》，小常有大常。”诗句直白真切，冰心可鉴，张春诗文并无佳构文采的诗才，但胜在真实流露。

寂寞的长夜中，星河耿耿，张春作为忠臣、孤臣甚至弃臣，挥笔写下这些肺腑文字的时候，定当对其生其世、先贤与未来，加以文学的思考，可惜这些思考如同那夜星光已逝，淹没于无限的过往而沉入黑暗。而唯其如此，留下来的文字才弥足珍贵。

张春死后，皇太极“甚惜之”，依张春遗愿将其葬在离大明更近的辽阳。

张春去后，转过年来，三官庙里又搬进来一位新的住客，他就是洪承畴——松锦大战中覆师被俘的大明蓟辽总督，皇太极等大清的决策者们要与他谈的，已经不是往日的议和之题了。

世间事，王孙知不知

在皇权专制的时代，给皇帝当亲戚是很危险的，尤其是清朝时给皇帝当至亲兄弟，因为你生来就是很多有心人、趋炎附势之人围猎的对象乃至赌博的筹码。若是文武全才，那就得为皇上办事出力，拼命守住祖上传下来的江山是最正确的政治选择；而若能力平平、办事不力，又会招致德不配位、尸位素餐的非议。

明亡清兴之际，爱新觉罗家就出了这么一位逆行者：爱新觉罗·高塞（1637—1670）。据《啸亭杂录·敬一主人》载："敬一主人讳高塞，文皇帝之第七子也。封镇国公，世居盛京。主人善文翰，诗多清警。爱医巫闾山幽雅，尝于夏日读书其间，有辽东丹王之风。孙赤崖以事戍吉林，主人留于邸中数载，遇赦始归，其爱才也如此。有《寿祺堂集》行世，渔洋《池北偶谈》中曾采其诗句焉。"清朝入主中原，其他宗室成员纷纷从龙入关或享清福或逐功业，唯独这位皇太极的儿子、顺治皇上的七哥（一般史料称其为皇太极的第六子）不入关，长居沈城，或在医巫闾山中读书会友，或在佛寺中谈经说法，自号敬一主人、敬一道人，又号霓庵。流人孙旸（字赤崖）文才出众，于是高塞留他在自家住下；函可和尚既通佛法又是诗僧，高塞于是与函可和函可的学生苗君稷都成为诗友。

《啸亭杂录》的作者是乾嘉时的礼亲王昭梿，代善的后人，太知道王爷难做的道理了。这位礼亲王曾到盛京故宫参拜，见先朝旧物朴素无华，了解到先朝帝后勤俭谦逊，慨叹不已。而他一定去参观了宗室的旧邸，见过很多留沈贵族的后人，当然也应该包括高塞的后人。

山中筑起高楼，城中幽居古寺，观书、作画、抚琴，世间事务知不知解不解呢？翻开史书可知，爱新觉罗家出了很多富于才华的有个性的人物，离我们较近的溥儒、启功，其至情至性、聪明绝顶、深藏不露，给世人留下了深刻的印象。高塞也是这样的人物，庶妃所生的他身份敏感，豹隐无名。刻意低调，当然是一种韬晦的处世之道。看得懂山水的人，没有一个是傻子。

高塞的名作《宿向阳寺》中写道："圣朝存象法，古寺复闻钟。花引山门路，云封野殿松。高斋谈静理，远屿淡秋容。日暮还携杖，月明林外峰。"这向

| 向阳寺 |

阳寺就在如今沈阳的棋盘山北麓。清初，满洲皇族、贵胄颇信佛道，尤其善礼佛，据传太祖即曾在向阳寺中受过老僧的点拨，所以高塞诗中给人的感觉是此处虽为山中古寺，却一点也不冷寂陌生，而是充满了亲切感，法宝钟鸣之间，是信步闲庭的淡泊。山门野殿，高斋远屿，皆着我之色彩。携杖行于月下林间，众峰远近相拱，显示雅意高怀，不是常人气度，更有胸中的那一点峥嵘微露。

高塞的诗，也写了很多山水物候，但他的《恭寿堂诗》雍容守拙，着眼与众不同："独抱幽怀浑不寐，西风雁唳到虚堂。""圣哲既已往，陈迹遗岩谷。""飞鸟依檐宿，流泉伏枕听。""悠然云外想，何必问花源。"空空荡荡，旁若无人，一看便是他，别的诗人是不会这样说话的。

你看与高塞时相唱和的孙旸写沈阳："金城形胜甲河东，绝巘流泉绕旧宫。砂碛人家三十万，秋来都在雁声中。"极意写沈城繁华（其实清初沈城哪里来的三十万户人家），但是框架直白，缺少了一点高度和层次。多年后孙先生已获赦归乡，在苏州遥想塔湾落日时分友人相送的情景："塔湾两岸柳青青""梦中时听塔檐铃"，可见诗人是一位多愁善感之人。

再如比高塞晚一辈的宗室诗人塞尔赫笔下的沈阳："雪后青灯照枕书，梦谙乡味负三馀。""到处溪山成缱绻，有时心迹恋空虚。"他是舒尔哈齐曾孙，诗中的格调与高塞相似，却没有那种气象。

可惜高塞只活了三十四岁便猝然离世，否则他一定能给后人留下更多诗文，更多惊喜。

其实，高塞还有一位文学上的先辈，那就是清代满族第一位用汉文写诗的鄂貌图。

鄂貌图（1614—1661），即鄂穆图，又称鄂莫克图，满洲正黄旗章佳氏，海西女真后裔。他出身并不显赫，全靠天赋与勤奋晋身。皇太极时开科取士，选贤任能，满、蒙、汉人均可参加，并规定凡考中者一律免除奴婢地位，并

| 凤凰楼 |

减少赋税。崇德三年（1638），鄂貌图于沈阳考中秀才，崇德六年举乡试第一名入内院翻译会典，参加编撰清太祖、太宗两朝《实录》，开始仕途生涯。顺治朝，他因为经学、兵法兼通，成为极受朝廷倚重的儒将，以幕僚身份随同多铎、济尔哈朗、多罗、多尼、博洛、岳乐等亲王及将帅常年征战四方，最终病死在班师回朝的路上。

由此身世可以想见，鄂貌图除了年轻时在沈阳度过，入关后虽为京官，但大部分时间都是四处征战，他的诗中除了军国大事、江川形势，也有浓浓的思乡情愫。“夜雨河声满，风翻斗帐凉。”“谁将万折长驱水，渡马东南作赋来。”“日应从楚出，水合向吴流。城郭兼天净，鱼龙动地浮。”这是大的视角。“邯郸犹在梦，支枕几回惊。”“故国春草满，客署晚云凉。”“幸有塞鸿从北至，殷勤慰我别愁深。”这是个人内心的真实情感。

尤其在《秋思》中，从征云南，歇马滇池之畔的他再也无法抑制思乡之情：“树色苍苍滇海秋，归心每望凤凰楼。二毛镜里惊衰鬓，万里天边看敝裘。片片火萤摇客眼，轻轻沙燕过南州。飘蓬风露疲鞍马，回首盘江东北流。”凤凰楼是昔时盛京城中的最高建筑，每当日出日落，日光照耀楼顶琉璃瓦，耀目的光芒标志着观者所在的时空，诗人以之指代故乡盛京城。

鄂貌图在文坛上的地位很高。康熙朝诗坛大家王士祯在《居易录》中称：“满洲文学之开，实自公始。”嘉庆朝铁保奉命编撰八旗诗集《熙朝雅颂集》，将鄂貌图置于本集卷一第一位。有了他，才有了后来的高塞、纳兰性德。

其实无论高塞、塞尔赫还是鄂貌图，无论身份尊卑先后，沈阳在他们的笔下都是家乡，那是一种说不尽的亲切与惬意。这里占据着东北平原最为有利的地理位置和优越的自然环境，《大清一统志》说：“盛京形势崇高，水土深厚。长白峙其东，医闾拱其西，沧溟鸭绿绕其前，混同黑水萦其后。山川环卫，原隰沃饶。洵所谓天地之奥区也。天作地藏，自开辟以来，以待圣人。”又如《盛京通志》所言：“盛京沧海朝宗，白山拱峙。浑河绕其西南，混同环其西北。缔造鸿规，实基于此。”

到清朝崛起，这里有鸿业成，更有文字为之润色，这是其比辽金时更幸运的地方。

聊斋未承想

一座城市的文化土层里，小说是矿脉所在，许多城市的超级 IP（文化芯片），即附着在流传后世的小说里，尤其是短篇小说，揣了城市的鳞鳞爪爪，信息量丰富得很，足够骗过时光的过滤器，把更多的细节留存后世。

若我们踏入时间书屋，向深处走去，在书架上可以看到很多光影闪烁的奇书，比如清朝三大文言志怪小说蒲松龄的《聊斋志异》、纪晓岚的《阅微草堂笔记》和袁枚的《子不语》（又名《新齐谐》），那里边的辽东、沈城就有很多有趣有料的篇章。

三百多年前，蒲松龄坐在书斋里琢磨《聊斋志异》的时候，他搜集素材所面对的人与笔记，多是出自山东本地，外地如直隶（今河北）、江苏、河南、安徽也较多，京师（今北京）因为是大邦之地，熙熙攘攘，也出了不少素材。

不过笔锋转到吴越浙中，就往往有绝世女鬼出来，比如火得一塌糊涂的聂小倩、娇娜，就是在那一带。

辽东与山东一海之隔，但蒲松龄受接触人群的限制，笔下涉及辽东人与物的并不多。《聊斋志异》全书近五百篇，较正面涉及辽海地区特别是有关现在辽宁区域内的，只有九篇：《黑兽》《田七郎》《阿绣》《钟生》《念秧》《黄将军》《辽阳军》《王司马》《佟客》。

有人说，蒲松龄为了搜集志异素材，携带着茶水和烟叶，在路口开“茶馆”：路人在这里喝茶、抽烟都不要钱，但必须讲点奇人异事或者猛料，老蒲把这些内容记录下来……其实，老蒲当年为生计，给乡绅老王家、老毕家当教书先生，哪有时间、精力、金钱出来开店搜神？与他往来的多是读书人，他搜求典故的途径，也是野史、笔记。那么，《聊斋志异》里都写了辽海的哪些内容呢？有明末开原籍的名将黄得功少年时期的事迹，有混迹海城的东北狐仙阿绣，也有为人侠义的辽阳猎户田七郎，还有旗下专门负责抓赌的“佟姓差官”。其中，《黑兽》写的就是沈阳山中的黑兽。

沈阳山中？沈阳周围哪有大山呢？原来，《聊斋志异》第三卷《黑兽》里边提到的“沈阳”，指的是明末的沈阳中卫，据蒲松龄的一位老世伯讲：有位先生在沈阳，和朋友在山顶上开宴会。低头向山下看时，见有只老虎口里衔着东西走过来，用爪子在地上挖了一个坑，将衔来的东西放进去埋好后就离开了。这人便派了个人去察看埋的是什么，结果，下人挖出一只死鹿。下人便把死鹿取回（估计席上正好缺鹿肉），将坑重新埋好。一会儿，那虎领着一只黑兽走来，黑兽的毛有好几寸长。虎为黑兽带路，好像邀请一位尊贵的客人。到了埋鹿的坑前，黑兽瞪着眼蹲在一旁等候着虎挖开坑，鹿不见了，虎吓得战战兢兢地趴在地上，一动也不敢动。黑兽大怒，用爪子猛击老虎额头，老虎立刻就死了。黑兽愤愤不平地离去。

蒲松龄据此大发议论：老虎为啥怕黑兽？看来老虎也不比黑兽块头小嘛，但一物降一物，估计老虎怕黑兽，就跟老百姓怕贪官酷吏是一个道理。

话说回来，明朝的沈阳中卫，其东部、北部辖境跟现在的沈阳市差不多（比现在多了一个抚顺市区），都没有什么山。那么蒲松龄笔下的“山”，指的恐怕只能是辉山了，或者准确地讲，是棋盘山。为何这么说呢？因为当

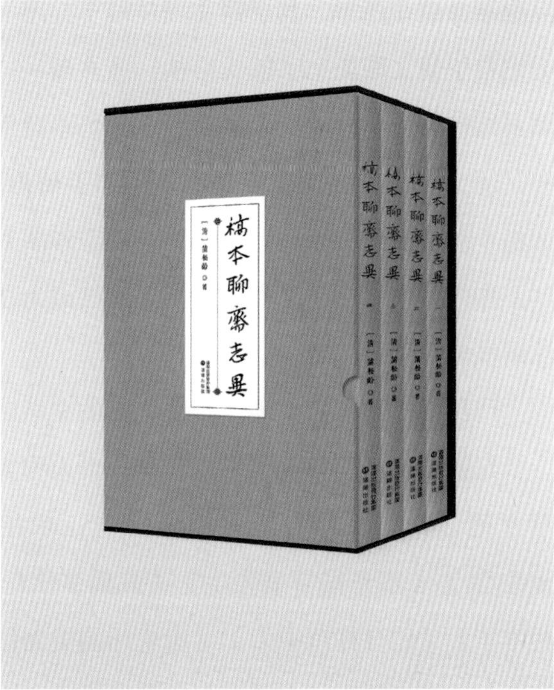

|《稿本聊斋志异》|

时沈阳周边人烟很少，且与女真等部为邻，要带着亲友众人郊游野宴，整得太险远了，玩不起，也没意义。而那时从沈阳中卫城内一早出发，晌午前能走到的山就是棋盘山。可这种棋盘山里的“黑兽”究竟是什么物种？至今无人可解，估计不会是黑熊、野猪、藏獒。若当时真有这玩意儿，现在也早已灭绝了。可谓是“前不见古兽，后不见来兽”。

时移世易，蒲松龄绝不会想到，几百年后，他的《聊斋志异》存世手稿竟会入藏在沈阳。

蒲松龄在世时，王士祯曾提出用五百两黄金收购《聊斋志异》手稿，蒲松龄坚决不卖，还特意立下家规：不准把手稿转卖给他人。清朝同治年间，山东遭遇大旱，蒲家后人来到沈阳，蒲家人闯关东带来的，还有《聊斋志异》手稿（后因盛京将军依克唐阿借阅而丢失了半部）。光绪年间，蒲家后人蒲英灏奉命镇守西丰，其子蒲文珊任西丰县图书馆馆长时，奉天图书馆馆长袁金铠希望蒲文珊能把手稿卖给他，蒲文珊一口回绝。也因此，蒲文珊被免去图书馆馆长一职。此后，虽有很多人仍垂涎手稿，但均被蒲文珊回绝。1950年，蒲文珊将《聊斋志异》所余半部手稿捐献给国家。1951年，东北文化部将半部手稿移交东北图书馆（今辽宁省图书馆）。

如今，珍贵的《聊斋志异》手稿已成为辽宁省图书馆的镇馆之宝，也是沈阳城市宝藏的重要一函。

清代盛京是国家重地，很多作品的文学版图里都有展现。

纪晓岚，《四库全书》总纂官，世人称为风流才子，他的代表作《阅微草堂笔记》里头，有十三篇题材与辽东相关。简单列一下，就是《金重牛鱼》《东光霍易书先生》《乩仙多伪托古人》《戴遂堂先生》《献县胡维华》《仙自称芦中人》《唐青州刺史刘仁轨》《张桂岩自扬州还》《三座塔》《巡检署中一太湖石》《艾孝子事》《蔡芳三与诸友游西山》《旗人赴任丘催租》。

《阅微草堂笔记》是笔记体，情趣之作，纵意所如，天中落雨，像现在的博客、微博、微信、短视频一般，最能在细节处见出著者的才情视野。史载，纪晓岚是个胖大汉，标准的吃货，北方老爷们儿。他在《金重牛鱼》中特意提到一种“沈阳特产”：鲟鳇鱼，俗称牛鱼，从金朝到清朝中叶，这种鱼一直被认定为高级美食，体大肉鲜，可以长到上千斤，卵还可以制成鱼子酱，寿命可达百年，是恐龙时代就有的物种。不过，此鱼多出自黑龙江—松花江水系，并非辽河—浑河水系出产。沈阳（盛京）作为陪都，当时是东北的政治、经济中心，当然也就是官场吃喝文化的中心，牛鱼即使在当时也属于稀见之物、顶级美食，尤其千斤以上的大牛鱼，号称淡水鱼王，是超级值银子、上场合的佳肴，更是达官显贵的禁脔，老百姓吃不起，富户土豪有钱也吃不到，所以它虽不出产于沈阳周边，但闻名却必得在沈阳的筵席之上，从这个角度上说它是沈阳特产，倒也并不算错。

清朝中叶，辽东早已从地理概念正式转化为政区概念，盛京作为陪都，在全国人民眼中都有一种亲切感。到盛京做官，是仕途捷径，盛京将军、五部侍郎、奉天府尹和承德县令，都是很不错的位子。

《阅微草堂笔记》里就记载了一位“东光霍易书先生”的坎坷仕途。霍备，字易书，早年中举到京时，到吕仙祠祈梦，梦神送他一首诗：“六瓣梅花插满头，谁人肯向死前休。君看矫矫云中鹤，飞上三台阅九秋。”啥意思？霍备一时没悟明白。

后来霍备仕途通达，由中书舍人升任奉天府尹，这意味着进入了“快车道”啊，遥想当年那首诗，他的想法复杂了：仙鹤是一品官服补子的图案，“三台”指的不就是宰相之位吗？他在奉天正经甩开膀子大干，做了不少事情，被称为“沈阳最早大学”的萃升书院，就是在他任下大规模扩建，升级为东北最高学府的（当时还叫沈阳书院）。霍备还是一位大书法家，曾经殿试“为天下第二”。

| 阅微草堂笔记 |

但天有不测风云，乾隆十一年（1746），霍备因查办奉天流寓民人一案办事不力，也就是对老百姓闯关东管得不严，遭到朝廷严惩，被贬谪到一个叫“葵苏图”的地方蹲了九年。“葵苏图”是满语语音，译成汉语就是“第三台”，其实就是沈阳北部的三台子。

沈阳周边有好几处“三台子”，此处的三台子应为现平罗镇（原称平罗堡）西北方向的三台子村，当时是一处军屯要地。这回霍备全明白了：霍字上半是“雲”字的字头，下面是“鹤”字的少半，合在一起就是“云中鹤”，“飞上三台阅九秋”不正是指他在三台子熬了九年吗？你看这位霍大人，一辈子对自己的仕途都有沉重的宿命感，也挺难为他的。

《乩仙多伪托古人》篇里有个叫温敏的盛京侍郎，非常迷信，扶乩问寿，得句“甲子年华有二秋”，一甲子是六十年，加上“二秋”，他一想，能活六十二也行啊，不料两年后就死了，原来他算命那年恰恰是甲子年！可见命不能乱算，弄不好会有相反的效果。上述两位书都读了不少，结果却倒霉在算命上。

《戴遂堂先生》一篇，记载了沈阳名士戴亨讲的一段家族故事，他的父亲戴梓是个火器发明家，早年研制了二十八连发火铳之后，正准备献给朝廷，却梦见一人骂他：你让这样的大杀器流传于世，违背上天好生之德，不怕遭报应断子绝孙吗？戴梓害怕了，最后没有献。

接下来再关注一下《子不语》里另外几桩“超自然事件”。

话说雍正初年，朝廷为盛京将军送五百匹战马到黑龙江，眼瞅着快到地方了，忽然一匹马振鬣长嘶，领着众马跑到江口，跳入水中变成了鱼！五百匹马“变成鱼跑了”不是小事，国家财产损失惨重，这段奇闻被载入《马变鱼园地变鹅》一篇。咱就不去探讨奇闻本身的科学依据了，它反映出一个史实：清朝时，东北大部地区都属于驻辽宁沈阳的盛京将军辖下。这位盛京将军的一大职责，就是统筹边境地带的防务。

《土雨》篇记载了在沈阳当塾师的北京李秀才，渡辽河返乡，路上在北台子遭遇“土雨”和“鬼火”，经过一番脚夫的装神弄鬼才脱险上路。估计事件的原型是沙尘暴吧。

《种蟹》写某盛京将军在沈阳用《养鱼经》里的“无性繁殖”怪法养甲鱼、

螃蟹。还有《彭杨记异》写山东僵尸客居辽东当塾师；《黄鼠狼着纸衣呼小将》写奉天李半仙到狐仙家赴宴，跟客串侍应生的黄鼠狼有一番对话。这都没啥科学依据，不赘述了。

如今，徜徉在沈城内外，尤其是晚上，走到令人充满想象的地方，比如树影斑驳的山间小径或灯火阑珊的街角，常有一种仿佛回归儿时的天真想象：若是这里有一块石头就好了，石头上面写着“黑兽当年杀老虎处”或“纪晓岚当年吃牛鱼处”，也不必赘述更多繁琐考据的过程，就是引导大家看一看，想一想，笑一笑，难道不是很有趣吗？

小庭清夜 月斜时

文学是神奇的，文学又是残酷的，在那些诗篇的本事中，文学使人失去故乡和财富，只剩下眼前的风景；甚至，文学使人失去一切，只剩下表述的欲望。笔者写下这样一段话，所感慨者，乃是文学高于生活，往往可以将人置于生命的绝境，但这其实是一种手段，唯独保留的是创作者苦心孤诣、恰当又纯粹的心境，如见弃于繁华之外的李商隐那样，不用他人钦羡，却又动人心魄。

因为顺治入关，这座城市的精英人群刚刚离开不久，很多曾经热闹的府邸街巷，此刻落入花红夜深的沉寂，留都的月色，照见小庭幽径，也照在沈水堤岸，这与故园的月色有什么分别？

清初，有一对伉俪在沈写过很多诗。这二位就是世居浙江海宁、吴县的陈之遴、徐灿。

陈之遴（1605—1666）与徐灿（1618—1698）夫妻情深，夫妻间常以诗词相和。陈之遴降清，徐灿反对，二人间时生龃龉——他们平时好像就一直在写诗，即使闹矛盾了，也是以写诗的形式吵架，似乎夫妻之乐无逾此者。陈降清后官至礼部尚书，又买下苏州拙政园送给妻子，故徐灿有三卷《拙政园诗余》传世。后陈之遴因卷入陈名夏之案被反复遣戍到盛京等地，其间，陈之遴加入了剩人和尚函可等发起的冰天诗社。《浮云集》中，他慨叹此地苦寒，做梦都想回京面圣："霜生温室内，冰凝锦衾间。""玉京春色好，何日度榆关。""依稀趋贝阙，梦想见銮舆。"陈大人曾经的级别毕竟在那里，虽然被遣放，还是保留了一定的待遇，但他遥看山海关，想念关那边的春色，溢于言表。诗可以怨，又到冬天，陈大人心里不平，提笔感兴："南书涕尽山阳笛，北酒心寒塞上笳。不为浮名谁误我，异时春苑悔看花。"

不过久居于此，他发现这里另有壮美的一面，也认识了一些本地的朋友："狂飙日日卷黄沙，极望寒空万树斜。""四座割鲜争鹿尾，八珍陈馈亦麀肠。""野人今渐狎，杯酌屡逢迎。"看得出来，虽然进了"野人"的圈子，但陈大人很清楚地定位自己是客，他的心还在星辰大海、明堂玉阶。

在妻子徐灿眼中的沈城也不是久居之地："秋空杲日中天照，旅雁征人却共归。""料得鱼轩回首处，沙场尤有未归人。"

故园春色也不知今夕如何，但这边犹是雪未尽时。"故园梅信久迟迟，忽向龙沙见一枝。素蕊岂争桃李色，异香偏负雪霜姿。瑶琴梦里犹堪奏，玉笛愁中不忍吹。知尔也应思庾岭，小庭清夜月斜时。"见到沈城的早梅，触动了女诗人的乡愁，遥想小庭信步，清夜月斜，泪干有血，心痛无声，但还是不鼓琴也不吹笛子了，何必折磨自己呢？只是在她的心里，到底惦记着江南了。

水自东流，人自西流。白老江州，苏老黄州。春兴妆楼，秋兴书楼。扬子江头，西子湖头。陈之遴终于感觉到，他有可能此生就要常伴这片陌生的土地了。

康熙五年（1666），陈之遴病死戍所，在其前后，陈、徐的两子容永、堪永也离世。徐灿身边只剩五子奋永，她从此不再吟诗填词，而是皈依佛法，绘制了近万幅观音大士的画像，当时善男信女争相"宝之"。康熙十年（1671），康熙帝东巡祭祖，徐灿跪迎道边。康熙见她，问道：“岂有冤乎？”徐灿答：“先臣惟知思过，岂敢言冤。伏惟皇上覆载之仁，俯赐先臣归骨。”康熙帝遂恩准徐灿扶陈之遴的棺柩回归故里祖茔。

顺治朝直臣李呈祥（1617—1687）也曾在盛京生活，《东村集》里，他的眼中似乎只有冬天：“浪迹同飘梗，余生寄此椽。门开千里雪，爨起一窗烟。”（《茅屋》）这一窗烟色多年后也未褪去，但是李大人的心里多年后平复了些：“自拨炉灰寻片火，布衾更不梦长安。”“却笑狂夫狂未改，夜阑风雪理残书。”（《除日》）自得风雪之乐，活在冬日未至的回忆之中，不知这算不算得上是一种保持初心的快乐与旧式士人的境界。

不过，江南当然是美好的，但别处也不见得就没有好的风景，在陈梦雷的笔下，沈城作为留都，开始有了“十六景”的繁华葱茏气象。

陈梦雷（1650—1728）是大文章家，他在“三藩之乱”中被朋友出卖，于康熙二十一年（1682）蒙冤流放盛京。初到北国，水土不服的陈梦雷病倒后被好心的和尚关照住进龙王庙，在这里遇到了奉天府尹高尔位，后者将他请到奉天府。原来，当时高尔位急需完成编纂《盛京通志》的任务，却不得其人，因而迟迟没有进展。高府尹全然不计陈梦雷是朝廷重犯，立即让其脱离奴籍，安排他主修通志和负责组织指导各地的修志工作。在高尔位及其继任者的关照下，陈梦雷编纂《盛京通志》，顺利修成。据《辽左见闻录》记载，陈梦雷为编撰《盛京通志》，除评考历史典籍外，还组织人力进行实地调查。“各州县官扶画工而行，分诣边外深山穷谷中，阅历殆遍，图其形而归，逾年志成。”除擢用陈梦雷，高尔位还曾捐资修缮开原古城庙宇崇寿寺和寺院中的崇寿寺塔，又捐款修缮了宁远城（今兴城古城）的文庙。

康熙二十六年（1687），陈梦雷已经流放在此五年。在沈城西郊建起“云思草堂”后，陈梦雷对盛京的山川胜景、人情风物产生了感情，写下“留都十六景”组诗：天柱衡云、开城霁雪、东园泛菊、龙石观莲、实胜斜晖、浑河晚渡、御园春望、黄山秋猎、沈水春游、永安秋水、大堤踏月、塔湾落雁、景祐晓钟、天坛松月、南塔柳荫、望云列障。其《天柱衡云》诗云："一柱天开秀，居然岳镇宗。如何有佳气，五色尽从龙。功德千秋盛，蒸尝万国恭。岐丰荒作后，葱郁至今浓。"《沈水春游》和《大堤踏月》都写夜中月下："不觉城南月，沉沉下远川。""更阑万户静，星晓一天清。"

十多年中，家中父母妻子先后亡故，但陈梦雷开馆授徒、讲经修礼，笔耕不辍，先后又编撰《周易浅述》《承德县志》《海城县志》《盖平县志》等。他编纂的《古今图书集成》后来也藏于文溯阁，其中一部还曾为张学良"定远斋"的藏品。

云思草堂中，他在雨后喝了一点儿酒，趁着凉风在园子里转了转："何处非吾分，幽居亦自然。结篱新雨后，抱瓮晚风天。细草随时绿，孤藤用意牵。兴闲吟啸罢，斜月半窗前。"

同样的月色，陈梦雷孤笑自得。

曾归碧海 今已回

城市自诞生伊始，即有景观的附带属性，是个可以周游探玩的地方。换言之，一座城市可以没有很发达的经济，但是若连有趣的人物和事物都没有，那可真的要危险了。再换言之，细品一座城市的文化魅力，城市的“宝贝”和名人一样，都是非常关键的线索。

比如皇寺金佛，清朝二百多年中都是沈阳的“镇城之宝”。

据《盛京通志》记载，皇太极后金天聪八年（1634），墨尔根喇嘛特意从千里之外的察哈尔以白骆驼载玛哈噶喇佛金像、金字佛经及玉玺，呈至盛京，以表归顺之心。玛哈噶喇佛又名大黑天，是蒙古各部信奉的护法神，这尊佛像是元世祖时国师八思巴于五台山用千两黄金铸成的。佛像高一尺二寸，两腿半蹲，双臂交叉于胸前，右手操一柄月牙斧，左手执一把双刃剑，神态威武。

据说，当献宝队伍行至今北市场皇寺庙西边的一棵老槐树下时，白骆驼突然卧倒不起。喇嘛又惊又喜，认定骆驼的表现是因为受到了玛哈噶喇佛的意会，他们便认为此地是佛门圣地。皇太极听说此事很高兴，认为这是玛哈噶喇佛灵显现，于是下旨在此地兴建佛楼，供奉玛哈噶喇金佛（萨迦派）。

| 皇寺金佛楼（又名护法楼）|

随后皇太极下令择日吉时，卜地建庙，这才有了莲花净土实胜寺——皇寺（格鲁派）。皇寺的庙会和抬佛节传统悠长，始于清崇德三年（1638），当时皇寺完工，皇太极携公卿家眷亲往礼佛。从此，每逢农历四月十五，最高的行政官员，都要受皇帝钦派，前往皇寺恭代皇帝向玛哈噶喇金佛拈香祈福。自那以后，从清朝到民国，来沈城上任、定居、开买卖的达官贵人都要先到皇寺打卡，拜拜金佛祈求降瑞赐福。

1946 年，皇寺金佛失窃，根据各种史料，徐箴与此案颇有关联。

徐箴，字士达，光绪二十五年（1899）生。1916 年在小学任教，后被兴京（今新宾县）监督保送出国留学，到日本仙台高工攻读电气专科。1923年徐箴毕业回国，被新成立的市政公所聘为事业科科长，1924年负责设计、指挥了奉天第一条有轨电车线路的建设。1925年通车后，他获任电车厂厂长。后来，张学良为抵制日本垄断的南满铁路，调徐箴去吉林负责修建吉林至海龙的吉海铁路，由他担任总工程师兼工程处处长和总务处处长。1928年12月29日东北易帜，徐箴除了在奉系所办实业部门得到重用，还加入国民党。1931年4月，国民党准备召开国民会议，徐箴当选为哈尔滨代表。九一八事变爆发后，徐箴积极支持抗日活动，1932年4月7日的天津《大公报》特讯曾刊载过他捐资两千元，支援哈尔滨保卫战的事迹。哈尔滨沦陷前夕，徐箴潜回关内，被国民政府委任为北平电话局局长兼东北党务办事处委员。1937年以后，徐箴担任过浙江省第六区行政督察专员兼保安司令，福建省政府委员兼教育厅厅长。"八一五"光复后，徐箴获任"辽宁省政府主席"。

1946年3月的一天，徐箴给实胜寺传话要亲率大员亲信前来皇寺拜见金佛。3月30日下午，徐箴派两名特使到皇寺打前站，其中一位居士李伴锡常到寺里与众喇嘛谈经论佛，另一位是个仅有十七八岁的小伙子。李伴锡还带来了徐箴献给实胜寺的月牙斧。那天后半夜里，佛楼被破门，金佛不翼而飞。与金佛一起不翼而飞的还有月牙斧。众喇嘛连忙向警方报案。次日，徐箴在一些大员的陪同下来朝拜金佛，喇嘛们忙向徐箴禀报金佛被盗之事。徐听后小声地自语："看来金佛与我无缘啊，佛爷不在我也要拜！"说完，他登上佛楼，冲空佛龛叩了三个头。案发后的第三天凌晨，皇寺突然起大火，多亏扑救及时，才使寺院幸免于化为灰烬；两天后，皇寺又起大火，这次因为喇嘛们都被抓去受审，结果牌楼和山门被烧毁。

事实上，徐箴在辽宁任职时间不长，1948年即被迫下台，寓居沪上。徐箴被赶下台的原因，有人说是涉嫌策划皇寺金佛被盗案，有人说是因为贪腐，有人说是因为他反对沈阳成为国民政府院辖市。

1949 年 1 月 27 日，农历大年除夕的前一天，往返于上海和基隆之间的中联公司太平轮，满载着当年的名流绅士（包括徐箴一家五口）在浙江舟山水域与他船相撞后沉没，近千人遇难，史称“太平轮事件”。徐箴一家也葬身海底。很多人认定，金佛就在徐箴乘坐的太平轮上。

现存的荀孟涵日记对此案有零星记录。荀孟涵（1898—1976），名荀潜，开原人，1928 年担任开原县教育局局长，九一八事变后因为宣传抗日，被日本人列为“东北首犯”而遭通缉、追杀。他被迫逃往上海，1934 年被任命为中华书局福州分局经理，在福建主持中小学教材发行工作 11 年，其间与担任福建省教育厅厅长的徐箴交情深厚。1945 年 8 月日本投降后，荀孟涵就跟着徐箴回东北。据荀孟涵日记记载，皇寺金佛被盗，徐箴嫌疑最大，但当时人家位高权重，加之天下不太平，谁去追踪金佛下落？他分析徐箴偷走金佛，不是为了据为己有，主要是为升官。荀孟涵后来说，这些话在当时只能烂在肚子里。据其日记所载，国民党战败后，徐箴给荀孟涵来信，约他同去台湾，他没有去。

不过还有些对徐箴有利的证据。徐箴本人为虔诚的佛教徒，当时已经是居士，很难想象一个居士会去偷盗佛像。再者，徐箴在 1946 年曾与福建、台湾佛教界打招呼，称有机会将亲自运作迎沈阳皇寺金佛到南方举办法会之事宜，他访问皇寺应该就与此动议有关，且以他的权势，运作此事当不难，而他若盗走金佛，反而弄巧成拙，两边都没法交代。因此，到底金佛是否为徐箴所盗，恐怕只有到太平轮正式打捞出水之时，才能见个分晓了。

2015 年 7 月，玛哈噶喇金佛重塑，并按照宗教仪轨，沿着当年八思巴呈献给忽必烈的行程，在西藏萨迦寺、大昭寺、布达拉宫进行加持、开光、装藏后运回到沈阳。金佛和抬佛节之俗从此重现沈城，为老北市文化街区增添了亮丽色彩，“皇寺鸣钟”的悠长回响里，又恢复了几许跨越时间的高级色。

炼师与剩师

世人说良辰美景，多举月圆花好。想来那明月之下，海棠盛发，池塘柳絮，诗酒风流，确是能引王孙长留的情境。

然而世事循环，物换星移得何其残酷，昔日公子王孙转眼落魄，破家去国，待到认识了苦境的真相，繁华空幻唯存记忆中，才知寒夜阔谈何尝不是一种人生大乐趣。

三百多年前的盛京城，寒冬夜呵气成冰的时候，三官庙的静室之中，诗僧函可与李箓元、苗君稷两位道人朋友感会的，正是这样的乐趣。后来，函可的存诗《与希、焦二道士夜谈漫纪》讲述了这件事。

那夜函可是客，李、苗两位是主。这主客一僧二道都不是凡人。

是年的春天里，函可遭逢大难，幸得不死，奉旨焚修盛京慈恩寺，成为有清一朝首个因文字获罪的流人。

函可初到盛京，远望天地一派幽沉，待到踏入城郭人烟深处，他的心情逐渐平复起来，禅宗是倡导积极有为的，是入世关心的，函可是诗僧，和尚写诗，即说明了一切。诗的能量，恰来自精神世界的不平衡状态。

俯仰之间，他在诗中对自己写道：“半晌低头想，依然得故吾。”“礼佛欢如旧，逢僧尽笑呼。”吃着高粱米，睡着土坯炕，但他的初心没有磨灭。

当时的慈恩寺，已经是关外香火很盛的十方丛林了。这里在天聪二年（1628）始建，是后金迁都沈阳后修建的第一座汉传佛教寺庙，相比属于藏传佛教系统的皇寺、四塔四寺等处，这里显然最适合安置信奉禅宗的函可和尚。

人是最后的风景。有个性的人，有才情的人，有见识的人，有故事的人，往往是可遇而不可求的。函可入慈恩寺焚修不久，有人慕名而至。

在枝吐新绿、鸟声啁啾之时，来访慈恩寺的就是那两位道人。

这二位中，年老的叫李篆元，号希与；年轻的叫苗君稷，字有部，号焦冥，又作蟭螟。

他二人原籍都是直隶昌平（今北京市昌平区），本来并非道人。崇德年间清军攻入关内时，他们被掳回辽东。这二人颇富才学，苗君稷还是诸生的身份，在经史方面皆有所长，但他们都拒绝了清廷的招纳，而是自请出家当了道士，从此青灯黄卷，一心小隐此生。

何以见得是小隐呢？这不仅是苗君稷在诗文中的自谦之语，更在于他们出家的地方，是盛京三官庙。

这座三官庙古已有之，位于明代沈阳中卫城的中心偏南位置，后金迁都沈阳、兴建盛京、建立清朝、营造皇宫时，三官庙就在宫阙之侧。其中，大政殿、

| 剩人和尚像 |

十王亭在其东北方向，崇政殿、凤凰楼在其西北方向，而文德坊、武功坊则在其门前的东西两边，所以三官庙俨然处在盛京宫阙建筑群的环抱之中。入关前，努尔哈赤、皇太极、顺治三代都没有迁走三官庙，除了因为该庙颇为灵验、“祷之辙应，及民功德以为最著”之外，更有希望该庙能够护佑新朝的愿景。

苗君稷以青春韶龄入道修行，优游不仕，借命黄老，闭户著书，为何要自号焦冥？

焦冥，也称蟭螟，是古代道家传说中的一种极微小的虫，东晋葛洪《抱朴子·刺骄》说：“蟭螟屯蚊眉之中，而笑弥天之大鹏。”这种小虫可以隐藏在蚊虫的眉毛中，而笑看大鹏鸟的起落。极善于潜藏自己，隐介藏形，是智者的一种修为，苗君稷在大清宫阙边上的道观里修行，跟很多达官显贵甚至皇子皇孙都成了朋友，目睹乃至亲历了那么多的宫闱事变、高层争斗，自己却能置身事外，悠然无忌，一直到康熙年间才安然辞世、得享完寿，这里边的生存智慧太大了。清代屈大均《孤竹吟》写道：“独智世不容，接舆久佯狂，神龙为蟭螟，白刃莫能伤。”焦冥不是天生的，是后天变化而成的。

苗君稷第一次去拜见函可时，还不到三十岁，却已经阅尽千帆，胸中有数，人皆尊其一声“苗炼师”。

然而，修行并不能解决苗道人思想深处所有的问题，他需要以诗歌的形式来疏解自己，达成生命的平衡，而这位给他开启诗才的人，正是函可和尚。

当时，函可的生活仍是很困苦的，他是岭南之人，最受不得的就是塞外的苦寒。函可后来回忆，他曾到南塔广慈寺乞食，南塔的一位老喇嘛吾上人见到他而惊问“师胡为乎来哉”，马上解下身上的僧衣披在函可身上。这件事令他深为感怀，念念不忘，后来还搬到广慈寺住了一段时间。

与他相比，两位造访慈恩寺的道人，却是相对丰足，他们见到函可的困窘，雪中送炭地馈赠给他很多衣食用度之物，函可后来在诗中回忆道：“忆我初来时，萧索若飘蓬。李君下拜揖，遥指昆仑峰。千尺水晶楼，白云有路通。竹杖叩丹扃，一见气春容。不识人间礼，欣此邂逅逢。饮我鸭绿江，食我西山松。赠我白马牙，衣我千针缝。乞者固无厌，施者意方隆。共坐论南华，麈柄各横纵。出门薄云车，金勒玉面骢。瞬息三千里，往来若游龙。”详尽地写出了两位道人造访慈恩寺时的慷慨解囊之举。

于是，函可与两位道人成了至交好友，李、苗二人经常来访慈恩寺，函可也时常回访三官庙。盛京宫阙与慈恩古刹之间，由此多了一重缘分。

按说，道人是善于守拙自保的智者，函可更是必得谨言慎行的戴罪之身，况且他们是僧道殊途，彼此之间有个惺惺相惜的默契就可以了，少接触才是上策。

静水深流？然而并没有。

须知，函可乃天地间一个真性情之人，哪怕是国破家亡甚或身遭拷掠，都不能改变他的本初之心。说一个细节，函可自小习惯裸足外出，即使到了盛京，依然故我，“到积雪拦门，犹浩然白足而出”。吟诗更是未曾稍歇，此即慈恩寺从函可之后，梵唱之中多了一缕文脉的缘起。

他生命里满满装着的是出家人的大心，加上禅宗的和尚向来喜欢交游、辩论，点悟众生，思维常变常新、与时俱进。

两位道人，也向这位诗僧敞开了心扉。这大概是共同的遭际与心境使然吧。

于是就有了函可《与希、焦二道士夜谈漫纪》诗中记载的那次冬夜长谈。

三官庙对于函可而言，是个绝对别有意义的地方。数墙之隔，就是清朝的陪都宫阙，改变他一生命运的原点恰与之相关。他本人遭逢惨变迫害，多少与洪承畴的政争倾轧相关，甚至可以说就是替洪挡了来自政敌的致命一刀，而洪承畴降清之时，也是住在这三官庙内。

那晚，盛京城冰合雪覆，龙潜豹隐，寒夜之中，故宫之侧，这一僧二道乘兴而谈，一吐平生胸中块垒，不觉东方既白，“暗风吹窗棂，残月若朦胧。鸡声催天衢，妄谈犹未终”。

这中间，他们一定谈到了明夷子张春的《不二歌》，一定谈到了明亡的教训，一定谈到了南明再变，谈到了洪承畴在三官庙的往事，谈到了盛京的佛与道，谈到了慈恩寺，甚至，他们极可能谈到了诗，谈到了塞北冰天，谈到了南国诗社。

后来，函可首倡成立冰天诗社，李箓元、苗君稷就在现场，并且成了最早的诗社成员，苗君稷更拜函可为诗歌上的导师，因函可自号“剩人和尚”而称之为“剩师”“剩公”。他们的文字师承之发轫，即应遥指这夜的诸般好言辞好机锋。

冥冥之中，为明死节的张春仿佛一点魂魄不散，也来吟咏抒怀：“冥漠前致辞，恍惚觌仪容。知是前代人，磷光如白虹。三读《不二歌》，声声噎寒钟。二仙寂不言，怪涕亦无从。”

这可算是那夜畅谈自得的一种额外的圆满。

多年之后，函可故去，闻讯的苗君稷十分悲恸，在《哭剩公》里写道：“悲君已是再生身，脱去仍怀未了因。孤鹤泪倾辽海雪，十年魂度岭南春。云浮古塔还萧寺，风逐残钟自水滨。怅望杳然终不见，空留明月照松筠。”他的诗没有函可那般天然率真，没有那么百变千幻，但工稳而充满深情。

可以一下子看得出，这是那个懂函可的人。

头上一片冰天

顺治七年（1650）的冬日，沈阳人应该记住。

看《野草》，最喜欢《死火》的开篇：“我梦见自己在冰山间奔驰。这是高大的冰山，上接冰天，天上冻云弥漫，片片如鱼鳞模样。山麓有冰树林，

| 慈恩寺冰天诗社 |

枝叶都如松杉。一切冰冷，一切青白。”鲁迅以极富哥特风格的文字，摹写了凛冽真切的内部感知。从此我抬头看沈城冬日的天空，心里便是一片片弥漫的冻云。

其实，冰天若作为一个文学符号，那必须是沈阳的专利，因为我们有“冰天诗社”，诗社的灵魂人物函可，主要的文学生命是在这里度过的。

在清代中叶以前，关内有很多获罪的人“减死免等”，以流人的身份遣戍东北，这些人来自五湖四海，各有各的故事，但来到此间，在同一片冰天之下，竟得缘相逢，抛却鳞羽之别，颇有种共患难中的惺惺相惜之情。

顺治七年（1650）十二月十九日，明末文坛大家、北里先生左懋泰在这北国迎来了五十五岁寿辰，其好友剩人和尚函可邀来盛京、铁岭、尚阳堡等地的流人文士，汇聚在其挚友左懋泰身边为其祝寿。

左懋泰，号大来，明崇祯七年（1634）甲戌科进士，官至吏部郎中。因被仇家诬告，在函可流放的次年顺治六年（1649）流放至盛京，充军铁岭，全家百余口随其来此。左懋泰当时在流人中享有很高的威信，诗文均享盛名。

寿宴上，除了左懋泰和他的两个儿子左玮生、左昕生，还有函可、陈掖臣、李因、魏绾、季开生、董国祥、丁澎、陈之遴、李呈祥、苗君稷等三十位文士和僧道。在诗与酒之间，大家嘘寒问暖，“始以节义文章相慕重，后皆引为法友”。

看火候差不多了，函可起身提了一个建议：在座众人，何不效仿古来才子结社，我们也搞一个诗社呢？

诗社的名字没有悬念，就是“冰天”。

在那之前，宁古塔流人吴兆骞曾组织了一个“七子之会”，不过冰天诗社的规模要比之大得多，参加者的文坛影响力也大得多。诗社说立就立，众人现场即兴和诗三十二首。左懋泰则作《答诸公见赠》，诗云：“神农虞夏忽芜荒，五十五年事杳茫。绛县春秋羞甲子，楚歌宋玉谱宫商。腐儒不死蠹空在，窜客添龄罪愈彰。松柏好存冬日色，任随沤沫注沧桑。”这位曾经的士人领袖诗中自称“腐儒”“窜客”，充满沉郁苍凉之感。加上这首左本人答诗，本次诗会计得三十三首。

冰天诗社成立后，没过几天，十二月二十六日，是函可的四十岁生日，诗社众人又汇聚盛京。这次由左懋泰主持了函可的生日宴和诗社的第二次集会，得诗三十三首。

寓居辽东的文人高士们，有了自己的创作出口，他们的感遇，从此和着北风冰雪，回荡在空旷寂寥的山河故城之间。其中，有很多记录了当时盛京内外的日常生活。两次诗会加上函可的“招诸公入社诗”及诸人答诗二十首，共八十六首诗，后来都收录到函可为之作序的《千山诗集》卷二十。“冰天诗社”名册上的这些人，用他们的悲苦表述换来了我们的这部分城市记忆。

而这些流人后来的故事，有悲有喜，一言难尽。

顺治十一年（1654），左懋泰被赦为民，但不允许返回故里。两年后，左懋泰病逝于沈阳。函可《哭吏部大来八首》中写道：“共洒十年前代泪，独留数卷后人思。”他家族的后人，至今在铁岭、沈阳生活。

冰天诗社还有一位戴遵先，为名士戴国士之三子，所以世称戴三公子。易代之际，他曾劝父亲不要降清，国士不听，于是遵先落发为僧。后来国士获罪流放盛京，他还俗随父到流放地，代其劳役，侍奉左右。诗社二次集会上，他的诗句里“心史未能藏古井，新诗直欲问高旻”“海畔行吟时说法，人天八万共沾巾”，词锋微露麟角，写的是函可，其实是对在场那一群人的共情写照。

被称为“海内三陈”中的陈曾寿，作过一首《菩萨蛮》，颇可象征这些大时代里小人物的宿命：“浮天渺渺江流去，江流送我归何处，寒日隐虞渊，虞渊若个边，船儿难倒转，魂接冰天远。相见海枯时，乔松难等期。”江流已是昨日之事，行走之间，心魂所寄，又是冰天，头上的那片冰天。

最放不下的人，是郝浴。

郝浴，字雪海，顺治六年（1649）进士。他本是新朝诤臣，因奏报吴三桂有野心遭报复弹劾，于顺治十一年（1654）流徙沈阳。郝浴与函可交情极深，据郝浴《金湖庵剩师像记》所记，函可与他曾长谈达旦，“握浴欢甚，忘形发悟”。

顺治十六年（1659）十一月二十七日，函可于驻跸寺圆寂。当时，其友李呈祥、郝浴等守候在侧。郝浴《奉天辽阳州千山剩禅师塔碑铭》中记载：顺治十四年（1657），他冒严寒到沈阳访问函可，当时正在海城金塔寺的函可特赶回来与之相会。长夜孤灯，二人谈禅宗曹洞、临济二宗奥妙，如“皓月江翻，霜峰电扫”。函可去世两年后，郝浴为其在千山璎珞峰西麓双峰寺筹建了舍利塔。“三藩之乱”爆发后郝浴得以平反、复官，在《金湖庵剩师像记》中，他又想起函可，“塔在辽，像在博，兹家而觉国，博博老怀，不洒洒鹤泪，锡飞之梅岭乎！”

“叹息人间劫灰尽，惠州天上亦荒莱。只拚如此家声在，无可奈何笑口开。是处总堪埋骨地，从今不上望乡台。漫言出世除烦恼，悟到无生觉转哀。”冥冥之中，很久以前，剩人和尚函可似早已预见到了给郝浴这番话的回应。

2018 年，沈阳文化界于慈恩寺复建“冰天诗社”，以此纪念函可入沈三百七十周年。

王先生的正事，和大人的诡事

搜求都市传说，走遍大街小巷，据笔者所知，沈阳有不少人在这样做。当然，横向看起来，很多地方都有这样的胡同串子、故事篓子，这些人是城市历史的小小记录者，既有爱好也有志趣。纵向来看，各个时代都有精于城典的一方人物，若访求某地某方面的过往细节与人际关系，或者翻查旧案、考据八卦，都绕不开这样的大隐之士。看法国人拍《天使爱美丽》，浪漫的小妞儿想找一盒子陈年爱物的原主，最后还是要向公寓深处的一位老作家求援。

前段时间笔者去搜求城市史素材，却寻见一位老户籍警，他告诉我，去看《辽左见闻录》，“那里边，你想要的都有”。

清朝初年，辽东来了位很神秘的人物，真名叫王一元，字畹仙，号子初居士。这个人的身世非常耐人寻味，他的籍贯就很神秘，而且户籍上一度改姓为吴。所以有人说他是江苏无锡人，也有人说他是铁岭人。

看他的生活履历，祖籍无锡不假，但青年时确曾在盛京地界生活了十多年。他是康熙二十四年（1685）二十七岁时来的，备战五年后，以铁岭籍吴姓赴顺天府乡试中举，康熙四十二年（1703）科举中榜成为进士，到甘肃去当了录台县令才彻底离开，后来致仕也是回到江苏老家……怎么样，是不是很像现在的高考移民？

更为可贵的是，小王备考的时候，也未失去文学的自觉，将康熙中期这一段他生活周边的见闻搜集整理了许多，晚年整理旧稿，便成了一部《辽左见闻录》。书里有大量的一手素材，因为还没有到创作阶段，所以王大人未加更多梳理，就这么原生态地把奇人异事、社会新闻罗列一番："辽左女子善乘马，较男子更胜，加鞭疾驰，了无畏怯，而姿态更飘逸。偶有一二不能乘者，必共笑之。"王先生晚年回忆这些画面，依旧有所回味。

就这么过了几百年，后人再去翻看这本书，才发现其中颇有很多遗珠，比如清初铁岭本来是流人集中安置之地，到康熙后期为什么一下子清空了呢？别处均无记载，在这本书里却有线索：原来为了供给与漠西厄鲁特蒙古准噶尔部的战事，当时朝廷特许在铁岭的流人可以捐马赎罪，于是这些人便借此脱离戍籍，恢复了民人身份，大部分就此离去。

此外，王一元在各地没少转悠，往东去过李成梁旧居遗址，往西去过绥中看长城，偷偷观察过旗人女子的天足，亲历了沈阳大雨中的球状闪电，还就近描摹了陈梦雷、左懋泰、陈之遴、吴兆骞、戴梓等这些流人的众生相。

总之，这些原生态的记载很好玩，很适合作为一本小说的素材，虽然后世挖掘其独特价值的首先是史学界。

王一元官做得不大，但自我定位始终是士人，士人做一点笔记，持刀而不用刀，佩剑而不亮剑，这是交游中间的风雅，是相关斯文的正事，所以他在"见闻录"中的三观还是很正的，换成和大人，可就不这么老实了。

和邦额，满洲镶黄旗下魏佳氏，是乾隆年间人物，清高宗孝仪纯皇后魏佳氏的兄弟。他的祖父和明做过甘、闽、粤等地的总兵，祖父去世后他转到京城八旗官学读书，三十八岁时考中举人，出任山西乐平（今昔阳）县令，按旗人的称呼礼节，得叫和大人。这位和大人自小随长辈宦游各地，当官后更是广交朋友，专门喜欢各类“志异”读物，晚上围炉夜话，茶酒之间，不唠正事。他在《夜谭随录·自序》中说：“予今年四十有四矣，未尝遇怪，而每喜与二三友朋于酒觞茶榻间，灭烛谈鬼，坐月说狐，稍涉匪夷，辄为记载。日久成帙，聊以自娱。”《夜谭随录》内容上借鉴了袁枚《子不语》若干篇目，形式上却模拟蒲松龄《聊斋志异》，喜欢把妖怪写成女的（纪晓岚《阅微草堂笔记》就特意多写一些男的甚至中性的），内容相当生猛无忌，虽然跟曹去晶的《姑妄言》还是不能比，但很难判定和大人出这本书的初衷：“故人不妨妄言，己亦不妨妄听。夫可妄言也，可妄听也，而独不可妄录哉？”不过，这种风格与日本的“百鬼夜行”和当代网络上流行的“诡事录”比较相似，以致《夜谭随录》原本一百六十多篇，近些年整理出版的时候只选了一百篇挂零“比较有代表性的”。比如他曾经在福建生活，对三藩中的靖南王耿家多有了解，所以在《倩霞》里，就借着贴身丫鬟之口，以猎奇视角写耿精忠的那些深宅秘闻。

据记载，他还有诗歌集《蛾术斋诗稿》和戏剧作品《一江风传奇》，但是都失传了。

不过，和大人毕竟是旗下人物，他的人际圈子也以旗人为主，所以书中的故事多发生在北方的京城、沈城等地，鲁迅先生《中国小说史略》称《夜谭随录》“记朔方景物及市井情形者特可观”。

翻《夜谭随录》，开卷第一篇《崔秀才》，讲的就是“奉天先达”刘公跟义狐所变化的崔秀才之间一段感人的故事；《来存》里，和大人家的沈阳老仆曾经在大漠戈壁闯荡，给他讲了巴里坤的“人同”即野人的故事。其他如《戴监生》《褦襶》等也均与沈城相关。

再说程伟元，他与沈城发生交集，是在嘉庆年间。其实他与沈阳的很多名人如缪公恩、金朝觐都有交集，因为他既是沈阳书院的老师、芝兰诗社的成员，又是会文山房和程记书坊的书商。但作为知名的学者、书商，程老师不怎么写东西，好多事情都留在了心里，这是后人研究红楼时的一大憾事。

一般述而不作的人，不是真正的学问宗师，就是皮袍下有些难言之隐不能乱说的文士。程伟元，字小泉，苏州人，生于乾隆十一年（1746）前后，卒于嘉庆二十三年（1818）前后。乾隆后期，作为初代“红粉”，他在京城花费数年之功搜罗《红楼梦》残稿遗篇，并邀好友、祖上曾居沈阳三台子的铁岭人高鹗共同承担“细加厘剔，截长补短，抄成全部”的编务，数次刻印《红楼梦》。后来，他在嘉庆五年至八年（1800—1803）成为盛京将军晋昌的幕僚，佐理奏牍，时相唱和。他比晋昌大十多岁，晋昌曾三任盛京将军，程是在他初任时入幕的，当时晋昌才四十一岁，虽为武将，但有时附庸风雅，也跟幕僚们一起吟上几句，这些诗由程伟元等人平时记录、搜集、整理、润色，最终形成了一本《且住草堂试稿》，程伟元在为其写的序中，称赞其诗作“一往情深”“出于天性”，这有心之举令晋昌非常感动……

美好的天宇下，是大路

大御路也称“京奉大御路”，是从今天的华山路经永安桥西行的。

清朝时，一条大路西去，连着北京与盛京，连着关外一宫三陵与广袤的东北腹地，连着辽西走廊与蒙古各部。大御路东端最后一座桥梁，叫永安桥。数百年过去了，桥与路仍在，因为这条路太重要了，它的建成，令北京与沈

| 永安桥 |

阳之间成为通途，不再需要绕行到辽阳、海城等地，较之古代缩短了四百里的路程。清代有康熙、乾隆、嘉庆、道光四位皇帝前后共计十次东巡，其中康熙三次、乾隆四次、嘉庆两次、道光一次。每次东巡，基本上都有在盛京的祭祖活动。

而若在北京、沈阳两地之间往返，则都以大御路为最优路线。如果以沈阳为起点、以北京为终点，大御路的大体走向在今天是这样的：沈阳现在的小西门是起点，出城之后向西，经过小西路—市府大路—华山路—塔湾—永安桥—新民市红旗堡—黑山县二道乡—北镇市北镇庙—锦州市太和区杏山街道—葫芦岛市高桥镇—兴城市—绥中县中后所—山海关—秦皇岛市抚宁区—卢龙县—唐山市丰润区—遵化市—天津市蓟州区—北京市通州区—北京市区。

“野岸春芜发，青葱一色齐。皇舆连远近，地轴别东西。日送霓旌影，风吹骏马蹄。山河绵带砺，回首重低迷。”这是康熙帝第二次东巡渡过巨流河的时候写下的，当时他还不到三十岁。这是典型的帝王诗，或许只是经过了文学侍臣的稍加润色而已，全诗结构简单，大开大阖，着眼处都是山河天地。

“夹路飞尘宿雨消，十年曾此驻龙镳。春风城阙知非远，几处轻寒变柳条。”到了永安桥，皇上信口吟诗一首，慨叹这次东巡距离上次已逾十载，又见此桥，说明盛京城已经不远，路边的柳树已经泛绿。

“双悬凤阙隐金铺，想见龙飞握瑞符。殿列丹霄崇大政，宫开紫极接神区。君臣际会风云日，版籍留存山海图。堂构有怀追往事，土阶俭朴示规模。”这是沈阳故宫第一次全景式呈现在帝王诗歌中，由盛京宫阙的雄伟殿宇和质朴装潢，康熙联想到清初曾祖、祖、父创业宏图的场景，非常激动，似有领悟。

其实，帝王诗非其所长，康熙更擅长的还是写他喜爱的东西，从女真人到满族人，海东青都是最高的图腾之一。海东青是出产于辽东的一种大鹰，凶狠鸷恶，捕食小兽，是关外著名的猛禽。康熙曾写诗赞美海东青："羽虫三百有六十，神俊最数海东青。性秉金灵含火德，异材上映瑶光星。"对海东青的描写非常生动传神。

东巡之时，在皇帝身侧，还有高士奇、纳兰性德等文学侍臣，甚至有钦天监的南怀仁——他是此行随侍的一个具有国际视角的人，他写的《鞑靼旅行记》也提到了沿途的风景，但其中记述则客观简略，写得中立平实，近于调研报告了。

高士奇的《渡浑河》场面浩大："浩渺看无尽，沧波滚滚来。浮桥齐渡马，大地不生埃。"他的《扈从东巡日录》中用优美细腻的工笔描写了盛京山川风物，写福陵："佳气乔林，郁葱五色。""百水回环，众山俯伏。群趋争赴，拱会朝宗。"写昭陵："平川广陌，水汇沙明。""云霞蒸驳，松柏丛骈，丰沛老臣尚有鼎湖之恸也。"

清代皇帝除了自己东巡祭祖，有时也派皇子代劳，比如缺少闲情逸致的四爷胤禛。康熙六十一年（1722），因为身体欠佳，皇帝派雍亲王胤禛代替自己祭拜关外三陵。四爷从京城赶往盛京，到锦州时避雨，住在退休官员尹泰家里。夜雨秋灯，四爷发现尹泰谈吐不凡，又得知其五子尹继善次年要进京赶考。第二年，尹继善进京参加会试，正好圣祖皇帝康熙驾崩，雍亲王继位当了皇上。尹继善考取进士后，入朝觐见时，雍正非常喜欢，又想起雨夜之事，于是决意重用尹家父子。尹继善当官后第六年，三十二岁就成为江苏巡抚，最后官至文华殿大学士。他获宠前后，其父尹泰也时来运转，雍正三年署盛京侍郎，兼领奉天府尹，最后以八旬高龄被加恩授东阁大学士兼兵部尚书。尹继善第四子庆桂在乾隆四十七年（1782）出任盛京将军，于嘉庆四年（1799）官至文渊阁大学士，总理刑部事务。

四爷是心中有数的人，此行代父皇东巡祭祖，在政治上大大加分，所以心情极好，但父皇身体欠佳，他又不能表现得过于高调兴奋，这种略显微妙的情感在其诗句中有所呈现。

《谒福陵恭颂》中："一峰天柱象昆仑，圣武开基百世尊。""赫濯声灵通僾肃，春秋霜露感长存。"歌颂了太祖的开基伟业，他自己也在沈阳的仪式中仿佛能够与太祖的英灵实现灵魂对话。

《谒昭陵恭颂》中："帝统兼因文治广，圣基岂独武功恢。""虔肃奉觞恭拜毕，五云飞处久徘徊。"歌颂了先祖的文治武功，他自己也沉浸式感受到五彩祥云环绕飞升的神圣感觉。

《渡巨流河》中："木落晴峦出，冰坚雪练长。经时疏定省，望日陟高冈。"当年父皇渡河有诗作，至此四爷也不得不写诗，诗中人看着山川景象，又油然而生对父皇健康的牵挂，此处明显用的是《诗经》里登高瞻望父母的典故。

你看四爷一路写的诗，祭祖内容中间植入了多少信息，又发现了多少人才？能够创造性地落实，这是四爷政治操作水平的一种体现。

据说，雍正、乾隆父子还曾与曾任奉天府尹的名臣朱轼颇有交集。朱轼曾被雍亲王胤禛聘为教师，专门教育弘历。朱轼要求极其严格，雍亲王对朱轼说："教也为王，不教也为王。"意思是说，我这孩子生在帝王家，教育他也是做王，不教育他也是做王，你老先生这么严又是何苦。朱轼直言以答："教则为尧舜，不教则为桀纣。"意思是说，教育好他，就可以使他做尧舜那样的贤君；不教好他，就会成为夏桀、商纣那样的暴君。怎么你想让你儿子当昏君呗？四爷无言以对。雍正时，朱轼任圣祖实录总裁，拜文华殿大学士，兼吏部、兵部尚书。乾隆时，他任世宗实录总裁，命协同总理事务。

乾隆八年（1743），乾隆皇帝东巡盛京祭祖，创作了御制《盛京赋》。他四次东巡，发扬多产诗人本色，写了很多帝王体诗歌。较有特色的是乾隆四十八年（1783）他第四次东巡祭祖时，即兴写的《昭陵石马歌》："陵图石马拟翁仲，古即有之识与共。昭陵石马独超群，大白小白奏殊勋。一乘杏山战败明军十三万，再乘大凌河大寿降我军。其余破敌斫阵那可数，莫不安吉供御物我物。遂成宏业建大清，绳天裕后无锡瑕。宋至王孙金侍诏，图唐六马皆曲肖。”帝王贵胄的陵墓立石像生是古已有之，但昭陵石马是太宗两匹御马的雕像，这两匹御马曾经立过许多功勋。由于乾隆皇帝每次祭扫昭陵都要恭瞻赞咏这两匹白马，于是成为嘉庆、道光二帝后来东巡的一项定制。

乾隆还写过一首极具特色的《对月思唐太宗〈辽城望月〉事即用其韵》：“陇得复望蜀，征去尚存碣。谁能效舜阶，缤纷干羽缀。今月犹古月，千秋何盈缺。壮志想当年，萋萋烟草结。情因寥宇寄，光向疏林灭。”此诗写于其驻跸沈阳故宫时，盛京宫阙里的月色，照醒了乾隆的诗思和李世民千古犹存的遗韵，清与唐都是开疆拓土中的新兴王朝，皇图壮志，犹如月相圆缺，兴废有常，往往不是人力所能左右，征人之苦思妇之怨即由此而来，采诗人的植入，优伶的摇头而歌，不唯民心，也往往暗含着大势。

但是没有一点超常思维，还能是皇帝吗?

乾隆想不出答案，侍臣们也没能接得上来，月下殿中，一时沉寂。

天子大赋

这篇天子大赋，堪称康乾盛世的画外音，正是唱响于沈阳。

“於铄盛京，维沈之阳。大山广川，作观万方。”在沈阳市地铁 1 号线的中街站，可以看到一段“盛京颂”，这气魄宏大、辞采华美的文字，出自《御制盛京赋》，写的是二百多年前古人心中的这座城市。

| 盛京赋 |

这位古人是谁呢?

他就是乾隆皇帝。

今人解读这篇大赋，在感慨其格局恢宏、辞藻华美的同时，往往也会折服于作赋者的气魄、才情与博学。中国古代皇帝众多，其中给某座城市写《御制盛京赋》这样大赋的，仅有乾隆皇帝这一位！那么，他何以要写这样一篇四千言洋洋文字？是因心中的文学自觉激荡起来，要将这段时光永远留存。

“指月”的顿悟告诉每一个人，时间的阻隔无碍海上明月照常升起。

文字的力量却可以将旧时的鸿业与盛时的风景永远传递。

人生如此，好的回忆亦当如此，虽然历史一直在告诉我们，好的时光之所以珍贵，是因为它出乎你意料和愿景得如此短暂，飞逝而去，却并不会回来。

海内千芳，人间万艳，仰之弥高，怀之弥远，爱之愈深，失之愈痛，读来更觉真切。

乾隆皇帝其人，文韬武略，上承祖、父开辟的大时代，又有自己创立的新格局。他二十五岁登基，在位六十年（退位后为太上皇继续操持朝政），前后实际掌权达六十三年，仅这一点就算得上中国古代帝王史上的第一人。戏说题材中，乾隆帝历来是“人气”最高的。其实，有清一代，以陪都盛京为主题作赋、写诗是一种风尚，乾隆之前的康熙皇帝写过《福陵颂》《昭陵颂》，之后的嘉庆皇帝写过《盛京颂》；承德知县章经甚至民初文人陶明濬也都写过《盛京赋》。但是，其中只有乾隆的《御制盛京赋》的体量和气魄，能够匹配得上那个时代这座城市的动态风貌和立体品格。

这也是此赋能够形成世界流传、形成时空破壁的根本原因。

乾隆八年（1743），乾隆皇帝东巡盛京祭祖。这是他二十五岁登基后的第一次高规格正式出行。据记载，这年七月初八日，乾隆率文武大臣经密云至承德避暑山庄。之后起驾向西北行至蒙古牧区，在那里宴请蒙古王公，嘉奖、赏赐官兵，行围狩猎，停留很久。然后从蒙古牧区行至当时的吉林境内，再折回盛京方向，乾隆帝车驾一行先拜谒永陵，然后到盛京辖境内拜谒福陵、昭陵，最后才入盛京城。此后，按永、福、昭的年代辈分决定谒陵顺序成为定制。从七月八日出发，十月二十五日返京，历时 107 天。这次东巡中，在乾隆倡议下，沈阳故宫进行中期扩建，扩建了日华楼、霞绮楼、迪光殿、崇谟阁等。

这次出京，事先筹备周密，行程安排丰富，又有母后、妻子陪同，乾隆皇帝心情非常好，沿途多有诗作。除了《盛京赋》，他进入盛京时写的《谒陵礼毕，车驾入盛京,得七言排律十四韵》诗中道："延伫关山千里外，每怀瞻拜八年中。"说的是他登基后，八年里每每都想来陪都拜谒，今天终于得偿所愿，心情自然分外激动。

据载，乾隆于这年九月二十四日（相当于现在的 11 月 9 日）奉皇太后驻跸盛京。冬十月庚戌日（11 月 16 日）赐扈从宴于凤凰楼前，当夜写成了《御制盛京赋》，次日启程回京，在盛京城的时间共有 8 天。

可以说，推出《盛京赋》是乾隆盛京祭祖期间的一件大事。古来作大赋者，必有

| 福陵（今东陵）|

情怀、讽喻或者寄托事物于其中。乾隆皇帝作为青年天子，在自己的鼎盛之年、大清的鼎盛之世，在陪都龙兴之地，有所激越，作这样一篇大赋，正是给自己的生命、给先祖洪业一个恰当的表达。所以，在《盛京赋》里充满了他对开国先祖、英烈的追怀和对盛京城的歌颂。

盛京，在乾隆皇帝的心目中，是一块充满神迹的圣域。《盛京赋》里，从山川形胜到丰饶物产，从营建史事到历史人物，从战争狩猎到耕桑劝农，巨细无遗，信息量非常丰富，时空万物繁复华美，可谓“铺彩摛文”，是当时乃至后世读懂这座城市的钥匙。不过，如此一篇皇皇大作，要说是一夜书成，虽然乾隆文采斐然，又值青春盛年，但也过于传奇。

大赋铺叙繁复，辞藻华丽，时空交错，描写意象林林总总，又要真实反映城市或胜境的全貌，同时结构宏大，细节精巧，格式严谨。所以创作大赋，极其耗费气力，需要深厚的相关知识积累和扎实的田野考察功力。

翻开文本可见，《盛京赋》的创作模板，就是班固的《两都赋》和张衡的《二京赋》，而班固、张衡和比其朝代稍晚的创作《三都赋》的左思，在创作时间上都一点走不得捷径。班固家学深厚，老于掌故，尚且营构数年；张衡甚至前后准备了十年；即便王勃写《滕王阁序》，也下了好一阵的案头功夫，而绝非现场发挥。乾隆皇帝在作《盛京赋》之前，一定是组织了辅助班底，下足了案头功夫，搜集整合盛京的各种相关文史材料，在营构篇章、遣词造句上也尽其所能。

因而，作赋前后乾隆皇帝对关东的风土人情，尤其是盛京的相关名胜物产都有涉猎，有的还很有心得，这是从实地见闻中获得的鲜活经验。他在《今年奉天各县有收喜而有作》中，用“遍野黄云尚作堆，翠华行处鲜芋莱”表达了对眼中一派丰收景象的欣喜。尤其是他后来还写有《盛京土风杂咏十二首》，其中每一首都介绍了一种风物，标题则均为满语，如威呼（满语指“小船”）、呼兰（满语指“烟筒”）、斐阑（满语指“榆柳小弓”）和法喇（满语指“爬犁”）等。另有《盛京土产杂咏十二首》，都对当时沈阳的风俗特产作了描述。

清代有三京：国都北京、陪都盛京和抚顺赫图阿拉兴京。为什么乾隆皇帝在《盛京赋》之后，没有再作《兴京赋》和《北京赋》呢？因为乾隆首度到盛京，心中充满亲切、敬畏和兴奋的情感，更关键的是，当时的乾隆胸怀天下，博学多才，文采出众，拥有帝王视角，而且三十三岁的他精力充沛——乾隆勤于笔耕，但创作模式并不适合打磨精品。他一生写过四万多首诗，据记载，有一次他从京城到颐和园，路上一口气就写了十七首诗。但是人的创作级别是有区别的，乾隆盛年之后，可以一气写很多诗、文章或者小赋，但要收拾心情，怀着敬畏之情去苦心构思，经营出一篇城市大赋，却再也没有实现。

所以乾隆作这篇赋，是时代的垂青、机缘的结合，成就了仅此一篇的天子大赋。

如前述，乾隆之前的康熙皇帝写过《福陵颂》《昭陵颂》，之后的嘉庆皇帝写过《盛京颂》，与《盛京赋》是穿越时空写给所有人的不同，“颂”这种文体都是写给先祖神明的公开信。《福陵颂》是康熙皇帝写给太爷爷清太祖努尔哈赤的，《昭陵颂》是康熙皇帝写给爷爷清太宗皇太极的，嘉庆皇帝的《盛京颂》则是写给盛京两陵及关外龙兴之地列位先祖的。

若将这若干颂文与乾隆皇帝的《御制盛京颂》相比，大概等同用高考作文选里的范文和课本里的名家名篇之间来比较。其间，承德知县章经也写过一篇《盛京赋》，规模格局都比较小，不过辞藻与文体的需求还是匹配的。

说点题外话，翻开《盛京赋》，里边有很多鲜活的人与事。比如，乾隆八年（1743）东巡盛京祭祖时，皇上是跟谁一起来的呢？

你看，皇上在赋里自己说了：“爰以乾隆癸亥秋，恭奉皇太后发轫京师，届我陪都。”译成白话：于是在乾隆癸亥年秋天，朕恭奉皇太后启驾京师，前往陪都盛京。乾隆皇帝是带着老妈一起来的。而且，他的发妻、皇后富察氏同行，皇上忙于政务、巡视时，就由皇后陪着老婆婆。

有意思：皇帝登基后第一次东巡祭祖，为什么要奉太后出行？太后此行难道有啥特殊意义？其实，乾隆皇帝跟母亲钮祜禄氏之间的故事老多了。首先，因为这娘儿俩都长寿：乾隆二十五岁登基，活到八十九岁；钮祜禄氏四十三岁当太后，活到了八十六岁。这在古代皇家是吓人的享寿纪录。

作为大孝子，乾隆皇帝对母亲的感情极为深厚，娘儿俩几乎天天见面唠嗑儿，太后健在时，乾隆每次出行都带她一起走。

据统计，乾隆帝六次南巡的前四次、六次巡幸五台山的前三次、五次东巡的前四次、四次东巡盛京祭祖的前两次，都是奉皇太后同行的。皇帝去避暑山庄、巡幸嵩洛、登临泰山，也是回回都有太后同行。可见，除了母子情深，老太太更是个好动不好静的人，东南西北、名山大川走个遍。老太太去世前一年，八十五了，还跟着乾隆登上泰山极顶，而且一路身轻步稳。乾隆在诗里感慨说："八旬五母仍康步，六十六儿微白头。"

值得一提的是，乾隆八年（1743）这次盛京祭祖，是他登基后第一次大规模正式出行，太后很可能就是这次出门走出了感觉，之后就在宫里待不住了。

钮祜禄氏当了四十多年幸福的皇太后，可是儿子登基之前，她过得其实并不好。造成这一切的，正是她的夫君——雍正皇帝。

看到这里，很多追剧的朋友眼睛一亮：想起来了，她不就是甄嬛的原型吗？《还珠格格》里慈祥而且偏心的老太后也是她！

不过，为了让甄嬛的身世更复杂更有戏，小说和电视剧都把她改成了选秀入宫，其实钮祜禄氏是十三岁时"赐侍世宗藩邸"的，也就是康熙皇帝选了一批侍女，赐给了四爷胤禛，钮祜禄氏在十九岁时生下了弘历。

史载，钮祜禄氏出身低微，也非美貌出众，如果不是给四爷生了个好儿子，也许一生就湮没在幽暗的后宫了。可即使儿子这么出类拔萃，深得祖父康熙钟爱，四爷也没再接再厉，跟她多生个一儿半女，钮祜禄氏一生仅有弘历这一个孩子。多年后，钮祜禄氏（孝圣宪皇后）去世，也没有跟雍正合葬。

大概正因为看到了母亲青春年少时的孤独清冷，乾隆才会用到处出行等各种方式给她补偿。

镜头转到乾隆八年（1743）九月驻跸盛京那天，“甲辰，上以恭谒祖陵礼成，率王大臣等诣皇太后宫行庆贺礼”。皇上领着诸王、群臣到太后宫里恭恭敬敬行庆贺礼来了。这盛京祭祖要是一部大片，男一号是皇上，女一号妥妥就是太后啊。

明月文溯阁

沈阳故宫不是一天建成的，其主体建筑分为三组：东路的大政殿、十王亭等主要在努尔哈赤时期建成、使用，努尔哈赤的寝宫其实是在盛京城九门内的汗王宫；中路崇政殿、凤凰楼、后宫等为皇太极、顺治时期续建、扩建；

| 文溯阁 |

西路的仰熙斋、文溯阁、戏台及崇谟阁所在的西所、敬典阁所在的东所等，都是入主中原后东巡祭祖的皇帝们使用的，基本都规划、完工于乾隆时期。与故宫隔沈阳路相望的南路建筑则是朝房，在当时为重臣上朝前听宣等候的地方。

走进沈阳故宫，热闹地方很多，大政殿、凤凰楼、崇政殿、十王亭……乃至御花园和庄妃、宸妃的寝宫，我都曾若干次陪着来沈的朋友、同行前去打卡。

西路要冷寂一些。

来这边看的人，大多是影视剧里乾隆皇帝的粉丝。

客人面容凝重地背手看着文溯阁，听我们诉说起往事。

文溯阁前，除了建筑的特征与风格，我们的深入讨论一般都随着那副最显眼的对联展开：上联“古今并入含茹万象沧溟探大本”，下联“礼乐仰承基绪三江天汉导洪澜”，横额“圣海沿回”。

这是乾隆皇帝手书。对联的意思是，这里有一套对他的王朝、对这座城市都非常有意义的大书。这套书就是他引以为傲的文溯阁《四库全书》。

乾隆一生着力打造文武兼得的盛世，武功不说了，文治的重要成就即《四库全书》的完成。

这套书的规模堪称古代世界丛书之最，与万里长城、大运河一起，被誉为古代中国的三大工程。乾隆三十七年（1772）正月，皇帝下令启动《四库全书》工程，为此专门成立了《四库全书》编修馆，由三个皇子永瑢、永璇、永瑆领衔，大学士、军机大臣刘统勋、于敏中、和坤等朝廷重吏总理馆内事宜，刘墉、曹秀先、纪晓岚、陆锡熊等也各有分工。为了这部书，朝廷上下可谓不遗余力，戴震、姚鼐、翁方纲、周永年、邵晋涵、任大椿、俞大猷、朱筠、王念孙等“顶配”学者参与其中，王尔烈当时担任的是“校勘《永乐大典》纂修兼分校官”。据统计，参加这一浩大工程的达四千四百多人，其中参加校订和撰写提要的骨干学者也达到三百六十多位。全书著录书籍三千五百余种，七万九千余卷。全书订成三万六千余册，二百二十一万多页，九亿多字，规模太大，当时无法实现印刷，所以全用工笔小楷誊抄缮写，从编纂开始到第一部抄完用了十年，若算到七部全数抄成则用了十五年。

《四库全书》的七部分别藏于七阁：承德避暑山庄文津阁、圆明园文源阁、紫禁城文渊阁、盛京文溯阁，合称内廷四阁，均处于北方；江苏扬州大观堂文汇阁、镇江金山寺文宗阁和浙江杭州圣因寺文澜阁则均处于江南。

乾隆四十八年（1783）九月，时年七十三岁的乾隆第四次也是最后一次东巡来此，看到已落成的文溯阁中摆满金丝楠木书架的一函函《四库全书》后非常高兴，写诗云："老方四库集全书，竟得功臣莫幸如。京国略钦渊已汇，陪都今次溯其初。源宁外此园近矣，津以问之庄继者。搜秘探奇力资众，折衷取要意廑予。唐函宋苑实应逊，荀勒刘歆名亦虚。东壁五星斯聚朗，西都七略彼空储。以云过洞在滋尔，敢日络民合是钦。敬免天聪文馆辟，必先敢懈有开余。"这部书大功告成，让他有了看轻汉魏唐宋文章功业的底气，致敬先祖，感谢团队！这是他献给先祖的重宝，也是给留都土地的一份厚赠。这首诗的墨迹至今仍高悬于文溯阁中。

文溯阁北边的仰熙斋是皇帝休息、读书的地方。乾隆在这里住了数晚，是文溯阁里第一个正式读者，除了诗，还写了一篇富丽典雅的《文溯阁记》，至今我们在阁前碑亭中即可看到。

为什么叫文溯阁？

《文溯阁记》中就此详说："四阁之名，皆冠以文，而若渊、若源、若津、若溯皆从水以立义者，盖取范氏天一阁之为，亦见于前记矣。若夫海，渊也，众水各原源而同归于海，似海，为其尾而非源，不知尾闾何泄，则仍运而为源。原始反终，大易所以示其端也。津则穷源之径而溯之，是则溯也津也，实亦追源之渊也。水之体用如是，文之体用顾独不如是乎？恰于盛京而名此名，更有合周诗所谓溯涧求本之义，而予不忘祖宗创业之艰，示子孙守文之模。”

| 文溯阁石碑 |

文中说，北方内廷四阁的文渊阁、文源阁、文津阁、文溯阁均是因水命名，除去仿建浙江宁波范家藏书楼“天一阁”（天一生水）的缘起，渊、源、津、溯都与水的存在形态相关，又是互相联系的，渊是大海深处，源是渊中之水的来处，津与溯都是大海、江河的上游，溯则更是最早最初的根本，若将清朝入主中原比作龙入大海，则所谓“溯涧求本”符合盛京是清朝肇兴之地的留都定位。

在这年东巡队伍中，领班军机大臣阿桂全程随扈圣驾，并担任起居注官，回京后撰写了一篇《圣驾东巡记》。史载，阿桂为满洲章佳氏，一生出将入相，功勋显赫，所以乾隆后期主要的国是都要与他商议谋定。阿桂曾领衔编写《盛京通志》，对东北事务颇多掌握。

在《圣驾东巡记》中，阿桂扼要地记述了圣驾的行程和沿途的重要事务，值得一提的是，盛京文溯阁就是在这次东巡前建成启用的，文溯阁《四库全书》分五批陆续运抵入藏。所以文中重点提及了此事：“《四库全书》排辑告蒇，复于盛京建文溯阁，分部藏弆。琅函玉笈，奎壁增辉。”从最初的刘统勋到此时的阿桂，已经过去了十多年。其实，当时入藏文溯阁的还有五千多册清雍正年间所印铜活字本《古今图书集成》。此后，盛京内务府特增设“文溯阁衙门”，设九品食俸催长一员、食饷催长一员，掌《四库全书》之藏。每年八月将文溯阁内书籍晾晒一次，每年四月从盛京工部领取潮脑、野鸡尾毛掸、短把鸡毛掸以供保管图书之用，并负责上报修缮事宜。

阁成书完之后二十年，一个辽东少年有幸随着书院老师来到盛京宫阙，有幸一睹文溯阁与《四库全书》的风采，激动之余，他以此阁为题作诗一首，“星斗焕天章，熙朝制作光。文昭灵宝瑞，书启酉山藏。玉检涵蓬观，金题拥墨庄。沿洄宗圣海，条理总皇纲。考义详于度，垂谟典以常。是尊天一阁，能益智天囊。工轶碑摹篆，劳嗤石作仓。薪传寻坠绪，逸事极穷荒。勒鼎功同禹，铭盘志比汤。留都思溯始，方策示无忘。”将阁与书的缘起进行评述，对这座城市的特殊价值加以阐释，体现了由此生发的文化自信。

这位少年才俊的名字叫金朝觐，当时他就读于盛京萃升书院，他的恩师就是程伟元与缪公恩。

金朝觐后来成为著名诗人，“三千化宇风云会，十二重楼烟雨中”是他赞咏盛京气象的名句。金家书香存续，该族人中出过金朝觐、金玉麟、金锡蕃三个进士，自学成才的当代国学名家金景芳先生就是金家族人。

有关文溯阁《四库全书》的往事，在一百年前，还曾有一个孤独的名字，叫董众。

董众，光绪十八年（1892）生于法库，自小热爱国学，后在北京任教。他在北京深造时，坐了数年冷板凳，潜心翻阅文津阁本《四库全书》；在东大国文系任教后，又独自访读被段芝贵“偷运”到京的文溯阁《四库全书》，发现后者中存在缺失篇目。1926 年，他向奉天省教育会提交报告，这次他终于不再孤独，而是与学者谭峻山搭档，组织团队，使用上等笔墨纸砚，以文津阁、文渊阁两部《四库全书》为比照底本，用工笔小楷抄写文溯阁本所缺书目，历时一年有余。待补撰、校录完整后，补抄书目的装帧、装潢乃至钤印皆与文溯阁本完全一致，共新补抄成77册16种72卷。最终使文溯阁《四库全书》超越了文津阁本和文渊阁本，成为收书最全的版本。次年，经张学良、王永江、杨宇霆等人多方努力，由董众经手负全责，将收藏在北京的文溯阁《四库全书》6176函分装成810大箱，装火车运抵奉天存入文溯阁，结束了文溯阁与《四库全书》的分离。他的《文溯阁〈四库全书〉运复记》详录此事，好的东西谁都想要，落到别人的手里再拿回来，其难处可想而知，尤其《四库全书》这样的国宝，绝不是某个人能实现的，但若没有那些个人的钻研与思考，众人想去做这件事情的时候又会难于着手。每个沈阳的文化人都应该读一读这篇文章，了解一下这个人。

这样一位优秀的学者，在不到四十岁时因为拒绝当汉奸竟被日本人毒死，实在令人扼腕。董众的这种孤独而灿烂的精神，是所有沈阳人可以实现文化自信的底气所在，无论在任何时代，这样的人多多益善。

阁重要还是书重要呢？当然是书。这样一部大书凝结着多少人的智慧心力。今人要覆盖古人的神迹，往往得其形而失其神，这也是没办法的事情，毕竟古人和今人的活法绝不一样。书入藏后的几百年中，《四库全书》也曾数次暂别文溯阁，但每次都在各界人士的努力下，水到渠成地回家了。因为某些历史上的阴差阳错，盛京文溯阁《四库全书》现藏甘肃某地。所有的辽宁人、沈阳人都在盼着全书早日回归，所有的历史学者和有识之士都明白阁书一体、实至名归才能彰显其文化价值。

有时深夜掩卷，不禁想到，其实文溯阁最美之时应在月光皎洁的晚上。时至今日，读书早已不是少数人的禁脔，即使当年皇家大内的文献，有心人也可以读得到。明月照在西阁，淡风拂过书影，负书而来的两匹白马也宛如活了过来，那不就是昭陵前的大白和小白吗？胸怀江山的有志少年相视而笑……这是多么美好的事情。

两个纳兰

人是最后的风景，星辰晚风美好时光，多仅见于你我看到的文字，残存在大不同的追忆之间，这多半因为人类生年有限，对于过往之一切，充满眷恋，牵绊捉失，太难释怀万千暖色温存的世界。

我小的时候，幼儿园老师有一次讲名著故事，忽然幽幽叹口气，跟我们说："你们知道电视里演的贾宝玉、林黛玉吗？其实《红楼梦》讲的就是纳兰性德的故事……"

作为货真价实的小朋友，我们当时听得面面相觑，咱们能懂一点宝黛之间的微妙就已经够犯难的了，哪里还知道纳兰性德是何方神圣？

当时只是觉得，能让我们的老师念兹在兹的，一定是个挺传奇的帅哥，搞不好还是身背古剑飞来飞去的那种神人。

若干年后语文课上老师讲到纳兰性德，我于当初的回忆立刻历历在目，幼儿园里若干热闹亲切的场景都仿佛重现，而纳兰性德就是走动其间的一位亲故。

梁启超论清代大词家时曾说："头两把交椅，却被前后两位旗人成容若、文叔问占去，也算是奇事。"其中成容若即纳兰性德（原名成德，为避太子之讳而改），文叔问指的则是籍贯铁岭的晚清词人郑文焯。另外，纳兰性德与“阳羡派”代表陈维崧、“浙西派”掌门朱彝尊合称“清词三大家”。王国维极推崇纳兰性德，《人间词话》不是很厚，提到纳兰性德“饮水词”的地方却很多，还不忘了说句粉丝式的评语：“纳兰容若以自然之眼观物，以自然之舌言情。此由初入中原未染汉人风气，故能真切如此。北宋以来，一人而已。”

纳兰是女真老姓，又称纳喇、那拉，在女真语中是“爱恋”“依恋”的意思。后来纳兰氏迁居到如今吉辽两省接壤的叶赫河流域，便有了后来的叶赫那拉氏，他们属于海西女真，在努尔哈赤统一各部的战争中被兼并，后金建立后直至清朝中期，叶赫那拉氏都是贵族大姓。纳兰明珠在康熙朝位极人臣二十年，人称“明相”，纳兰性德是其长子。

纳兰性德生于清顺治十二年（1655），去世于康熙二十四年（1685），他的一生太短暂了。这样的短暂既是不幸的也是幸运的，他去世数年之后明珠才失势，所以他的一生除了情感波折，官场境遇和文学创作一直很顺利，并没有经历大起大落，不大可能是贾宝玉的主要原型。至于民间流传的说法：乾隆看了和珅进呈的《红楼梦》，说那写的是“明珠家事”。其实很好理解，曹雪芹的祖父曹寅曾与纳兰性德同为侍卫，有一些交情，所以曹家对他们的家事当然会有很多了解，曹雪芹写的书里，有一些纳兰家和性德本人的影子乃至细节也就很自然了。

康熙二十一年（1682）之春，云南平定，皇帝出关东巡盛京祭祖，出山海关宿营时正是朔风雪夜，于是纳兰性德写了那首至今传唱的《长相思》：“山一程，水一程，身向榆关那畔行，夜深千帐灯。风一更，雪一更，聒碎乡心梦不成，故园无此声。”从家国之大到故园之声，既有婉约的内心世界，也有豪放的关山风雪；有民谣的婉转，也有子弟书的调性。只能说，这是一首典型的“饮水词”逸品，之前的人没有这样写，之后的人恐怕也没有这种情境来写了。

到得陪都，纳兰性德发挥了他文学侍臣的属性，在《盛京》中写道：“拔地蛟龙宅，当关虎豹城。山连长白秀，江入混同清。庙社灵风肃，豪强右族更。明明开创业，休拟作陪京。”由山川形势到民风教化，有格局，有内容，音节优美，辞藻得体，是标准的应制诗，将沈阳大地写得雄浑而又灵动，对沈阳人也进行了高度认可。诗中“混同江”指的就是松花江。

新宾兴京陪祭路上，他又写了福陵：“龙盘凤翥气佳哉，东指离宫御辇来。影入松楸仙仗远，香升俎豆晓云开。盛仪备处千官肃，神贶承时万马回。豹尾叨陪须献颂，小臣惭愧展微才。”诗中极写祭祖的场景庄严盛大，太祖福陵的气象也令诗人浮想联翩。

性德虽然短寿，但因为他才学过人，二十二岁中进士，极受康熙信重，且为明府大公子，所以交游极广泛，往来无白丁，又因为是随扈的一等侍卫，跟皇上一起走了很多地方，执行了颇多的考察历练任务，精于骑射，并不是世人眼中平日里只知吟风弄月的柔弱妙人。看他写的诗作，与词作就是两个频道。诗是利器，词是容器。词写的是人内心里想给别人看的东西，所以古人说词贵意多，但总归其魅力，无论忧世伤生、旷荡情怀甚或以史入词，均出自真情实感的抒发铺陈，这是词的文体价值所在，也是词人安身立命所在。所以今天再回首几百年来的好词妙句，不该再施以大历史的标尺，而应走进词的本身。

有人说纳兰性德仿佛是一位不知从什么时代穿越到清朝的人。因为到现在时光穿越机还没有发明出来，所以若是穿越者，他要比我们当下所有人的时代还要晚，我们的这种种文字和影视的演绎他都看过也说不准。

而相距他不远的另一位纳兰，也就是纳兰常安的出身就要微末得多。如果说康熙朝的正黄旗骄子明珠及其儿子性德、揆叙、揆方等都因不是很重视四爷，而导致雍正即位后他们家进一步败落，那么四爷还在藩邸中数十年

| 浑河雪化的图景在纳兰常安的诗中颇多体现 |

磨一剑的时候，常安仅仅是其周边一个默默无闻的镶红旗文职随员，史籍中他生年不详，但根据其在康熙三十二年（1693）中举这件事，他应该是生于康熙十二年（1673）前后（袁枚十二岁中举被称为神童，据此推断常安中举不会太早，否则他的诗文里不可能不自诩一下）。挨到雍正朝，在底层辗转二十多年的常安才受到拔擢重用，开始了真正的仕宦生涯，成为督抚一级的封疆大吏，一直做到漕运总督、浙江巡抚。

常安这个人以文字晋身，以诗赋文章自诩，所以有点钱锺书笔下形容方遁翁的所谓“语文狂”。他的《受宜堂集》竟有四十卷，还不包括《沈水三春集》十二卷等，但是在封建官场，只字片言都被人拿着放大镜和三棱镜细看，个人发表的东西太多了就显得太高调，且容易得罪人，但是常安看到可写的就心里种草，按捺不住，所以写了很多东西。

到乾隆朝，一切洗牌重来，等闲变却故人心，却道故人心易变，政风较其父迥异的乾隆皇帝对常安这样的先朝宠臣实行“批判地使用”的模式，高调的纳兰常安很快进入了供敲打的名单。乾隆元年（1736），因为常安的家仆惹是生非，他被论罪贬官。乾隆四年（1739），他获任盛京兵部侍郎，才重新进入“储备名单”，眼见有望东山再起，常安在沈的一年心情舒畅，写了许多诗赋文章（共计二百六十多篇），其结集《沈水三春集》便是在此期间他身心状态的一次展现。

所谓“三春”，就是他在沈一年时间便升任刑部左侍郎，在沈经历了立春、迎春、送春，结合一年后的升迁，“恩命忽闻还凤阙，据鞍顾盼喜生颜”的他欣然将自己这一年的集子命名为《沈水三春集》，并视沈城为其福地。

如前述，常安有强烈的“语文狂”倾向，听见蛙声鹊声、瞥见灯花、吃个樱桃都要写进诗里，更别说在盛京吃到东北特产的美味鲟鳇和鹿尾、出行途中遇雨雪、闲庭信步赏桃花了。

“无多案牍喜时清，丽雨条风到五更。残梦晓来惊易断，长街短巷卖花声。”（《卖花声》）常大人春眠醒来，回忆起昨夜风雨，伴着窗外的卖花声，这一幅盛京春日风情画，是不是让他很自然地想起孟浩然了呢?

不过，常安的诗文理论还是很受时人推崇的，他强调的文学主张就是要多写。

现在回溯常安在沈阳的那段时间的风物，可以从他的诗文中获益颇多，他的《盛京人物颂》（并序）《盛京风俗记》《盛京物产赋》《盛京瓜果赋》《盛京蔬菜赋》极具价值。“人物颂”写的是清前期肇建新朝的勋旧们，连篇累牍都是硬词儿；“风俗记”就平易写实得多，在他笔下，当时的沈阳人“不雕不琢”“气质厚重”，“用其勇健之气，可以厚蓄聚而作干城；加以化导之功，可以笃伦常而敦礼义”。作为龙兴之地，这里的民众确与别处不同，可以作为国家的倚仗力量。

物产、瓜果、蔬菜几篇，则强调当时沈城的物产丰饶，“稀世之宝，咸

| 纳兰常安故乡栖霞堡常安旧宅前的上马石 |

出陪都”。“佳木异卉，高低郁葱”“山楂垂枝”“梨名香水”，这么好的水果，吃了可以养颜、延年；“莴苣之青赤异色，萝卜之红白盈筐”，常安就算没参与采摘，也目睹了当时盛况。

纳兰常安这样的官员其实挺可爱的，后来他南下治理河道、浙江，为老百姓做了很多实事，官声至今在民间流传，而他在陪都的这段岁月，未尝不是另一种历练。

曹家的故乡梦

曹雪芹算不算得上是与沈阳有关的名人？当然是。曹雪芹祖上在辽东，活动范围基本都在沈阳现代化都市圈范围内，此为毋庸置疑之事，2012 年曹辅墓碑的出土，又使得很多考据和推断有了实物凭据。

曹雪芹祖籍何处，之前很多年始终是国内红学界争论不休的焦点话题。其实，和现在的人一样，古人的生活、工作都是流动的，曹家祖上的重要人

沈阳出土的曹雪芹先祖曹辅墓志，现藏沈阳博物馆

物多为军职，更是经常出征在外，在辽沈地区很多地方都留下了事迹。

曹雪芹祖上是明代怀远将军曹俊，从他开始，曹家世代担任沈阳中卫指挥使（县令级）。清代顺治年间官修的《辽东曹氏宗谱》记载："俊以功授指挥使，封怀远将军，克复辽东，调金州守御，继又调沈阳中卫，遂世家焉。历代承袭，以边功进爵为指挥使，世职者又三四人，子孙蕃盛，在沈阳者千有余人，号为巨族。"

2012 年在大东区榆林堡地区抢救发掘的将军墓出土了"赠怀远将军曹公墓志"，据考古单位发布的信息称，墓主人即为曹辅，并确认其于成化二十一年（1485）去世。墓志由明代沈阳乐郊乡贡进士郭宾撰写，记述了曹辅始祖、高祖、曾祖、父亲等几代事略以及本人生平，最后记述了曹辅后人曹铭等人相关事迹。

这二位曹雪芹的族祖很活跃，明代的《重修沈阳长安禅寺碑记》中也提到了"指挥曹辅"在天顺年间、"沈阳中卫指挥"曹铭在成化年间捐资重修长安寺的情况。

到曹雪芹的五世祖曹锡远（又名曹世选）时，后金天命六年（1621），努尔哈赤攻占沈阳，曹锡远归顺后金，此后曹家跟随清皇室先后辗转辽阳、丰润、大同、南京等地，由此遂有关于曹雪芹祖籍的各种说法。所以，与其纠结曹雪芹的祖上在哪里，不如真正落实一些文化上的实际工作，让更多的人了解这个人、这些人、这本书，让相关的文化在自己的城市里生根长叶开花结果。更何况在沈阳现代化都市圈的"环沈车程一小时"半径范围内，基本上就覆盖了曹家留下来的主要活动轨迹。

曹雪芹对东北、对辽沈文化是熟悉的，其骨子里的好感乃至归属感，在《红楼梦》的文本里也可以看得出来，要不然为啥薛宝钗叫"宝姐姐"？因为这是旗人的称呼。为什么要吃鹿肉？满汉全席里也有鹿肉。尤其是《红楼梦》里有一段关键情节与沈阳的关系非常大。清代权贵入关前在关外跑马圈地，马蹄所到之处即为所得之田，所属的田地设庄头管理，《红楼梦》第五十三回出场的乌进孝便是贾府的一个庄头。每逢过年，乌进孝都要赶车到北京向贾府交租子，顺便还要带些年货孝敬贾府管事的。

《红楼梦》中说，贾珍嫌乌进孝来得迟了，乌进孝说："回爷的话，今年雪大，外头都是四五尺深的雪，前日忽然一暖一化，路上竟难走的很，耽搁了几日。虽走了一个月零两日，因日子有限了，怕爷心焦，可不赶着来了。"北京距离沈阳一千五百里地左右，古时天气好的情况下赶车要走二十多天，赶上乌进孝遇到大雪，耽搁几日，正好走一个月。朝鲜使臣金昌业在《燕行日记》中写："有车二十辆，连亘而去，所载皆獐鹿及猪。而其中四五车则以簟为套，其大可容数间，其所盛尽是干菌。言自沈阳来，皆大家奴进贡其主之物云。"这支由沈到京的进贡车队和乌进孝的车队何其相似。《红楼梦》里说乌进孝来自"黑山村"，在沈阳法库县、康平县交界处，巴尔虎山西北就有一座山叫黑山，而黑山脚下的村庄就叫黑山村，不知是否就是乌进孝的来处，或许与之有些关联。

有意思的是，这一段是如假包换的曹雪芹亲笔，而到了高鹗续写的后四十回里，有很多地方干脆就上了东北话、满语和火炕、旱烟这样的关外民俗。

这后边有一个很重要的缘由，就是《红楼梦》这本小说及其衍生的子弟书在旗人中非常流行，曹雪芹写书毕竟是要给自己的读者群看的。所以，第一位也是唯一一位在书里具体写了曹雪芹其人其貌其事的，就是位宗室旗人，此人名为爱新觉罗・裕瑞。

裕瑞是个旗人中的奇人。

裕瑞（1771—1838），字思元，豫亲王多铎的五世孙，曾官至二品。据载，当年在满族文化圈里，裕瑞是非常知名的通才。他学识丰富，工诗善画，通西番语，又用唐代古字翻译中古藏传佛经数百卷，还对词曲、小说、话本、子弟书多有涉猎。嘉庆十九年（1814），裕瑞因京城皇宫遭到袭击的"癸酉之变”受牵连，遭贬黜迁至沈阳，此后定居于此二十多年，这使得他得以参与许多有关沈阳的文化活动，并为城市留下了非常具体的文学诗篇，如他的诗集《沈居集咏》和“枣窗”系列散文集子。

和很多旗人一样（比如昭梿、肃顺），裕瑞看问题的思路很多元，并不会囿于门户之见乃至民族之见，比如他熟读《红楼梦》，但对很多旗人续作的《红楼梦》并不认同，其中尤其对程伟元和高鹗推出的“后四十回”续作深恶痛绝。

裕瑞的观点核心是什么呢？下面扼要列举几条——

曹雪芹虽有志于完成一部一百二十回的大书，但写到八十回便去世了，且即使是这八十回，也有好几种版本，因为他断断续续改了好些年。

曹雪芹的八十回残本，是由其改写一本叫《风月宝鉴》（又名《石头记》）的旧书发端的，增删五次始成。他为什么要改这本书呢，因为书中的事迹与他家的略同，而且他借题发挥，愈出愈奇，并将当时的人情谚语植入、润色其中，以实现文学创作的初衷。

清时袁枚的随园，在多年前就是曹家的故址，也就是大观园的原型，而贾宝玉的原型是曹雪芹的叔辈。

在抄本卷额作批语的脂砚斋，真实身份是曹雪芹的叔父曹頫（后来胡适认为脂砚斋是那块爱吃胭脂的石头即曹自己，周汝昌认为脂砚斋是曹的妻子即史湘云原型）。

裕瑞撰文指出程伟元、高鹗的续书非常失败，所有方面均没什么可取之处。

以上是裕瑞的一些基本认识，而且以他的文坛地位，以他品评唐太宗、王安石、伯颜、张居正这样级别史上名人的派头，裕瑞讲《红楼梦》的时候，视角是居高临下的。裕瑞因而堪称最早的红学家，他的《枣窗闲笔》更是红学的入门书籍，书中有七篇有关《红楼梦》续书的评论文章，对曹氏创作《红楼梦》的内容、主旨、结构等方面均有他的独立见解和特别陈述。

比如，《枣窗闲笔》的这段话太有名了，以致遭到后人无数的过度解读：“‘雪芹’二字，想系其字与号耳，其名不得知。曹姓，汉军人，亦不知其隶何旗。闻前辈姻戚有与之交好者。其人身胖头广而色黑，善谈吐，风雅游戏，触境生春，闻其奇谈娓娓然，令人终日不倦，是以其书绝妙尽致。”

这段描述，距曹雪芹生活的时代已有数十年，其原型依托旗人生活的圈子文化与家族传说，竟能够将一位有意无意自我沉沦于市井深处的心苦之人局部还原，就好似曹雪芹真的在后人的梦中复活了一般惟妙惟肖。

其实，在裕瑞的文学世界里，有关《红楼梦》的文字并非一个大的类目。他作的诗句“丁香遍山开，紫白相掩映”“土润怡花心，池深适鱼兴”“漉洒花中醉，闲情见性天”（《春日》）写的是春天，更写的是自己的生命状态，视角与入诗意象绝不囿于古人的窠臼。他有关沈城夏天大雨的名句“流电几条金烛焰，长空一幅墨龙图”（《雨意》）是大写意，有关自己心境的“春寒风烛几相班，稚齿英年转瞬间”（《观我观物诗·老》）又是真实而残酷的自我对话，这绝非普通文士的笔法，但又不是“老干体”，所以有一种独特的审美，这大概出自一种文化自信吧。

陶圣诗笔

很快，沈阳就要有属于唐英的专门展馆了。这个消息一经传出，文化圈一点也不感到意外。

因为唐英值得。

走出去可知，中国古代的圣人不多，但都是所在地域的文化里子，像文圣孔丘属于山东，武圣关羽属于山西，诗圣杜甫属于河南、西安、成都，酒圣杜康、画圣吴道子属于河南，书圣王羲之属于浙江，茶圣陆羽属于湖北，食圣袁枚属于江苏，曲圣关汉卿属于河北……还有一位陶圣唐英，而且这位陶圣就属于辽宁，属于沈阳。

沈阳自古不乏陶瓷文化，从新乐人开始，陶器升级了沈阳人的日常生活。对人而言，陶器在物质上是一种保障，在精神上是一种升华，所以才会有陶冶一词来形容给人的品格以有益的影响。

清代朝廷沿袭明制，在景德镇设立御窑厂及督窑官员。在康雍乾三朝，官窑的制瓷工艺达到了宋代以来的最高峰，而促使陶艺成就产生的是景德镇御窑厂的四大督窑官臧应选、郎廷极、年希尧和唐英。在前三位的铺垫之下，唐英创造出了文人瓷的全新局面，将中国传统的诗、书、画、印诸门类与瓷结合在一起。所以，与“臧窑”“郎窑”“年窑”相比，存世“唐窑”制品的价值极高。当然，唐英设计的全新的管理模式与日臻进步的工艺手段，也为这一效果的实现提供了充分的基础。

| 陶圣唐英 |

唐英，字俊公，又作隽公、叔子，自号蜗寄老人。祖上世居沈阳，隶汉军正白旗。唐英的祖上唐应祖随顺治帝入关。唐英生于康熙二十一年（1682）五月初五端午节，逝世于乾隆二十一年（1756）。康熙朝，唐英供职于内务府。雍正朝，唐英担任内务府员外郎，每日办差的同时，兼为皇帝画瓷器的样稿，与清初书画名家“四王”之一王原祁习画交友。雍正六年（1728），唐英以内务府员外郎衔到景德镇御窑厂，佐理年希尧陶务。此后八年他名义上协理窑务，其实是负责日常业务。乾隆二年（1737），唐英奉命开始兼领陶务，正式成为督窑官，“报酬事业榷陶中”，直到乾隆二十一年（1756）去世。

技艺，是人在宇宙中为自己找到的位置；境界，则是人在灵魂里为自己留存的空间。唐英何以成就非凡？即在于他不争不怨，乐在其中，凡事亲力亲学，终于实现了从官员到匠人之间的“破壁”：“余于雍正六年奉差督陶……茫然不晓，惟诺于工匠之意旨，惴惴焉！惟辱命误公之是惧，用杜门谢交游，萃精会神，苦心劼力，与工匠同其食息者三年，抵九年辛亥于物料、火候，生克变化之理，虽不敢谓全知，颇有得于抽添变通之道。向之惟诺于工匠意旨者，今可出其意旨，唯诺夫工匠矣！因于泥土、釉料、坯胎、窑火诸务，研究探讨往往得心应手，器不寒窳，人不惮务。”

有了创作场景上的日常自信，唐英便不再仅仅是一个背着手的官员，而是身处其间的创作者，且其创作进入了有我的自由境界，在自己的作品上大规模题诗作画，即从唐英开始，他还自制了一枚“榷陶星使”牙章。唐英的诗书画均为上品，尤其诗作风采别致，与其瓷作相得益彰，《留别珠山陶署》诗云：“时野半官栖八载，谁宾谁主寄孤情。梁间燕垒分辛苦，槛外花枝负约盟。”创作文人瓷成为他的“孤情”所寄，是他“蜗寄”的精神归宿所在，令他忘记了外面世界的时间流动。

他的诗集《陶人心语》自序中写道：“陶人有陶人之天地，有陶人之岁序，有陶人之悲欢离合，眼界心情，即一饮一食衣冠寝兴，与夫俯仰登眺交游之际，无一不以陶人之心应之，即无一不以陶人之心发之于语以写之也。故有时守其心而无语，固澹澹漠漠，浑然一陶人也。有时借其语以达其心，每似耕而食，凿而饮，熙熙怡怡一陶人也。或陶人而语陶，固陶人之本色；即陶人而不语，亦未始不本陶人之心，化陶人之语而出之也。”

完完全全沉浸在陶人的天地之间，督窑不再仅仅是差使，人陶合一，这是空前的境界，也是后人尊其为“陶圣”的关键所在。当年文渊阁大学士高斌为唐英《陶人心语》所写序言中说：“唐俊公先生自少与予同侍内廷，长予一岁，顾先生之书画，法皆臻绝妙，又能诗善属文，才情掞发，声望卓然。”唐英门人施雨田在《陶人心语》后记中说：“追随吾师三载，见官事之余即研究诗文，焚膏继晷，常至五鼓，漏下四方，士大夫望以为标准。光筹飞觞，对客唱和，长篇险韵，刻烛挥就。”

《陶人心语》收其诗作一千四百余首，所涉题材涵盖居官、督窑、亲情、酬唱、游历、雅兴、题画等，其中颇多佳句，“从龙家训在，忠孝外无传”。（《语儿》）“总为恩深难报称，须眉看镜寸心惊。”（《即事》）江湖事业十年榷，水火功夫半世陶。当然，之所以能成为陶圣，唐英的心理结构是特殊的。

“陶渔成宦隐，须鬓任年华。”（《仲春珠山陶署即事》）“宦隐襟期别有天，居山不用买山钱。”（《留别珠山陶署》）“会心自得向谁夸，浓酒何处淡淡茶。万紫千红非侣伴，小窗一树老梅花。”（《和友人江行诗原韵》），其中的“珠山”和“昌江”一样，如今都是江西省景德镇市的下辖区。这些诗句展露了他的“宦隐”情结，做自己喜欢的事，又能完成职守，不与人争，未尝不是一种所谓的大隐隐于朝。

除了差使，唐英诗中也关注民生、田园：“雨足山农爱日长，玉田镜水插针秧。夕阳西下归未去，不似风尘俗吏忙。”（《浮梁访友晚归即景二截句·其二》）“爱它晚节同迟暮，可似东风烂漫花。”（《小阴月昌江官舍对菊》）“未能随俗惟求己，除却读书多让人。”（《暮秋独坐口占三首》）

他对第二故乡景德镇有深厚的情怀，他一度宦游他处（仍遥领督窑事务），一日重返宦隐旧地，分外感慨。《重莅厂署有感》诗云：“十年宦隐昌南镇，三载重来眼一新。”《重临镇厂感赋志事》诗云：“重来古镇匪夷想，粤海浑如觉梦乡。山面水心无改换，人情物态有存亡。”重返镇厂，非常亲切：“依然商贾千方集，仍见陶烟五色长。童叟道旁争识认，须眉虽老未颓唐。”身处五色陶烟之间，他仿佛立刻来了精神……

唐英之后，直到近世，景德镇未再有这样的一位人物。

如果一座城市想发展一种产业，连相关的一个文化上的牌面人物都没有，就跟没有相关的荣誉产品和代表作品一样，是很不严肃的。初国卿先生的《沈阳陶瓷文化史》是近年来集中讲述沈阳陶瓷文化及名家的新著。这部书值得我们好好细读。数百年来，沈阳陶瓷名人有唐英，名厂有杜重远的肇新窑业，近代以来，相关的知名学者有金毓黻和李文信等先生。我们应该珍惜他们，好好讲讲他们的故事；找一些真正的空间，展示他们的作品，让越来越多的年轻人沉浸在他们的精神世界中。

人在诗中游

城市是画卷，也是诗卷。自古以来，市井街市繁华之时，七香车，晚妆楼，故人巷，金银台，足令才子词人和富家儿郎有白衣卿相的自信，足令南山渔隐有垂钓江湖的底气。

进入清朝中叶，经过多年的构建，作为陪都的沈城开始呈现出一种“初唐气象”，在很多人的诗文里，对这座城市的描绘不再是冬夜的清冷萧索，而是梨花院落柳絮池塘的闲适亲切。

“千丈晴虹跨赤霄，天边忽下永安桥。二陵雪尽松楸出，万井烟开雨露消。汉水滹沱原有树，咸阳灞浐不通潮。翠华曾作临汾赏，小队弯弓逐射雕。”这是丁澎（1622—1686）笔下新春的永安桥，他是诗文世家出身，看世界通透得很，被流放到盛京时，路上看到这里迁客流人们的诗作大喜，说“此行不患无友”，所以他笔下的永安桥才是一派陪都格调。他的《贺新郎·塞上》才华毕现，正穷秋，海天空阔，千山雪，马蹄初热，弹不尽，英雄泪血，妥妥的豪放派。邓之诚给他的评语是“怨而不怒”。除去僧道，那一代流人中，他可算得上是第一位诗中无泪的人。

“沈水澌流尽，春山日就青。漫携邻舍酒，寻泛野人舲。好鸟啼芳树，

| 浑河晚渡 |

孤云落远汀。啸歌迟日暮，白眼醉还醒。”这是戴梓（1648—1725）春日游沈水的诗，一位冷眼看世人的狷生狂士，在春日初绿寒气渐退的沈水渔舟之上，喝醉了，酒醒了，对着好鸟孤云释放情怀。这当然是最好的诗，因为好诗的标准中，最重要的是诗人要充分展现自己内心世界的真实。戴梓是康熙朝的一位很有名的大学问家，满腹经纶加牢骚，看他写的东西，你永远不会觉得枯燥。

他写浑河晚渡：“暮山衔落日，野色动高秋。鸟下空林外，人来古渡头。微风飘短发，纤月傍轻舟。十里城南望，钟声咽戍楼。”深秋水畔，落日在山水之间，行于浑河之上，纤月初升，北望城楼方向，可以听见城南晚钟声声传来。这是流人眼中凄美的晚渡。

再看几乎与他同时到盛京的陈梦雷写浑河晚渡：“羁人当

日暮，最易起乡愁。况值他乡客，争喧古渡头。飞飞林外鹊，泛泛浪中鸥。天地皆行旅，何须问去留。”羁人乡愁，萍水相逢，擦肩而过，习惯了无常。可以看得出，诗人颇为豁达，甚至觉得这种场景有一种熟悉的新鲜感。信笔写来，都不费力，是真情的流露，却有自然韵致在其中，如果极力刻画，反而不一定会有如此效果。

同治年间刘世英的《陪都纪略》里，芸香主人瑞卿题写的“留都十景”之浑河晚渡：“暮景河间系短篷，客旅无边渡口行。单听钟声出晚寺，归舟隐隐有无中。”此诗为了描绘一个场景，近抄戴梓，远抄王维、志南，没有自己的灵魂，很像现在的商业宣介文案，估计当时是为了适配画在扇面和屏风上的市场需求吧。而在《陪都景略》里邸文裕的浑河晚渡则写得比较个性化：“一勺水浑沦，白折入于海。时作不平鸣，清流清不改。”这位诗人写诗都是借物抒发，没有描述什么景致。

还有后来缪润绂《陪京杂述·盛京八景》中的浑河晚渡：“城南九余里，行行唱官渡。河势东北来，风涛截行路。沙岸人唤舟，波明起鸥鹭。车马何仓皇，欲渡安能驻。双桨划如飞，残阳下高树。”写这组诗时，缪润绂还没有成为翰林，诗很写实，明白如画。

从戴梓、陈梦雷到缪润绂，抛却艺术成就的高低，可以看出城市的繁荣，古老的渡口不再冷清，风景画已经换成了风俗画。无论是十六景、十景还是八景，各个时代的景点景区一定要变化的，因为城市在变化，人们的审美和消费也在变化。

乾隆四十五年（1780），朝鲜学者朴趾源跟随使团赴承德为皇帝贺七十寿辰，后将见闻撰写成《热河日记》，描绘了当年沈城的繁华盛况：农历七月，天气暴热。从辽阳到盛京，一路上沿途道边全都种植了柳树。放眼望去，在柳树下车马川流不息。人们或扬鞭催马赶路或下马在柳荫下小憩。好几百名挑担赶路的行脚客商，都放下担子在柳树下乘凉。他们有的坐在树根上脱掉上衣摇扇，有的喝茶饮酒，有的在路边洗发剃头，有的聚在一起掷骰子玩牌，有的吆五喝六猜拳行令。行脚客商们担子里的货物，大多是绘画瓷器。还有十多副担子，挑的是用高粱秆去皮编成的很多透笼，每个透笼里均置放着一只“响虫”蝈蝈。在阴凉之下，这些“响虫”此伏彼起，鸣叫不停，颇有趣味。树下还停靠着几十辆马车，上面装满了煤炭。路旁柳树荫下，卖酒的、卖茶的、卖各种吃食的罗列成长队，不一而足。吃饭的、喝酒的、品茶的，都坐在木椅上、围坐在木桌旁，悠然自得，甚是悠闲。在白塔堡，朴先生走进一户人家后堂，一位蓄着斑白长须的主人出来接待他。后堂火炕前面放着一对椅子。一位老太太坐在椅子上，但见老太太头上插着一枝红白相间的花朵，穿着一件绣着桃花的藏青色裙子。老夫妇各抱着一只小狗。两只小狗均似兔子大小，雪白的皮毛约有一寸长，脊背淡青色，黄眼睛，红嘴巴，十分可爱。渡过浑河几里地后，看到一道不太高的土城边墙。土城外面有数百头黑牛。近百顷的湖泊水光潋滟，水中红莲花盛开，无数的鸭、鹅在水中嬉戏。湖边，数千只白羊在低头饮水，见有人来，都昂首伫立。

城郭内街市繁华，商铺鳞次栉比。走进内城，但见城周十里，砖筑八座城门，城门楼均为三层檐，城门均有瓮城围护。瓮城左右亦有东西大门。城内车水马龙，行人比肩接踵，市面熙熙攘攘。道路两旁均为商家店铺，雕梁画栋，彩阁雕窗，金匾高悬，店铺内货物琳琅满目，令人目不暇接。商家都长得白白净净，穿衣戴帽整洁鲜亮。

据《沈阳三百年史》记载，早在清代康熙元年（1662），沈城就开设了“义隆泉烧锅”。及至清代嘉庆三年（1798），城内已有48家油坊、13家烧酒坊、60家酱油坊、4户铸银炉、47户白铜首饰铺、41户铁匠炉、36户洋铁器具铺、105户金银首饰铺、53户红铜器具铺、33户大车铺、25户小车铺、38户靴鞋铺、8户毡铺、9户纸坊、10户纱灯坊、37户帽子铺、40户织布坊、7户白皮行、44户染坊。朴大人所见的情形在那数十年之后，城中只会更加繁华。

城市画卷里不能没有美食。看王一元《辽左见闻录》中有关叶饽饽的记载:“辽左午日食勃落饼，与角黍并陈，以面及豕肉夹入叶中蒸食。长三寸许，宽一寸四五分，形如水饺。”满语中“勃落”即柞树，这种点心的做法是将黏高粱米、苞米粒、小米和豆子一起浸泡两三天后磨成面浆，摊在柞树叶子上，再裹进用猪肉蔬菜抟成的馅儿，包成大饺子的形状，入屉蒸熟后，饼皮略微透明，叶香、面香、肉香、菜香交叠，形成一种独特的清鲜爽利风味。

那是康熙年间的盛京，物产丰饶、民风淳朴，食材多样，《辽左见闻录》中还特地提到了“经数千杵而成”的打糕，王一元先生吃了还想吃，赞不绝口。此外，还有一种在他眼中奇特的食物：三月间把高粱米泡水贮藏在大缸里，几天一换水，到九月间晾干，磨成的粉“其雪如白”，称为澄面，用它制成的面食别具风味，但是“性寒不可多食”，这不就是现在的酸汤子吗?

清嘉庆元年（1796），老盛京城内来了一位腰扎白围裙、头戴无檐小白帽的中年汉子，此人推独轮车走街串巷叫卖“烧麦（卖）”，这是盛京城头一次有烧卖，独轮车的主人叫马春，他的烧卖馅大皮薄，现包现做，童叟无欺，就是后来的马家烧麦（卖）。

写沈城乡村的有风物诗。高粱是东北的标志性食材，乾隆年间曾执教盛京莲宗寺书院的举人张玉纶，在其《梦月轩诗钞》中有《高粱》一篇：“芳名传蜀黍，嘉种遍辽东。盛夏千竿绿，当秋万穗红。影全迷渭竹，色欲艳江枫。漕运天仓满，飞随海舶风。”那时，秋日里天地相连的高粱红就已是关东的标志性风景了，只不知那高粱地里是否也有很多恩怨情仇。

山长他老人家

清代的沈城，书院文化是极重要的元素。自古有文人相轻的说法，这大概是人性争先求异的大趋势使然，但儒家先贤倡导的是君子周而不比、和而不同，欧阳修又说君子有君子之党，模糊理解下来，应该是我们的文人应该有一个相对固定的共同空间、相对稳定的收入状态，大家在其间既能自得其乐，也有相类的生活习惯和阅读旨趣。

所以，近现代有大学，而古代则有书院。翻开武侠小说，主角来到一座新的陌生的城市或者名山古寨，总意味着未知的高手或者门派正在其中，其实，若是穿越到古代名城，功夫高手不大能找得到，倒是书院一般会有，里边的老先生、大讲师也是古怪有趣得紧，比如王尔烈。

有一次去西峡谷，提前想查询些人文史迹，听朋友说西峡谷是王尔烈发现的：话说二百多年前，“压倒三江”的关东第一才子王尔烈告老还乡，策马行至奉天城西一百二十里的浑河西峡谷，寻舟渡河回辽阳，忽然发现此处景观宜人，流连三日赏玩，并题诗一首《生逢人间第一境》：“沈水西峡隐奇观，芳林幽草马不前。圣境仙风三忘返，分明关东桃花源！”风景四处都有，关键是要借一点名人的仙气，才能实现点铁成金。

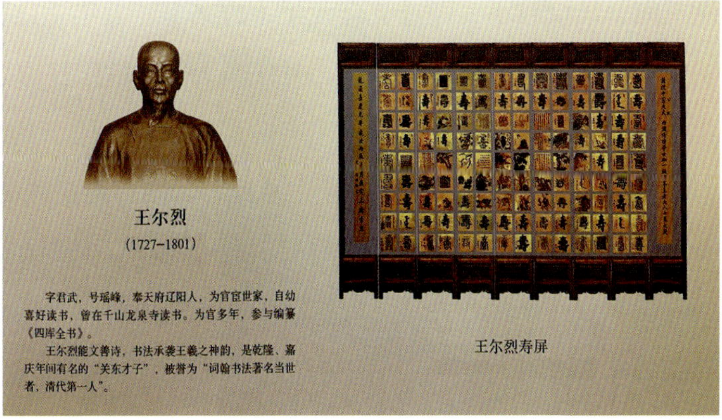

| 王尔烈 |

王尔烈（1727—1801），字君武，一字仲方，号瑶峰，清代奉天府辽阳州（今辽宁辽阳）人。乾隆三十六年（1771）进士，中殿试二甲第一名，授翰林院编修，开始了宦海生涯。乾隆三十八年（1773）出任四库全书纂修官并三通馆纂修官，参与编纂《四库全书》。他主持科举考试，担任监察御史、顺天府（今北京）丞等，因为官清廉而任内阁侍读学士，“为帝王师”，获得古代官员德行与才能的最高规格肯定。也许是因为影视小说的原因，王尔烈在我们心目中就是东北人智慧的化身，是关键场合的出场人物，对付瞧不起塞北雪国的“硬嗑儿名梗”代言人，是一流的“关键先生”。

但王尔烈是回辽阳的吗？他若回辽阳，有没有必要绕道西峡谷呢？我觉得他经过西峡谷的时候，真正的目的地恰是沈阳。

翻开缪润绂的《陪京杂述·名翰》，其中记载：“沈阳书院”，辽阳王瑶峰传胪尔烈书，骨月匀停，足资模楷，为书院大门之额；“萃升书院”，欧阳瑾书，楷法端严，犹存家范，为书院仪门之额。缪翰林是当时书法名家，他年轻时在沈城访求名人手迹，对亲见的王尔烈手迹应该不会看错记错。

萃升书院原名沈阳书院，始建于清康熙五十八年（1719），最初只建厅堂三间，规模较小，经过乾隆元年（1736）、七年（1742）两次扩建，规模初备。乾隆二十七年（1762），时任奉天府尹欧阳瑾取“萃聚英才，升扬文化”之意，题写“萃升书院”四字楷写匾额，悬挂于书院仪门（明清官署、邸宅大门内的第二重正门）之上。从此，沈阳书院正式命名为“萃升书院”。嘉庆四年（1799），七十二岁的王尔烈以大理寺少卿告老致仕，以“山长”的身份掌教盛京萃升书院。现在辽阳文化馆还藏有程伟元为王尔烈七十大寿绘制的《双松图》。据说书院待遇优渥，教授（老师）每学期要讲课二十次，年薪白银五百两……

其实，山长他老人家在萃升书院执教两年多后就去世了。除了在书院教书育人、奖掖后进，他晚年在沈时，与晋昌、程伟元的熟识交往也传为佳话，至于他跟高鹗熟不熟悉、知不知道《红楼梦》，就更引人遐想了。乾嘉时文士柳得恭曾有诗写对书院的感怀：“不见江南张秀才，讲堂深处独徘徊。当年别语工凄楚，沈水东流可再来。”诗情真挚感人，沈水本来是西流，诗中却讲东流，意思应该是时光不会倒转，就像逝川不会回流一样。

清末诗坛名家刘文麟也曾出任萃升书院主讲。第一次鸦片战争期间，刘文麟是在第一时间内以亲历亲闻全面反映那场战争的诗人，他的《感事》组诗悲怆地书写战争惨象：“烽燧连年照海红，貔貅万队拥元戎。杀人最痛师无律，夺地徒闻贼有功。民屋颓残千炬火，夷船往来一帆风。珠江多少繁华梦，回首同归浩劫中。”晚年他执教沈城学子，将这忧国忧民的情怀传给后生。

沈阳现代化都市圈里，除了萃升书院，还有座银冈书院，郝家父子与之有所交集。顺治年间，郝浴因上书弹劾吴三桂而流徙奉天（铁岭）等地，创建了银冈书院。后来吴三桂谋反，郝浴被平反回京。而其次子郝林降生于奉天，并于康熙二十一年（1682）中进士，从而走上仕途。他为官清正廉明，秉公执法，人称“铁面选司”。康熙五十三年（1714），他自太仆寺卿升任奉天府尹。在他担任奉天府尹期间，郝林通过自己的努力，使其父创建的书院重回正轨。

“甲骑不鸣山海外，云消天际柳条青。”“只今碧落清如许，正好商霖洒玉沟。”如此安宁祥和的地方，正是应该做一点事情的时候。这是郝浴写给留都的诗句，是他的心声，其中仿佛也有书声。

近世以来，各地书院均开设时势策论课程，强调学问的经世致用。才子学人刘春烺、于省吾均曾出任萃升书院的教习，刘作为主讲，于曾担任院监。

沈北曾有一座蒲阳书院。明嘉靖十三年（1534），书院由巡按御史常时平所建，地点在蒲河所城内（今沈北新区蒲河街道蒲河社区），是沈阳地区最古老的书院。

光绪二十七年（1901）农历十一月，盛京将军增祺下令创建奉天大学堂，是为沈阳现代高等学府之发轫。学堂聘请孙百斛、谈国楫为大学堂总办，顾汝基、荣德为帮办，并设置了历史、地理、国文、诸子、数学、英文、俄文、满文、体操等学科。至此，现代教育模式逐渐成为城市高等教育的主流，如今沈阳已是书香名城，有五十多万本专科生和研究生在读，每天延续着教学相长的故事。

诗如明镜台

旗人给世人的印象，多为提笼架鸟，哼着子弟书或者京剧，饱食终日无所用心，其实旗下从来不乏文人骚客，也多有慷慨悲歌的人士。

他们作品中写照的就是其所在时代最基本的真实，即内心的真实。

康雍乾盛世时的沈城，在这些旗人文士眼中、心中是什么样子的呢？

“春寒匝月逐行旌，历尽边霜近帝城。昨夜雪凝丹凤隐，今朝丽日紫云晴。遥瞻王气连三岛，欲起人文并两京。料得兔罝成化后，镐丰朴棫应期生。”此为张鼎彝的《将至奉天雪霁》，他不是最早的奉天府尹（最早的府尹是张尚贤），但这首诗却是顺治十四年（1657）始设奉天府之后，最早写沈城风光的诗歌之一。心情激动的府尹张大人早晨一到奉天，雪就停了，霞光雪色，映照得城市与宫殿分外雄奇壮丽。

当时的奉天府衙位于德胜门（大南门）内街西。奉天设府，标志着旗民分治的制度已经确立，经济文化的发展从此进入了快车道，之后不过二三十年，陪都气象已经与之前的千年时光不可同日而语。

“落日散残红，拂面晚风爽。众鸟各飞还，幽人偶独往。缘溪跨石桥，莎岸平如掌。迤逦过古城，岚气渐沆砀。樵径屡降升，怪树或俯仰。岩花缀露馨，石发经秋长。迂回绝涧遥，婉娈修林广。举足方岖嵚，转瞬忽康崀。蘧庐暮霭封，峭壁飞泉响。悠扬梵吹清，突兀轩楹敞。探赜宁辞劳，划天河汉朗。指顾扪斗牛，咳唾惊魍魉。溟海托元气，磅礴供奇赏。调调天籁发，飘飘羽化想。仙路知可寻，挥手谢尘网。”这是康雍时期旗下文士福璐的《晚入辉山过莲花泊夜登向阳寺》中描写的陪都山林夜色。山不在高，依城则名，所以有终南山、西山、北固山、越秀山、琅琊山、珞珈山这样的城边名山，沈阳的辉山也是如此。森林是东北各古老民族的灵魂所寄，所以清代以来很多人都喜欢到辉山，春日踏青，夏夜避暑，秋天策马，冬月赏雪。福璐的这首诗写的就是深山古寺，飞泉林下，莲花泊在落日残红中，静谧得可以听到风送来的缕缕梵音。

这是独属于繁华边上的幽人心语。在真正的深山老林、文明不及的地方，诗人不会有这样的创作心态。

“营州东与冀州连，往代相承有革沿。箕子益封新版宇，公孙分隶旧山川。烟尘秦汉分争苦，城郭金辽割据偏。此日车书成一统，太平风化被无边。”这是雍乾时期平郡王爱新觉罗·福彭的《盛京四首·其四》中对陪都大势的咏叹，福彭自小是乾隆帝的伴读，文韬武略，精力过人，可惜四十刚出头就英年早逝，乾隆为此深怀悲切。

“罗浮树下初经露，云梦枝头未点霜。何事独先成妙果，竟来相伴在禅堂。空中挂月无烦指，座下拈花自有香。总为慈云覆辽海，南来曾否费梯航。”这是乾隆朝两江总督、太子少傅鄂容安的《沈阳万寿寺咏佛手柑》。他是雍正朝大学士西林觉罗·鄂尔泰之子，四十二岁就牺牲在了平叛前线。万寿寺地处小西门外，在北京到盛京的驿路边上，一些公干路过的官员有时会进入寺内参拜或留宿。鄂容安成年后四处奔走忙于办差，这时在驿路边古刹中与南来的供果佛手邂逅，慨叹这奇妙的缘分。

“肩舆欲倦老僧迎，不厌亭前蜡屐轻。几度客来如有约，及时花发倍关情。蝉声冷带西风咽，山翠遥连夕照明。徙倚未教秋兴减，吟成坐听梵钟清。”这是乾隆朝内阁学士兼礼部侍郎双庆的《慈恩寺》，双大人喜欢古寺清幽的社交情境，从诗中看是这里的常客了。不同的人群在自己特有的社交环境中实现充分互动和交游，这是城市发展进入全新维度后的表现，换句话说，城市越大，圈子越小。

“夕行落照圆，晓行晨星多。霜华积野草，秋水增寒波。驾言度石桥，石桥何峨峨！愧非马相如，今日复来过。”这是常纪的《晓过大石桥》，其中的大石桥就是永安桥。他还有一首《渡巨流河》：“渡头争渡喧，行行近辽水。辽水扬层波，巨流此其是。白沙莽无垠，寒冰结方始。欲渡尚徘徊，停车招舟子。”

这两首诗都出自他的《爱吟草》，这部诗集和《爱吟前草》是由王尔烈为其操办刊刻的，并为之作序，王尔烈为何要为常纪的诗集如此奔走呢?

常纪是沈城北栖霞堡人，四十五岁时在乾隆朝平定金川之战中壮烈牺牲，其子常承武当时请到了王尔烈，王尔烈为常纪的事迹和他质朴真情的诗句所感动，遂为之奔走，并将刊刻好的诗集广为流传。

“菜花黄泛野烟微，兰若堤边掩半扉。亭午不闻清磬发，板桥驴背一僧归。”这是乾隆时期诗人永亮的《万柳塘》，南塔广慈寺附近万柳塘的午间休息时分，难得的闹中取静。

“宵迈与晨兴，幽斋爽气澄。雪霜清似我，粥饭淡于僧。林霁喧禽语，窗明消砚冰。群书堆几阁，讽咏曰频仍。”这是乾隆朝汉军旗下诗人陈大文的《长安寺幽斋即事》，在沈阳最古老的寺庙中，寒林晨兴，粥饭伴书，清心寡欲。这首诗也被收入铁保编辑的《熙朝雅颂集》中。

嘉庆四年（1799），铁保出任盛京兵部侍郎兼奉天府尹，他曾任八旗通志馆总裁，总领《钦定八旗通志》编撰。他还主持纂辑了汇集满人诗歌的《白山诗介》。在此书的基础上，他又编辑了《熙朝雅颂集》一百三十四卷，为

| 塔湾夜景 |

保留满族文学、旗人文学遗产付出了很大心力。他还善诗文书画，书法上被称为帖学大家，与成亲王永瑆、翁方纲、刘墉并称清代乾嘉时期书法四大家。

“一湾塔影水流春，寒食烟生树树新。好似雨余青到眼，十三山色欲留人。”这是嘉庆朝重臣张百龄的《沈阳道中作》，此诗为其在乾隆年间担任奉天府丞时的作品。在塔湾的春水树影间，远远的山色绘成了治愈的天际线。

“村边古木绿荫交，已老榆钱匝地抛。草醉浓烟鸠唤雨，泥沾落絮燕营巢。懒过市井嫌尘扰，静闭斋门待客敲。何处风筝游线断，翩翩落上杏花梢。”这是满洲正白旗下诗人、学者多隆阿组诗《沈阳村居西轩即事》中的一首，写的是沈阳莲宗书院附近村居住所的暮春景色。

“雪尽红尘起，驱车古道中。桥横双路引，塔立一树雄。客憩因身倦，骖停为腹空。忙呼供酒食，醉饱数青铜。”这是嘉庆朝沈阳汉军旗人柏珍的《白塔铺道中》，春日风起，在古道旁白塔下热闹的镇子中休息，喝点酒，数数钱，这是太平时节的市井众生相。

热闹之处，景区之间，古寺、古塔都可以带来动静皆宜的效果，这是很多大都市闹市区或知名景区的标配了，不需要规划者多么高明，顺势而为即可。诗人们除了写市井，便来这样的取静之所，即如观镜台一般，照彻自己的内心，并获得读者的共情。

翻翻古人的诗文，可以更了解这个城市的审美范式和文化密码，能不能达到基因维度不好说，但所谓“古人的智慧”，其实有些就是走下去便能看得见摸得着的常识。

三个少年刚刚来过

沈城的历史上，不乏这样惊才绝艳的人物，缪润绂二十多岁就文动全城，文祥更是早早就进入了高层的视野。而在清中后期，辽沈地区文化人才井喷，房毓琛、荣文达、刘春烺合称为“辽东三才子”，其中刘春烺是地道的沈阳人，房、荣两位也与沈城文化圈交集甚为密切。

当时有一个掌故广为流传：

这是年轻的古城，春光正好。

碧朗的天空下，远远走来几个快乐的青年。话说房毓琛、荣文达、刘春烺三位是十分要好的朋友，有一次他们相约同游皇寺，不巧掌印达喇嘛不在，没有能够拜谒玛哈噶喇金佛，只好游览了白骆驼坟和寺内的古碑，临走前三才子即兴接龙诵七言绝句《实胜寺诗》：“红楼碧殿锁朱门，佛相金身马哈尊。读罢丰碑谈往事，风流犹指骆驼坟。”吟毕，房毓琛随手从囊袋中取出笔墨，大笔一挥，将诗句题写在了碑亭内的白壁之上。

这首诗通俗明白，与热衷市井传说人群的文化程度极为匹配，所以流传颇广。若有一天要出一部以清代沈城为背景的小说，这是极好的素材：名侦探柏小龙与侠女南海燕追查黑风魔团伙的盗宝案，在卧龙湖西的唐僧庙得到线索指引他们来到皇寺，询问掌院达喇嘛近来寺里可有什么生人来过。后者微微一笑说：最近别无他事，只有三个少年刚刚来过，还在碑亭内的白壁之上留诗一首，你们可以去参详一下。二人连忙来到碑亭，只见白壁上还真有诗一首，那笔法清隽潇洒，墨迹尚未全干……南海燕读了诗尚在沉吟，柏小龙却说：“金佛、古碑、骆驼坟，看来定然是与黑风魔有关了，尤其是骆驼坟中必有蹊跷——”所言未毕，只听南海燕娇叱一声，人已飞到碑亭之上：“什么人竟敢在这里偷听？！”

接下来的情节当然更为精彩好看，且关键线索恰在房荣刘三位少年才子的手里。

| 雪后皇寺 |

这三位才子活跃的年代，大清国势虽已走了下坡路，但沈城这边的繁华依旧，且因为城市走进近代，城市生活较之前更为多元和兼容。国门开放以后，很多他外的文明开始涌入，唤醒了有识之士的忧患意识。

房毓琛（1845—1900），辽阳人，同治年间恩贡，曾任盛京将军裕禄、依克唐阿及爱国名将左宝贵的幕僚。因为科场不顺，他后来下海在沈阳大东关附近开了药房。

他以爱国情怀著称，他的诗作感情真挚，如泣如诉，他笔下写洪水：“民穴陵原窟，龙留陆地波。”“哀鸿全在野，冬暖祝天和。”“天意难知三日往，杞人心事不堪明。”甲午战争期间他紧跟时事变化，写了《九连歌》《凤凰引》《海城叹》等多篇纪实诗作，呼唤各界人士的觉醒与民族命运的自觉。

荣文达（1848—1903），奉天府金州人，咸丰年间移居昌图。少年时即以才学名动京师，生性任侠不羁，后来曾担任奉天大学堂总教习。

光绪二十六年（1900）庚子国变时，荣文达在《沈垣旅寓养病》中写出对时局和国运的担忧：“乾坤怀古悠悠泪，欧亚伤时耿耿心。”诗人自己虽在病中，但对国事的耿耿于怀令他夜不能寐，时而暗自垂泪。

刘春烺（1850—1905），奉天承德府新民厅人，中举时名列关东举子之首，后因科场不顺，于是专心研究兵学和治水这些实用之道，著有《炮学》一书。他规划了柳河大堤防治水患，又治理辽河，令辽河下游很多水患频仍之地从此成为鱼米之乡。晚年他曾出任萃升书院主讲，在荣文达去世后，他接任由奉天大学堂改办的盛京省学堂总教习。

刘春烺的《听角行》直指当时官风不正：“官人狰狞面目粗，长鞭打人壮且都。”“孤儿寡妻走边隅，路逢猛吏神仙如。”这种官风令百姓极为憎恶。

上述这三位均少年早慧，终其一生以才学闻名当时。房毓琛应童子试时的“娲皇炼石五色古，一丸飞下辽东土”当时就被誉为佳句，相信有些人一辈子也写不出来。

荣文达久居其私塾馆“杏园”之中，写了《冬山如睡赋》，这虽然本是借宋人的陈言而生发，真正落笔时，他的冬山却是一派北人山水：醉石悠悠，暮云惨惨，林壑情痴，烟岚梦幻，山灵能语，睡性方长。读时令人进入一种入睡般的遐想状态。

刘春烺《沈阳杂咏・其一》这样写万泉河：“万泉河畔引清流，白舫兰舆作冶游。六月莲花三月柳，醉人风月似杭州。”清流白舫，柳色莲香，他笔下的万泉风月可比杭州西湖。

他们三人虽然各自有诗文集，但在他们辞世后，其亲友、后人出了一套涵盖三人全部作品的《辽东三家集》，以这种方式纪念他们的友情与才华。除了交情莫逆，更微妙的是，这三位虽生年不同，却都是在五十五岁前后辞世，仿佛也有默契一般。刘春烺过世后，地下若重逢房哥和荣哥不知他们会不会临时支桌，启动诗会酬唱，就此自我揶揄一番。至于酬唱的地点呢，就建议设在早秋的万泉河边，彼时远山如墨，苇影丝丝晃动，残荷叶间透出的水色分外轻灵澄澈，这场景足够真切，接得住三人的才情与寄托。

三才子最后的刘春烺去世那年，沈城来了个署名“洪都百炼生”的连载作家，此人就是《老残游记》的作者刘鹗，他除了写作，还是一名买办商人和收藏家。

这次沈城之行，他拜访了盛京将军赵尔巽及其下很多属吏，想打通关节，涉足盐务买卖。赵尔巽是旧式官场的著名老派清官，当然予以拒绝。刘鹗失望之余，又与沈城的一些中外报人见面应酬，还在临时寓所完成了《老残游记》的第十一回、十五回和十六回。在书中，刘鹗淋漓尽致地揭示了“清官之恶”：一个叫刚弼的“清得格登登”的官员沽名钓誉、残酷狡诈，刘鹗直抒胸臆地写道：“赃官可恨，人人知之；‘清官’尤可恨，人多不知。盖赃官自知有病，不敢公然为非；‘清官’则自以为我不要钱，何所不可？刚愎自用，小则杀人，大则误国！吾人亲目所睹，不知凡几矣。……作者苦心，愿天下‘清官’勿以不要钱便可任性妄为也。”联想到他此行沈城刚刚被赵尔巽严词拒绝，深受刺激，大概也是有感而发吧。

写到这里，有此一叹，当时若三才子还在，应该会与刘鹗有所交流，甚至加以心灵按摩，消解一下刘先生心里的戾气，只是不知若真如此，《老残游记》里这一段文字会不会减其锋芒，令我们这些读者失去了一次掷书于地、大喊“过瘾”的机会。

春已暮，犹见柳棉飞

这是个很有意思的现象：清末一下子出了很多学问的高手、诗文的狂客，大清最后七十年出来的人比之前二百年的也不逊色，可是，因为清帝退位加上西学东渐，新的时代潮流迅速吞没了旧有的格局，再加上很多学者文人好以遗老自居，在民初纷繁翻涌的一次次潮流运动面前，显得逆势、没落、颓废、小气，总之种种的不合时宜，自然被时人有意无意加速遗忘。仅以词为例，晚清时王鹏运、郑文焯、朱祖谋和况周颐四人还各有拥趸，但其词作多是在清朝最后光景的文人圈子里流传称颂，革故鼎新后则声名速朽，这与民初“国故整理者”们的刻意无视有绝大干系，到王国维、胡适、俞平伯一派，则更急于推两宋而贬清词，后浪汹涌催击之下，即使王国维本人，到“五四”之后，也是仅能以研究国故而存身立命了。

诗人的待遇恐怕还不如词人，因为诗更接近政治和现实，在我的印象里，古时候在政治上，“因诗获罪”的人很多。再过一百多年，若我们回到文学本身，就可以发现在古时那一抹残阳晚照之下，沙滩上有隐隐生辉的很多遗珠。

何况很多爱国诗篇，更不该被这座城市的后人忘记。

道光初年，当时的大诗人姚元之在沈过年，他是安徽桐城人，北国隆冬的酷寒与热闹、丰富的物产令他流连忘返，他在《辽河夜雪》里说："辽海连天白玉光，朔风西望暮云长。自非天遣消闲日，看雪谁能到沈阳。"看雪时饮酒，是关东冬日里的一大快事："琥珀醇醪白玉瓯，东来吾亦醉乡侯。风流贺监流涎否，悔不浮槎入建州。"美酒醇香，把贺知章都要馋来了。他在这首《咏沈阳南酒》的序中说："沈阳南酒味绝美，都中不及也。使馆朝夕设此，余饮不多而以大瓮馈者，犹累累未发，辄有断句以夸筐叔伯山。"称赞沈中之酒更胜京城。

魏燮均是铁岭人，也曾在沈阳的文化界活跃多年，一生没有当官，却写了很多诗文，有杜甫之风，学问也非常精深。他写的《山村即事》里，东北田园暮春景色宜人："高下人家密不分，炊烟处处映朝曛。背阴瓦陇留残雪，向曙山坳积宿云。鸟语乱争枯树集，鸡声遥隔短篱闻。柴门一径堆黄叶，镇日闲看过鹿群。"他的《万泉河同友人月夜泛舟》里："水光荡漾月珠联，一阵香风扑上船。唱罢采蓬人不见，画桡飞过藕花边。"写得极有乐府的神韵，这样的诗句若能在公园里的石头上刻一刻，会不会有人阅之神往呢？

"雄关耸峙肃庚邮，山海风云入望收。天柱高悬皆北向，辽河千里涌西流。敦庞旧俗留丰镐，圣泽深恩迈汉周。清夜自惭无报称，輶轩频愧拥骅骝。"这是爱国将领、诗人宝珣的《新民屯道中》的路上遐思，他因为勇于任事、一心报国，终于得到朝廷重用，此番又是回到故乡担任要职，但与他人的衣锦还乡不同，他的心里满满都是责任与忧患。在盛京将军任上，他夜宿军营，枕戈待旦，写下了"守门武士威如虎，值夜军官集似鸦"的生动诗句（乌鸦在满族文化中是神鸟）。

同样是在沈为官期间，另一位诗人恩锡的文人情怀就浓重一些，他的《沈阳初春十咏》，分为《春寒》《春夜》《春雪》《春月》《春晓》《春晴》《春风》《春雨》《春醉》《春眺》。《春风》中一句"到耳春风似虎狂"把沈阳春天的大风写活了。《春眺》的“麦苗未绿平沙远，斜倚疏林看打围”，又是一幅生动的飞马围猎图画。盼到了清明却下了一场大雪，他写道：“如何春已暮，犹见柳棉飞？桃李花难笑，河梁水正肥。”沈阳的春天，五月飘雪也是常见，桃李花开在雪中，天晴时雪虹映在涨起的春水中，这是关东独有的好景。

再说刘文麟，他关心时局，因第一时间以时事鸦片战争入诗而名动当时。第一次鸦片战争期间，刘文麟就在海南文昌任知县，是在第一时间内以亲历亲闻而全面反映那场战争的诗人，他的《感事》组诗悲怆地书写战争惨象：“烽燧连年照海红，貔貅万队拥元戎。杀人最痛师无律，夺地徒闻贼有功。民屋颓残千炬火，夷船往来一帆风。珠江多少繁华梦，回首同归浩劫中。”晚年，刘文麟曾出任盛京萃升书院主讲。在此，他壮志犹存，“国尚患贫家事小，身聊乘化也缘轻”。“自笑头颅已如许，可能一掷博簪缨。”（《偶然作》）“早虑南邦无净土，那知西海复横流。”“诸公已进回銮表，更为平戎试一筹。”（《感成》）当时正值第二次鸦片战争期间，虽然不再年轻，但他还是想有所作为的。

张锡銮也是一位有个性的人物，他在东北主持边防事务多年，进入中华民国初期，他因袁世凯称帝失败而灰心下野，赋闲退隐。但在清末时，他还是做了很多事情的。甲午战争期间，左宝贵在朝鲜前线牺牲，张锡銮作诗痛悼：“屹屹孤城独守难，祖邦西望客军单。大同江上中秋月，长照英雄白骨寒。”诗中情感颇为真切，我们相信若当时左宝贵的阵地上换成张锡銮，他的表现也不会令人失望的。

翰林路上

在沈阳，以“文化”“读书”“文艺”或者“技艺”为标签的家族不是很多，大部分人家族的历史也称不上悠久，若用文学的视角观之，一个人怎么也要能清清楚楚地讲出自己祖上往上数二百年左右的事情，他的家族应该算得上是有所传承吧。当然，二百年有点苛刻，起码也得一百年以

| 翰林路 |

上吧。如果一个家族每经历一次时代变迁，就失去了之前的传承甚至主动抹去了相关痕迹，那么这样的人组成的人群又如何去谈“家风家教”和“文化自信”呢？

沈阳有翰林路，沈阳的文化人基本都知道，因为沈阳出版社就在南翰林路上。当然，每次走在翰林路上，唯一的遗憾是文化点位太少了些。

翰林路、北翰林路、南翰林路，当年都是从一条缪翰林胡同化生而成的。遥想当年缪润绂走在这条路上的时候，相随交游的一定都是一些有趣的人物。

翰林府当年是个论文谈缘的好去处，但缪家的文脉之盛却是从嘉道年间缪公恩开始的。缪公恩，系“留都多少能吟客，总让公才一着先”的盛京名士，一代诗坛泰斗。

缪公恩（1757—1841），原名公俨，字立庄，号楳澥，别号兰皋，汉军正白旗人。缪公恩曾随父亲缪廷玢宦游关内十余载，结交了很多文人雅士如洪亮吉等，北归乡里后以诗画自娱。五十岁时他出任盛京礼部右翼官学助教，后主讲萃升书院。嘉庆十八年（1813），他成立芝兰诗社，引远近才子集聚，繁荣了沈城文化的平台；又创办会文山房，堪称清音子弟书的贵人。如今中街设立“芝兰台”，就是在向他的文化成就致敬。在当时，金朝觐、沈承瑞、多隆阿、魏燮均、王乃新等文坛人物都奉之为良师益友。

缪公恩的诗各体兼得，题材上喜欢山水风物，无论江南还是北国，梅芳兰蕙，在他笔下皆有非凡气象。如“画船十里联红袖，歌管千家起翠楼”，这是游苏州的虎丘；“月明何处吹渔笛，秋水梅花一味寒”，这是写月下洞庭的秋色。

他又是如何写浑河呢？“浊流直拟下昆仑，襟带陪都众水尊。卷地东来山作障，排空西北海为门。声摧雪浪惊雷起，势压风湍阵马奔。多少黄沙埋白骨，谁凭杯酒吊英魂。”在这首诗里，大河西流，是雄阔的，包覆万物，吞吐支流，也是历史的，与黄河一样，自辽远的时空深处涌动而来，浪涛里诉说英雄的故事。这是迄今写浑河的最好的格律诗。

再来登辉山：“危峰绝顶独盘桓，雾敛云收眼界宽。千涧瀑兼青霭落，万山岚向碧空攒。天风欲鼓春衫破，雨气犹侵石骨寒。何日凌虚生羽翼，十洲三岛足游观。”霭岚起落，天风雨气，山中看山，高处凌寒，缪公恩用了游仙诗的文采，却不落其俗套，把辉山的别具一格写得明明白白，若名山录不见得有辉山，那名山诗录中，辉山也一定能凭此诗跻身其中。

写北国的山水，世间诗人多喜在冬雪晴日，此公诗集里也不乏写雪的佳作，但他写浑河跟辉山的诗中却偏不用雪，似乎冥冥中有意将“日薄清含辉，烟明遥作态”的好句留给了曾孙。

| 雄阔的浑河 |

“万泉”得名，也在缪公恩诗中，因为住得较近，他多次来此郊游赏玩，也题了好多诗。如《万泉河步月》：“碧空千里火云流，风断残虹暮雨收。深夜老龙眠不得，海天抛上水晶球。”夏夜雨后无眠，来此看月，此情景与海中神明相通，便极写月光水色的盈润通透。《万泉河登楼感兴》：“溪上轻烟拂水流，凉波细草乍成秋。尚余柳色舒青眼，未放芦花点白头。西岭云飞归别岫，夕阳人倦倚高楼。无端百感增萧索，安得忘情似野鸥。”秋云柳色，心中萧索，不在鸥影之外。暮年又有《晚晴万泉河小步》：“筇杖闲携步晚晴，万泉新雨涨痕生。春潭上下天光净，野草羊绵暮霭平。素月自来风自去，落花无语水无声。静中久立心神寂，不觉渔灯隔浦明。”又是春天，在万泉边上思绪万千，忘了时间，这仿佛是诗人致老友的绝唱。

缪公恩之子缪图箕，之孙缪景文、缪景其也担任过官学的助教官等文职。然后就是缪翰林了。缪润绂（1853—1939），字麟甫，号东霖，别署太素生、含光堂主人等。出自书香门第的他少有文名，二十六岁即有《沈阳百咏》和《陪京杂述》，将少年的才气灌注当时名胜。同光年间，缪润绂诗文已冠绝辽东，但科场上却屡考不中，直到光绪十八年（1892）才中进士。缪润绂高中后，被授翰林院庶吉士，故称缪翰林。若从其曾祖父缪公恩算起，加上他最小的弟弟缪德喜嘉庆二十五年（1820）也中了进士，再加上光绪十五年（1889）缪公恩五世嫡孙、缪润绂之子延祺成为进士，遂有“一门三进士”之说。

缪润绂在清末曾任户部主事，外放后先后出任日照、郓城、阳信、齐河知县，濮州、宁海知州，升临清直隶州知州，所在之任勤政爱民，筹资兴学。他在《去阳信留别》中写道：“骊歌一唱万人惊，薄宦真如敝屣轻。为政那容追子产，化民终觉愧阳城。小鲜奏绩曾何补，广厦储才幸有成。期月匆匆棠爱少，扪心毕竟负苍生。”缪润绂自信有成绩，也培养了人才，却也留下若干遗憾。

当然，即如弗洛伊德所说，世上有三件事一定是无法臻于完美的：为人父母、主政一方和精神分析。将内心的真实情感转化为诗歌中的袒露情怀，说明作者是真诚而且自信的，情有千千结也能说得出写得下，这是他广结文士、有朋自远方来的气场，也是他在文坛上一起手便能写出《沈阳百咏》和《陪京杂述》这样接地气的诗文。

光绪三年（1877），缪润绂与喜晓峰、韩小窗等人发起了荟兰诗社。次年，以竹枝词形式缀成整数的《沈阳百咏》写成，这一时期沈城的风物民谣，应该就是他在诗社中广泛交游、访求、创作的所得所感。

“柴烘炕暖胜披裘，宿火多还到晓留。谁道塞寒衾似铁，黑甜香好更温柔。”这首诗写的是东北火炕，一看就是跟“盘炕把式”唠过，把好炕的精髓“存热、不燥”写出来了。

“衣捣寒砧女手双，高丽纸白快糊窗。园田菜属秋菘好，满趁西风著几缸。”这首诗写的是糊窗户纸和腌酸菜，一个“趁西风”写出了对应节令的忙碌，谁说东北的人家半年闲？咱从秋凉一直忙到开春啊。

“提浆作馔趁秋风，月饼居然出沈中。终是枣泥滋味好，痴人偏买自来红。”这首诗写的是提浆月饼。此条又有按语：内城诸茶食店所制提浆月饼最佳，自来白、枣泥馅者为美。痴人好用自来红，以名贵也。其中，“提浆”是先用蛋白液将糖浆中的杂质除掉，拿这种清糖浆调成的面团做成饼皮，旧时普通糖浆里颇多杂质，提浆能令月饼的甜味更纯。自来白的叫法源自做这种月饼的面皮是用大油和精面烤制的，颜色纯白。自来红是用植物油和面烤成透红饼皮，表面还有一个黑红色圆圈。三种都是京式月饼，这个“京”既指北京，在“痴人”心目中，自然也指当时的盛京。可见，沈阳在吃鸡架的美食文化出现之前，自古以来就已是美食之城，沈阳人何苦抛掉了这分自信。

《陪京杂述》写的是日常见闻的笔记，与《沈阳百咏》在内容上是奇正相合的，其最为人称道之处，在于其提炼的“盛京八景”。天柱排青、辉山晴雪、浑河晚渡、塔湾夕照、柳塘避暑、花泊观莲、万泉垂钓和黄寺鸣钟。在书中，作者用五言诗对每处景观都进行了自注，如各处的位置、特色及相关的游玩场景。如“万泉垂钓”诗注为：“泉流不择地，掘地皆清泉。偶为河上游，泉脉来涓涓。银鳞四五寸，跃跃波纹圆。伊谁弄钓丝，看此清且涟。大哉渭滨叟，思之常穆然。”走马观花的少年眼中，看老成的钓叟，应该就是这样的心态。

而缪翰林写《沈阳百咏》中的万泉又换了个视角：“红莲花小水潺潺，人听笙歌镇日闲。侬到此来情更远，要登高阁看青山。”这里的高阁指当时水畔的观音阁禅院。笙歌指的是大鼓书和落子。登上阁子高处，远远可见青山一角，此处已是当时繁华的边上。不知缪润绂看山的时候，会不会想起曾祖诗中，这水边雨后的月色、随水而去的落花。

无论宦游各地，还是衣锦还乡，缪家人始终是外向的，是接地气的，他们“好山水”其实是爱世人，市井百姓的烟火气是他们笔下润色的鸿业。这样的文字可以令他们的作品穿透时代而不会褪色、变形。从诗坛领袖到翰林名士，他们是敦敦实实走在路上的，是谈笑在酒肆书场中间的，而不是在密室里，在书斋里，在名山深处独自梦回，所以他们的生活与文字才能够与这个城市的风景融为一体，到今天我们还记得他们的诗，这些美好的文字在烟火气中从未模糊。

夜访韩小窗

“堪叹人生聚散频，荒凉池馆最销魂。楼台倾倒脱金粉，花木凋零起暗尘。曲径苔封思旧景，绣窗纱绽忆情人。”

有向前看的人，有向后看的人，有看得透的人，有看不穿的人。人的活法不同，看法想法自然也要与之适配，这中间本没有什么高低上下之分，同样的台子为什么要唱不同的戏码，同样的戏码为什么会有不同的观感？唱戏的人看得最清楚，写戏的人也品得最透彻。你就看吧，人生聚散天天在台上唱着呢，一首《游旧院》，生发的便是这么一种情怀。

写子弟书的人，有文人的骨、浪子的形。

韩小窗正是这样的人。

这古城里，街市的晚上，是由诗歌、酬唱和叙谈所构成的。访韩小窗这样的人，最好在夜里。

光绪五年（1879），初五雪落，听完了开箱戏，喜晓峰携手晚辈后生缪润绂，去大东关夜访他们的旧友韩小窗。而缪润绂则珍而重之，还让仆人带了若干礼品和他的两本新著《沈阳百咏》《陪京杂述》。

喜晓峰是满洲镶黄旗下瓜尔佳氏，名喜麟，字晓峰。他生于新民，拔贡

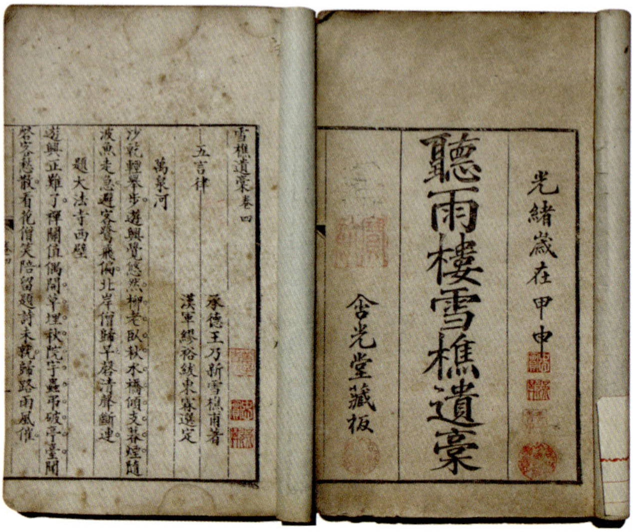

| 子弟书 |

后多年在京为官，官至大理司丞，喜欢子弟书，有《忆真妃》行世，脱胎于《长恨歌》等唐人诗文，写唐玄宗“剑阁闻铃”的一段故事，脍炙人口，被誉为子弟书创作之冠。据说，这段书是喜晓峰为缅怀已故爱妾王氏洒泪而写，他借唐玄宗李隆基和杨贵妃（杨玉环号太真）的真挚爱情而抒发自己的一往情深。后来这部书经过大鼓名家骆玉笙的精彩演绎，火遍全国，成为几代人的经典回忆。

喜晓峰、韩小窗、缪润绂这三人因子弟书而结忘年之缘，是组织“荟兰诗社”的主将。

子弟书是满族民间曲艺，沈阳的子弟书又称东韵清音子弟书，其远古渊源是祭祀时的巫歌，而其直接起源是清初军中流行的民间俗曲“边关调”“马头调”等，是一种配以八角鼓、佐以三弦演唱的书曲形式，近似于后来的鼓词，乾隆年间到清末曾流传于北京和沈阳等地，因其作者和演唱者多为八旗子弟，所以被称为“子弟书”。又因为子弟书的作者大多是有较深文学素养的八旗子弟，所以子弟书往往具有很高的文学水准。在子弟书作者群中，韩小窗传世之作最多，造诣也最深，因而曾被人们推誉为“编书的开山大法师”。

韩小窗也是旗人，原籍是辽宁省开原县（今开原市），后居住于沈阳。据考，他应该是生于嘉庆、道光年间，卒于光绪二十一年（1895）。韩小窗幼年时父母双亡，寄居在沈阳的姑母家中。他姑父早丧，姑母体弱多病，对他管束不多，因此他从小在攻读之余，就常出入于沈阳西关及小河沿的茶馆书场中。这使他自小就和民间文艺结下了难解之缘。中青年时代，他曾多次进京应试和求职，均未能如愿。仅在同治年间，他就两度进京考试，都住在好友喜晓峰家，这两次也都未考取。不过，在几次进京赴试和求职期间，他结识了许多八旗子弟，并漫游沈阳、北京、锦州、辽阳一带，会诗访友，先后结识了喜晓峰、缪润绂、王西园、鹤侣氏、春树斋、二凌居士等名士，对各种文学形式，如子弟书、诗词、楹联、灯谜等都有涉猎。

当然，他的主要创作领域还是子弟书，他天赋高且勤奋，掌握多种文体，所以其作品题材既有其他曲种戏种，也有史书古籍，更有很多作品出自《三国演义》《水浒传》《金瓶梅》《三言》《二拍》和《红楼梦》。

韩小窗终身布衣，生活穷困潦倒，但笔下文字却极美，韵味悠长，如同天籁之音，他的《黛玉悲秋》获赞深得曹雪芹的笔意三味：

潇洒洒碧落天空云织锦，静荡荡云山雾敛雨初晴。
纤巍巍三径菊花开灿烂，碧森森千竿竹叶显菁葱。
韵铮铮隔院秋砧惊午梦，呼喇喇临窗老树起悲声。
枯干干荷盖翻披为败叶，软怯怯海棠憔悴剩残茎。
香馥馥芬芳尚有岩前桂，冷凄凄零落远留井上桐。
重叠叠山经秋雨十分翠，碧澄澄水共长天一色青。
急煎煎云外归鸦投远岫，乱纷纷庭前落叶舞西风。
寂寞寞往来那有双飞蝶，静悄悄上下不闻百啭莺。

一阵阵天际惊寒穿旅雁，几处处空庭应候少秋虫。
细条条数棵衰柳无情绿，丛簇簇一片枫林着意红。

当时的评论名家邸文裕论其妙处：“句中笔法可与欧阳赋共赏，描写传神，百读不厌，令看官一目了然。”

韩小窗文字之通神，更在于着手成春，能够将很多冷场文字重构，衍生出很多生动袭人的场景。比如《游旧院》即脱胎于《金瓶梅》九十六回“春梅游旧家池馆”的故事，原著着墨不多的情节，竟成了给后人发挥的留白。

在冷寂的穷巷白屋里，韩小窗默想清词丽句之时，凭窗看雪，喃喃自语，遥感故人将至，顿时不再寂寞。

青春徐步 好谈兵

时间到近代，沈城经过两百多年陪都岁月的浸染，涌现了很多极有才情、个性的人物，更有很多海内英杰风云际会于此。当时恰逢时事变幻，中国遭遇“三千年之大变局”，危难与机遇纷至沓来，文祥、聂士成这样的英杰，行走四方，笔下发奋，记录了很多当时的最新动态与民情实际。朝廷重臣文祥的《蜀轺纪程》《巴林纪程》记载了咸丰年间其在四川和内蒙古的两次办事及考察。名将聂士成的《东游纪程》，堪称近代中国第一部参谋旅行报告，对当时东北的山川攻守形势、各处风土人情有第一手记载，其中对当时的陪都盛京颇有描述。

文祥（1818—1876），满洲正红旗瓜尔佳氏，名文祥，字博川，号文山，其家族世居盛京，生于辽阳（其父当时在该处任职）。文祥是晚清名臣，洋务运动的主要参与者和领导人之一。光绪二年（1876）去世。追赠太傅，谥号“文忠”，入祀贤良祠。文祥历经道光、咸丰、同治、光绪四朝，在外交、教育、海防、塞防等方面均有贡献。

据《蜀轺纪程》记载，咸丰四年（1854），文祥升任工部员外郎。七月十一日，工部左侍郎载龄等奉钦命赴陕西查办事务，文祥作为工部司员同往。

七月廿一日启程，八月初三日在途中接廷寄，方知实是前往四川。八月廿七日，一行人翻山越岭终于抵达成都，“封门办事”三个月。十一月廿六日，公务完毕的文祥一行自成都北返，途中过年。

“轺”指小马车，文祥此行事务颇为神秘，不过从大局观之，当时南北各处内忧外患不绝，尤其南方战事频繁，四川地区虽然形势相对平缓，但也暗流涌动，从《蜀轺纪程》中文祥一行轻车简从、往返赶路的记载便可见端倪。此行沿途经过直隶、山西、陕西、四川各省，虽是走马而过，但文祥仍以简略、准确的文字记载了沿途的交通、形势。

咸丰七年（1857），已任兵部太仆寺少卿、掌管国家马政的文祥赴内蒙古巴林扎萨克（今赤峰市北部）办事，路上写了《巴林纪程》。都是在路上，文祥一路之上却并没有将视角局限于日常琐事，而是详细记载了沿途的山川形势与人文风物。比如他住在蒙古族人家，则详细记录了当时蒙古族人日常的起居习俗；经过汉民村落，则扼要记录其位置、水土及人口数。到达巴林后，文祥记录了很多奉旨赐奠的细节——北方诸部，是清代北疆的血肉长城，为巩固北疆，朝廷事无巨细均走心办理，诸部重要的婚丧嫁娶都要掌握、参与，文祥出色完成差事后返京，皇帝“垂询甚详”，文祥等一一奏对，皇帝非常满意，“天颜甚霁”。

从这两部“纪程”中，可以看出文祥精干的办事能力、与众不同的视角和敏感，说明他日后成为大学士、朝廷上下倚重的名臣不是偶然的。

人是需要走出去的，无论是少时的壮游还是闻人间的交游，都比榻上卧游要真切有意义得多了，因为在将相之才眼中，今天的江山胜景，不定何时就会成为攸关国运的战场。文祥之后，聂士成的《东游纪程》则与沈城更有一段至关重要的渊源。

聂士成（1836—1900），字功亭，安徽合肥北乡（今长丰县岗集镇）人。同治元年（1862），聂士成以武童生投身行伍，开始了近四十年的戎马生涯。

光绪十九年(1893),聂士成深感日、俄觊觎我国东北及朝鲜,磨刀霍霍,御侮之战不可避免,于是上奏“请单骑巡边”,李鸿章于是命令他亲自带领天津武备学堂学生冯国璋(就是后来的那位大军阀)、张祖佑等,历时八个多月,行程两万三千余里,踏勘东三省、中俄边陲和朝鲜半岛,测绘山川险要,“游历凡经过要隘,皆用西法绘图立说,山川扼要形胜了如指掌”。回来后,聂将此行见闻以军事地理的视角加以梳理,汇成《东游纪程》一书。

书中写道,是年九月初五,聂一行从天津芦台出发,九月十六日进入新民屯境内,十七日到大辽河,十八日到奉天省城,迎接他们的人正是奉天翼长左宝贵将军,议事地点即在小西门外练兵公所。十九日,拜谒福陵、昭陵,并拜见了盛京将军裕禄。二十日,测绘奉天全城形势。在他的记述中,当时的沈城“外包土城,市店极为茂盛,地势四高中洼,密藏不露”。在他的笔下,辽沈地区地广民富,交通发达,是一块宝地。

《东游纪程》四卷完成后刚刚进呈御览,朝鲜爆发东学党起义,聂士成率军入朝,驻军牙山。是年夏,中日甲午战争爆发,聂士成与左宝贵都上了

| 聂士成雕像 |

前线。那场战争中，大清除甲午海战水师败绩，陆上清军各营也鲜有胜绩。不过，聂士成、依克唐阿（后来的盛京将军，兴办了沈阳近代第一家机器工厂奉天机器局）指挥的摩天岭阻击战却获得完胜，并因此保全了身后的名城辽阳乃至陪都盛京。

聂士成深知东北形势，沈阳一马平川交通便利，无险可守。要守，只有把防线扩出去，把住周边几处山河锁钥。其东南方向，第一紧要的就是摩天岭。摩天岭海拔969米，也称大高岭或高岭，位于现本溪市区南偏西80公里处，且距其西北方向的辽阳市50公里，南边则有古连山关（今本溪县连山关车站附近）。这里山陡谷深、林密多怪石，人迹罕至之处，鸟兽繁盛。明王之诰《高岭》诗云："连山青嶂合，车马亦能通。涉巘凝登汉，穿森乍蔽空。"极言其险要。

光绪二十年（1894）七月，战事爆发后，清、日两国陆军首先在朝鲜半岛对战。同年十月七日，日本陆军第一军（相当于集团军）突破鸭绿江防线北犯。十一月一日，其第5师团（又称广岛师团，相当于军）攻陷凤凰城（今凤城）后，没有休整即四面出击，试图夺占通向辽阳的各处隘口。数日间兵锋已到摩天岭、赛马集（今丹东凤城市北部赛马镇）附近。

清军的防线西起摩天岭，东迄赛马集，长约一百五十里，收拢各军主持防御的是聂士成和依克唐阿。聂士成部利用摩天岭的险要地势，堵住日军试图从东路强袭辽沈的通道。依克唐阿部则驻守赛马集，牵制日军侧翼，使其不能以全力直扑摩天岭。时为黑龙江将军的依克唐阿也是善于奔袭、突击的老将，以山地作战为长。是年，聂士成五十八岁，依克唐阿六十岁。

在日第一军司令山县有朋躁进情绪的鼓动下，该军将佐气焰嚣张，号称要到奉天城中"度岁"（过新年），而其一线士兵极为疲惫，冬装匮乏，在气温日降的气候条件下，冻伤开始出现。轻狂的日第5师团第10旅团（相当于师）旅团长立见尚文以凤凰城为据点，分路出击：一路奔袭赛马集依克唐阿部，解除侧翼威胁；一路西进连山关，以图夺取摩天岭。

十一月十一日，担任日西路先锋的22联队（相当于团）第一大队，步骑并进，守关的少数清军没想到日军来得这么快，仓促迎击后很快失守。聂士成闻警驰救时关口已失，只好扼守关北山巅，并“于丛林张旗帜，鸣鼓角，为疑兵”。日军兵少，未敢再进。

立见尚文听说拿下了连山关，立即派22联队第二大队增援，并命该联队长富冈三造中佐亲自到连山关坐镇。

富冈比立见清醒一些，他接到的战报显示：东犯赛马集的偏师已遭遇失败。此时两面受敌的富冈观察战场形势，发现连山关处于谷底，被摩天岭山脉三面环绕，特别像瓮中捉鳖的那只瓮，便于二十三日率联队主力撤至南边的草河口，关内只留少量兵力虚张声势。富冈认为，只要切断聂、依两军的联系即可。同日，聂士成因应战有方，奉上谕“特授直隶提督”，聂感奋不已。

二十四日夜，大雪飘落。聂士成密约友军接应，亲率数百骑，乘敌不备，一举夺回连山关。

值得一提的是，十一月二十一日至二十四日，海陆并进攻陷旅顺口要塞后的日军兽性大发，制造了震惊世界的“旅顺大屠杀”。这激发了中国军民的极大愤慨与斗志。

二十五日，聂、依两军联手对草河口日军发起猛攻，22联队此战伤亡惨重，失去了对摩天岭、连山关和赛马集的威胁与牵制能力。

屡战屡败的立见尚文恼羞成怒，但又不敢打摩天岭，于是亲率旅团主力杀向赛马集，想先解决依克唐阿部。不料依部在群山、大雪间神出鬼没，日军冒着严寒转了近十天，始终无法与伊军主力“决战”，并因缺乏抗寒装备，冻伤严重，战力大损，狼狈撤回凤凰城。该旅团撤回凤凰城当天，聂士成“挑选精锐千余，分作三队，进伏分水岭旁，突出奋击。敌军不支，弃岭而逃，（清军）追杀至草河口”。聂、依两部自此会师，背靠摩天岭—草河口—赛马集一线，居高临下，与第 10 旅团展开数次惨烈拉锯战。袁崇焕七世孙、出身汉军正白旗的猛将永山就是在攻打凤凰城的战斗中牺牲的，年仅二十七岁。此后，日军不得不改走西线，攻打海城、牛庄、营口等地，清朝陪都重地沈城由此保全。

清光绪二十一年（1895）农历除夕前，聂士成探知凤凰城日军得到增援后蠢蠢欲动，于是预先设伏，日军刚发起试探进攻，即遭遇伏兵迎头痛击而败退，此后再不敢寸进。立见尚文抑郁不已，作诗哀叹："留守凤城四阅月，每闻战捷剑空鸣。难忍功名争竞念，梦魂一夜屠清京。"他也只有靠"梦魂"到盛京、北京作恶了。

聂士成凭此战而擢升，跻身清末名将之列。

可发一叹的是，左宝贵在甲午战争中壮烈殉国。而在六年之后的庚子之变中，裕禄和聂士成均死于那场国难。不知他们在沈城相见谈兵之时，可曾料到时局与个人命运的走向。

世易如情，金梁如梦

清末民初的沈城文坛相当热闹，政权更迭的大背景下，各色新旧人物来往交织互动，更见证着城市由工业化建设与奉天开埠带来的飞速发展。沈城

| 琳琅满目的沈阳糕点 |

积聚的财富与人才前所未有，说当时这座城市面临着前所未有之变局也不为过。随着印刷技术的发展，出版物不再是奢侈品，很多书籍与报刊的涌现也令时人的文学创作变得更加丰富、生活化乃至商业化。

先从出版界人物的视角说起。清末会文山房主人邸文裕的《陪都景略》中，记载了著名的糕点铺致美和，门口题有对联“致之可通乎远近　美哉大发其馨香”。这家糕点铺是城内有名的去处，位置就在当时的钟楼南路西，不少晚清诗文中都提到过“致美和”，估计每天门口都有人排长队，其中不乏外地来沈的游客。

作为出版商，邸文裕既是近代以来第一位在《盛京论》中提出沈阳是具有巨大的工商业发展潜力的大都市的人，更是个成功人士兼吃货，他笔下还记载了当时盛京的各种美食：致美和的枣泥月饼、芝兰斋的槽糕八件、源吉长的京酱咸菜、吴永茂的香片茶叶、永裕斋的鼻烟南果、泰源楼的什锦火锅、东盛馆的三鲜大面、万兴楼的鸡丝细面、卿云楼的三样包子……

其中，芝兰斋饽饽铺被誉为“京式点心”第一，清代北京、盛京均有满族特色的饽饽铺，名品多以酥面蜜汁、奶油果馅烘烤而成，柜面上色香诱人的萨其马、芙蓉糕、核桃酥、松仁酥总是少不了的。同样是满族传统风味的三样包子也值得一说。所谓“三样”，指糖包子、油包子和菜包子：糖包子的馅有糖、核桃仁、芝麻、葡萄干、红枣等；油包子的馅有香豆、盐等；菜包子的馅有白菜、大葱、牛羊肉、花椒、姜粉等。不同的包子，形状与花纹也不一样，便于食客各取所需。

邸文裕交游颇广，他的文友中，《陪都纪略》的作者刘世英也留下不少关于美食的记载，且与老邸有很多重合，看来是没少陪他转。老刘笔下的庙会路边摊儿特有沈阳特色：“大碗饸饹，筋饼筋面，牛羊猪肉，开荤解馋！”量足味重，便宜实惠，从业的多为趁热闹的临时客串，露一手蹭着流量挣些快钱，这种景象，在今天沈阳的庙会上也常能见到。

据缪润绂《陪京杂述》所载，光绪三年（1877）前后，沈城有银市、柴草市、估衣市、功夫市、马市、缸市、灯市、果市、燋炸（煤炭）市、肉市、木市、石头市、皮行、铜行、银炉、鱼行、菜行、牛马行等，分布在城内外各街路。其中，四平街（今中街路）汇聚了日用百货等著名商号近百家，街两侧商号均为屋檐相连的门市瓦房，门前都斜立着龙头、凤头招幌。

工业化即带来城市区域的扩张和繁华地段的迁移，尤其是进入新的世纪，过去各种版本的“十六景”“十景”“八景”都逐渐变迁或消失。

近代革命者、文化名人钱公来在民初《辽海小记》中宣传的“沈阳八景”为故宫春晓、黄寺鸣钟、柳塘避暑、万泉垂钓、太清仙境、塔湾夕照、古塔昏鸦、浑河晚渡。其《万泉垂钓》诗云：“小河沿上柳如茵，画舫竹歌历历春。借问柳阴垂钓客，青衣行酒又何人。”其中“小河沿”的叫法已经与现在一样了。他的《太清仙境》诗云：“权把红尘作太清，仙凡境界总分明。葛公遗墨知多少，月下犹闻奏管笙。”诗中提到道教名人、书画名家葛月潭，可见当时在描写景区景点时已经有了名人意识。

当时民智初开，大家纷纷开眼看世界，地理类的书籍很热，文史名家杨同桂与孙宗翰一起出版了《盛京疆域考》之后，又将很多相关的翔实细节编辑成《沈故》一书，其中记载了大量的风土民情，东北人古时穿的“靰鞡”（乌拉）鞋内垫乌拉草，当时就是通过此书流传开去的，如今在沈阳故宫等处仍可看到其实物。

正是在《沈故》这类书的基础上，金梁这样的文化名家得以发挥他的“山水考据”之能。此人在清末为直臣、能臣，民国后当了作家、学者，将前朝秘闻写了很多披露文章，还参与《奉天通志》和《清史稿》的编纂。《奉天古迹考》即金梁在《盛京时报》的专栏文章合集。大概是因为受阅读报纸的读者需求牵引，金梁的文风很轻松有意味，细节和八卦很多，他的书读起来可能并不严谨，时有断言硬词，但绝不会令你觉得枯燥。如“宫殿山陵”一章，写了凤凰楼所藏“传国玉玺”的典故，非常传奇；又讲了在庚子国难期间福陵的守陵老人福禄康阿为保全陵墓挺身而出、阻止俄军焚毁陵墓的阴谋的事迹。文末还记载了他本人亲历的场景：宣统年间，他随同东三省总督锡良一起拜访福禄康阿老人，当场向面含微笑的老人家敬酒一杯。

不过，还是这位金梁，后来有些宿梦不醒，除了在报刊上写了很多有关前朝旧事的文章，其中离奇、传闻甚至黑幕传说的成分越来越多，不再赘述。

易代之际，人们的精神状态是很奇怪的，他们之前所受的教育和亲身经历，短短数年之后就变得不算数了，恍如隔世，前半生失去凭借，仿佛是在梦中经历，可与故人相谈却又历历在目，不知究竟往日为梦还是今朝为梦。他们有时会做出一些令后人匪夷所思的事情，也就不奇怪了。

石琴在庐，铁瓮在户

十步之内，必有芳草，人才是永远不会匮乏的。

民初二十年，众多能员干吏，对沈阳在民初时期经济与文化的迅速发展起到中流砥柱的作用，其中张之汉和王永江是佼佼者。这二位既是有治绩有操守的官员，也是跨时代的文人、学者。张之汉为王永江的诗集作序时提到，他俩曾是沈阳书院的同窗和后来的同僚。

张之汉（1866—1931），字仙舫，号石琴，书斋名“石琴庐”，十里河镇人，出身平常的一介书生，凭着自己的勤勉与才情力争上游，终于踏上仕途和文学两条路。作为官员，他兴办实业，主管银行、交通、盐业业务，颇有治绩；作为文人，他的诗文为当时所推重，《石琴庐诗集》流传广泛，《阎生笔歌》《甲辰感事》《题桃花扇传奇》入选多种诗集、选集。

尤其是《阎生笔歌》，刻画了中日甲午战争中辽南名士阎世开与日本侵略者英勇斗争、慷慨就义的事迹。

阎世开（1853—1894），奉天金州厅南金社三道沟人，家中世代是村塾教师。光绪二十年（1894）甲午中日战争期间，日军在大连花园口登陆、占领大连湾后向旅顺进军。途中，日军一大队迷失方向，急需向导辅助，恰逢当时阎世开正欲赶往南关岭方向教书，便将其扣留。日军少佐许以重金，希望阎世开能指明大连至旅顺的山川地势及行军路线。阎世开朝日军大骂，日军将领听不懂汉语，还以为他在指路，由于汉字同日本片假字有相同之处，便给他准备了笔墨纸砚，要求他画出山川路线。阎世开提笔疾书："尔等无缘犯我辽东，炮轰我乡里，枪杀我同胞，似此残暴为古今人道所无，尔不以为耻，反以为荣。今又以金钱诱我，令我丧尽天良，实令人百思不解！尔当知吾乃堂堂大清臣民，岂甘为倭奴走卒！"写罢阎世开捡起石砚朝日军指挥官砸去，日军恼羞成怒，抽出军刀架在他脖子上想逼其就范。阎世开毫不畏惧，慷慨赴死。日军将其推至村西山麓开膛破肚，残忍杀害。次年，二十九岁的张之汉在奉天听说了他壮烈牺牲的消息，奋笔题诗纪念：

"在秦张良椎，在汉苏武节。奋椎难击博浪沙，抗节直比胡天雪。非椎非节三寸毫，竟凭兔颖探虎穴！千军横扫风雨惊，披肝沥血凝成铁。饮刃宁惜将军头，振笔直代常山舌。头可断，舌可抉，刃可蹈，笔可折，凛凛生气终不灭，吁嗟阎生古义烈！"诗中，他将阎生比作刺秦的张良、忠节的苏武、不惜头颅的严颜和怒骂安禄山的颜杲卿等一系列古人。

"阎生著籍辽海东，系心家国身蒿蓬。策卫喜读剑侠传，斩蛇恨无隆准公。海衅无端腾战雾，天堑鸭江竟飞渡。席卷已下金州城，毡缒更觅阴平路。识途马老用阎生，冲冠义愤岂能平！直将易水悲歌气，激作渔阳挝鼓声。阎生发冲敌目笑，不解华言舌空掉。抽笔愤书忠义词，飞雪刀光迸出鞘！刀边骂敌怒裂眦，掷笔甘就刀头死。心肝攫出泣鬼神，淋漓血染山凹紫！呜呼！皇朝圣武开神皋，鼓鼙将帅思贤劳。九连城头将星落，颓军断后谁盘矟？东南铜柱沉江涛，太阿倒柄凭人操。十万横磨岂不利，一割无用同铅刀。胡为乎！刀围大帐笋锋密，挺然独立阎生笔！"诗中传神地写出了阎世开就义的场景，并惋惜李鸿章之下陆上守军无能。抗日志士的英名与事迹，经张之汉的诗笔描绘而传送四方，进入后世爱国教材的文本。

易代之后，张之汉宦游东北各地，将当时的社会面貌与各地人物写入他的诗中。有一年春天花落时节，他重游万泉河畔的李家楼，见建筑已经残旧破败，感慨旧日煊赫华丽的富户，多年后已成陈迹，不禁慨叹，诗云："绮年衣扇此盘桓，楼角吟香看牡丹。卅载流光弹指过，白头重倚旧阑干。""楼扉环锁锈苔青，劝酒筝鬟玉腕停。让与灵狐宵拜月，银湾斜挂破窗棂。""闲花开落又春归，岂仅名园故主非。西北高楼飞燕子，雕梁可是旧乌衣？"（《暮春重经李家楼旧址》十首）诗句慨叹时光一去不返，旧时的人与事还在回忆中真真切切，"行人犹说李家楼"，可是花草飞燕早已不识旧日的容颜。

张之汉是很重乡土的人，他对故乡眷恋很深。年轻时，张之汉写了《十里河镇五异人传》，为十里河的个性人物如醉翁、憨子、老女、回生、憨农等立传，堪称摹写民初市井的沈阳版《俗世奇人》。

其实，有一个更奇的人配得上张之汉的异史妙笔为之"立传"，那就是他的同窗兼同僚王永江。

王永江（1871—1927），字岷源，号铁龛，主管过奉天的警政、财政，在任以铁腕无情著称，后来成为奉天省代省长、省长，操办东北大学之创立，拯救了因战乱而濒临崩溃的民政、经济、文化，并以奉天省为龙头，带动东北逆势发展起来。傅斯年给他的定位是"民国第一循吏"。金毓黻《王永江别传》中赞其为"民国时期东北政治人才中的巨擘"。"匠心独运，开东省未有之局。"

| 王永江 |

之所以称"奇"，是因为这个人首先是个奇人，然后才是奇才。盘点这个

人可以用八个字：内心狂野、不畏权贵。很多人习惯性地“去芜存菁”，只称道他不畏权贵、直道而行、铁骨铮铮，其实看王永江诗文的人就会有深刻的感受：王永江不畏权贵只是一种表象，他的内心狂野乃至狂狷才是本色使然，所以不只权贵觉得这个人很“难缠”，就是一个寻常平民百姓，同样会觉得此人艮得很，而他为国为民呕心沥血，则纯粹出于其一身正气。

《铁龛诗存》中，有一篇非常奇特的诗，题为《有鬼》，诗云：“有鬼出东隅，日夕悲风起。发披欲及地，喙长尺有咫。摩腹了四周，瞯嶔下荒垒。阴气蔽明月，突睛瞰流水。咻咻播内浆，枯膂伸十指。青磷深夜来，追逐蜮狐类。碧树一长鸣，幻影倏然弭。行见红日光，照彻罔两技。”诗中描绘了一个恐怖的场景：夜至时分，出现了一个长发尖喙的厉鬼，形态狰狞，在荒屋残壁之间恶意逡巡，直到红日初升才倏然消散。此诗与李贺撞题，却境界不同，并没有后者的叙事美感，而是渲染了纯然的鬼蜮世界，这种文字景象的浮现，是诗人某种内心层面的真实写照。

吟诗唱和毕竟是雅致的社交形式，但王永江的诗里全是自己，是狂野无拘束的表达。

王永江的老师和他本人都非常喜欢陆游，陆游睡眠不好，喜欢大半夜起来游吟作诗，王永江也睡眠不好，经常大半夜起来游吟作诗。他的《不寐狂歌》写道：“狂风吹明月，废除东海隅。”“沧桑愈变愈离奇，罡吹折扶桑枝。”“人忽魂惊而魄悸，云凭凭兮雷怒恣。”大风嘶号，夜不能寐，于是狂想出天地之间此刻各路神祇的状态，进行现场直播，导播当然就是诗人自己。

当时的奇闻逸事，又成为他的一首《镜花歌》的素材。1920年春天，开原、锦县百姓家的梳妆镜出现了花瓣、枫叶状的花纹，很多人都传说这是天降异象，王永江对此嗤之以鼻：“镜之花，开何多，我昔闻之犹疑讹传讹。乃今目睹修容室，方丈大镜花婆娑。”“或言庚申血渍物，再逢庚申起妖魔。或言龙蛇起陆会，劫运广张泥梨伽。”“我笑二说殊附会，祥眚在德宁由他。”“天坏万物归气化，形形色色只刹那。”其实，这是当时镜子背面涂层老化后的正常现象，但是当时这种制镜工艺刚刚引入本地不久，大家没有习以为常。对于当时的很多新事物和新现象，王永江的基本认识是科学的。

袁金铠、史纪常、刘尚清等五位恰好五十岁的同僚聚会，被戏称为“二百五会”，王永江也写了一首“二百五诗”，“漫疑二五人称耦，共说三千月见圆”，有调侃更有真诚的致意。

他笔下的万泉一带风景，与张之汉却又不同：“万泉河涨水浮堤，桥作船行向下溪。歌馆断檐冒树上，茶亭挟柱徙塍西。阴阴颓屋精灵语，惨添低田鱼鳖栖。天上只须六日雨，人间多少妇儿啼。”万泉河水遭逢夏汛而泛滥，摧毁了沿岸黎民百姓的房舍，也将往日繁华的歌馆、茶亭冲毁，古时称“治水者治天下”，为政一方者的眼中，烟火是民生，天时就是线索，闲情逸致倒在其次了。

王永江胸怀大才，多年参与高层机要，咏史、谈时事的诗有不少，“荆公罪岂在青苗，正气摧残元气销”。王永江以善于理财著称，但他对王安石的评价耐人寻味。他渴慕“入幕书生气若虹”“能将喜怒令桓公”的状态，摇动鹅毛扇号令三军。他的《与友人谈时事》诗云：“年来两鬓雪丝丝，热血难消忧世思。”“金城千里怀安易，玉斗一撞泄愤迟。”他自比古来帝师，忧愤时事不能遂心所料，于是不平则鸣。

“生平自有汗漫兴，一出郊原眼倍惺。红叶满林秋入画，苍松盖地昼如暝。天垂辇路云虚白，露冷桥山草独青。惆怅西风残照里，鹤鸣华表不堪听。”他的这首《游北陵》流传颇广，这首诗写在其1926年挂印退隐回金州之前，临辞远望昭陵，今古之思交集，抒发心中郁积。昭陵是皇太极的陵寝，见证了一代王朝的肇建与勃兴，松林秋风，残阳鹤影，这景象在空有凌云之志、报国之才的诗人眼中，又是可望而不可即的天人之间。

| 北陵公园一角 |

王永江于退隐病中写了四首《我闻》，极具个性，写到了玄鸟、狗屎、妖狐、压油鸟、风生兽、鹦鹉、猩猩这些招摇过市或者蔚然成风的妖物、异象，慨叹形势危急，暗流汹涌，身边一切的变化都与他的理念背道而驰。

果然，在他忧愤过世后仅仅数年，东北的形势就崩盘了。

足慰乱世平生，不惧苍天捉弄

治史的人写起日记、笔记来，声势很可怕，效果很可观，内容很好看。

金毓黻的日记，里边有很多思想、很多生活、很多闲话，也有很多八卦，所以《静晤室日记》虽然是厚厚的很多本，但读起来绝不会令你觉得枯燥。

八卦事件既是史学家、学者们编缀史料的，也是做学问的玉屑，比如司马光写的《涑水记闻》《温公日记》《温公琐语》中，就有大量未能收入《资治通鉴》和《稽古录》的逸闻八卦，这与史家的做人风格是刚正木讷还是狂狷潇洒无关。金先生这样的博综通识之人，更嗜之成癖，在他仕宦东北和治史期间，亲身经历和经手的史料非常丰富，但是，金先生基本没有另出其他笔记类专著，在《东北通史》《奉天通志》《中国史学史》这类巨著之外，只写了这么一套《静晤室日记》，后学以其与顾炎武《日

| 金毓黻 |

知录》、赵翼《廿二史札记》、李慈铭《越缦堂日记》相媲美。金先生自幼仰慕曾国藩，所写日记基本上日无间断，这是他结集成书的一大基础。

金毓黻（1887—1962），字静庵，号千华山民，辽阳灯塔人，生于汉军正红旗下。光绪三十三年（1907），他毕业于辽阳启化学堂，后到奉天省城读书。金毓黻的发奋治学，与郑孝胥的两句诗有关。宣统二年（1910），福建人郑孝胥到奉天小河沿消遣游玩，兴之所至，写了一首七言古诗，其中两句说："北俗虽豪缺风雅，麇集屠沽作都会。"此诗以尖刻甚至带有侮辱性质的语言嘲讽沈阳人没有文化，流传开去，令沈阳文化圈深受刺激。当时正在奉天省立中学堂读书的二十三岁青年金毓黻认为郑氏诗作"鄙视辽人之意溢于词表"，是"拘于方隅之见"，故步自封，孤陋寡闻，从此立志效法汉末三贤，"适彼乐土，爰得我所"，开始研究东北文化。

后来，金毓黻到北京求学，1913 年入北京大学国文系，受教于桐城派古文学家黄侃门下，学成返乡历任奉天省立一中、奉天文学专门学校教员，奉天省议会、东北行政委员会秘书。1930 年，任辽宁省政府秘书长、东北大学史地教授。1931 年任辽宁省政府委员兼教育厅厅长。

对于出仕的这一段，金毓黻曾自述说："余本书生，嗜古成癖，不幸而投身政界，而与政治关系甚浅，而外人不之知也。且吾国数千年之惯，学优则仕，仕优则学，学问政治无明确之界画，故学问之士非投身政界无以谋生。实以此为谋生之具，非以其有兴味而为之也。"金毓黻的书斋称为静晤室，有关其寓意，金先生说："静晤者，期以静中有所悟也"，"吾人惟守动中求静，静中求乐"。"人能于至动之中，以求至静，然后能以静制动，而不为外诱所夺。"

九一八事变后，金毓黻被迫出任一些伪职。1936 年，金毓黻出版了《东北文献征略》《奉天通志》《辽海丛书》和《渤海国志长编》。此时的郑孝胥已从伪满洲国总理任上下台，成为人见人弃的汉奸人物。同年，金毓黻借访日之机化名逃回上海。经蔡元培介绍，任中央大学史学教授，后兼系主任。1939 年，他于四川任东北大学史学教授兼文科教研所主任。1943 年，金毓黻发起成立中国史学会。1944 年，金毓黻出版了他一生中最重要的三部学术专著：《东北通史》《宋辽金史》和《中国史学史》。1946 年，回东北，视察东北文物。1947 年，任国史馆纂修、沈阳博物馆筹委会主任。1949 年，任北京大学、辅仁大学教授。1952 年起，任中科院历史研究所第三研究所研究员等职，直至去世。

综观金毓黻一生，除了青壮年时期曾经从政，四十五岁之后基本上回归学术领域，日常生活中也是文士风格，全然没有“东北文人之冠”（于右任语）给人的锋芒毕露之感。东北文史专家李文信后人回忆金先生到李家做客的情景时说：“金毓黻先生，斯文又低调，话特别少，激动的话也不用激动的情绪讲，没有闲谈，讲的都是和学术有关的事，与人谈话时多数时候都是别人说他听，谈到趣闻时也是浅浅一笑，虽不苟言笑但很亲切，举止言谈特别高雅，平时极为朴素，有时就穿个棉袍来我家。”

《静晤室日记》这套书里，时间轴自 1920 年 3 月 6 日到 1960 年 4 月 23 日，中间这几十年的时间，既是中国最纷繁变动的四十年，也是像金毓黻这样的东北精英人物漂泊变迁的四十年。手稿装订成十七函，共一百七十册，分一百六十九卷，多为金氏每日治学、工作的记录，也有很多史料汇集其中，卷帙浩繁，共五百余万字。金毓黻又这样阐释他的日记：“举凡四十年之生活经历、时事政治、读书笔记、治学心得、文物搜集、考古游记、遗闻轶事、诗文唱和等皆载入其中，作日记读可，作全集读亦可。”金毓黻有关东北近代史上人与事的记述，尤其是奉系、东北军与当时文化界名人的记述，许多史实没有见于正式记载，多为金氏亲历或从内部档案上所知，史料价值极高，堪称当时人记当时事，其他还有其诗文、论述、著作、讲话、书札等。尤其是清末民初奉天的繁华与沦陷后亡国奴的心境，在日记里斑斑可见。

金氏日记之中，讲了很多身边事与学术界的日常见闻——

1927 年 6 月 8 日，金毓黻听说了王国维投湖之事。他相信这是因为湖南风波刺激，“奉军退据河北，京师风声鹤唳”，“故学习屈原于此日自尽”，给出了他自己的认识。

1945 年抗日战争胜利，8 月 15 日，日本宣布投降，他在《重睹承平，喜成数绝句》中写道：“夜半惊传日寇降，人声如沸动秋江，不教亿兆终沦劫，最后成功弹一双。客里惊心岁月深，俄传颉利已成擒，得偿结伴还乡愿，一掷何妨十万金。大难初平路渐通，收京赋罢气如虹，江南烟景应无恙，待趁轻舟下峡东。”

因为是写给自己的东西，所以说话间非常直率，他曾在日记中剖析过一些学者：“细味其辞气间，自视甚高，俯视一切，几若无物。与谈近事，颇多揣测之论，往往以一隅之见闻推论全体，此实为史家之大病。”

苏轼《东坡志林》里，曾记载他被贬到岭南时，与儿子苏过一起在南海上夜航，海上风浪时至，而他们乘坐的只是疍家人的小船，苏轼夜不能睡，起看天水相接，星河满天，叹息说：“吾何数乘此险也！已济徐闻，复厄于此乎？”但是他想到自己写的有关《尚书》《易经》和《论语》的文字都随身携带，尚未刊行于世，摩挲着这些稿本，他觉得上天一定不会在这里把它们带走，他们一定能度过此劫。若将苏轼的这些文字比之于金氏的日记，真有隔世相照之感，《静晤室日记》伴随着金毓黻走南闯北，也仿佛有上苍护佑，务将这些静美有趣的文字留给世人。东北沦陷后到 1937 年抗战全面爆发，金毓黻安排亲友将日记稿本送到南京、安徽、重庆等处。1939 年，日记已积至百卷，为防日军空袭，金老先生将日记及其他书籍寄存于友人家。1940 年 6 月末，重庆遭敌机轰炸，友人家房屋亦未获幸免，被炸弹震毁，瓦砾之中，友人寻回了日记数十册。对此金先生感叹：“余心血所在，幸而未毁，亦可谓得神佑矣！”

金毓黻中年时饱受背井离乡、颠沛流离之苦，治学聚焦东北史地与宋辽金史，晚年时他的思想有了深刻变化，这些变化都呈现在日记之中，并不讳言。日记之中，还有一些谈及家人的细节也颇有价值。金毓黻晚年含饴弄孙，相对中年时，生活基本安逸了下来，日记中出现了隔辈人——他的孙女金安平，正是美国历史学家史景迁的妻子。

1993 年，在金氏后人与后学的联手努力下，《静晤室日记》由辽沈书社出版，共十一册（含索引一册），无论是想了解东北文史，还是想了解金毓黻，都极具价值。作为东北文人的一位代表性人物，金毓黻经历了乱世，遭遇了很多挫折与险难，却能够保持初心，不为外物所动，无论存世文章还是私书自言，都能够直面生命的真实，这是后人应该珍视的，亦是应传承的精神血脉。

回首旧影，已是曲中人

几欢场、梨园旧梦，说与沧桑。

问今宵、月在谁边，春在谁家。

自从一被周郎顾，名字都教入锦囊。

沈阳向以夜生活丰富而著称，很多朋友白天是普普通通的男女，到了晚间就成为歌者、舞者或是看客。城市昼与夜的转换，仿佛给了那些人无穷的魔力与精力。

古代实行宵禁，普通百姓的夜生活其实是一种福利甚至奢侈，近代以来，城市治理能力（如警察制度）升级进化，为城市的夜经济迅速发展提供了背景铺垫，城市的税收需求也促使治理者关注商业街区的人、事、营业时间和流水账目。

1912 年，民国纪元的第一年，出了一部奇书叫《沈阳菊史》，说它奇，是因为沈阳历史上此前并无专门为梨园行撰写的专“史”。而且，这部书的编者、序言作者、题写书名者的身份都非常有趣。

所谓“菊部”“菊坛”，都是梨园行的泛称。传说宋高宗时内宫有菊夫人(一作鞠夫人)。她善歌舞,通音律,高宗时为仙韶院之冠,宫中号为“菊部头”。高宗有疾病,所以她以不获宠幸为恨,称疾告归。后来宦官陈源以厚礼聘请她,蓄于西湖适安园,成了陈源的一张牌,后来果然被召,再获恩宠。这段故事被演绎为曲,名为《菊花新》。后世即称戏班或戏曲界为“菊部”。

伶界菊人与文人自古多有往来,江苏常州的采玉山人陈森混迹京师菊坛多年,将见闻写成《品花宝鉴》一书,不过那不是真正为行内人物著书写史,而是将与名伶的欢场秘闻写出来卖钱的,即所谓“桃花仙人种桃树,又摘桃花换酒钱”的通吃套路,因而又被贬称为“狭邪小说”,与韩邦庆写青楼的《海上花列传》是一路了。

《沈阳菊史》则不一样,写这部书的作者署名印匄(有的地方写成“任匄”,应为输入法错误造成的以讹传讹;“匄”则是“丐”的异体字),原名寿玺,却并非沈阳人士,是个篆刻家,办过报纸,还当过教师。

寿玺(1885—1950),字务熹,以寿石工之名号传世,又号印匄、印丐、珏庵、悲风、珏公、园丁,别署石公、硕公等。斋名有蝶芜斋、铸梦庐、辟支堂、绿天精舍、玄尚精庐等。此人学识广博,诗词、书法、篆刻均自成一格。他是浙江绍兴人,年轻时加入同盟会,后定居北京,与鲁迅、周作人有交集。

鲁迅在三味书屋读私塾时有位寿镜吾先生:“高而瘦的老人,须发都花白了,还戴着大眼镜……”寿镜吾是寿石工的族亲,他们同出于绍兴覆盆桥思仁堂寿氏,在当地寿氏是书香门第,至今香火旺盛。当年鲁迅赴北京教育部任职,寿石工就是他的同事之一。寿石工病逝后,周作人撰《纪念寿石工》一文中,回忆称他是一个嬉笑怒骂、大俗大雅之人。

这样一位常年活跃于北京的浙江籍篆刻名家,为何跑到沈阳来写了本梨园史呢?因为清末徐世昌曾作为东三省总督主政东北,在全国率先推行政体改革，新政需要招贤，徐世昌向全国招揽时务人才，使当时东北三省“一隅之地，人才济济”，寿石工也成为游宦辽东的人才大军中的一员，但是水土不服，加上严重内卷，使得空怀抱负的他仅任三日辽东知府就被迫辞任了。后来他刻了一枚“辽东假侯”的闲章，对此事仍耿耿于怀。清末，对旧时代期望幻灭的他加入同盟会，参加辛亥革命，所以民国时才会去教育部和鲁迅共事。

寿石工其人并非单纯的读书呆子，与梨园人物颇多来往，荀慧生就曾跟他学画。《沈阳菊史》中的素材，应该就是他游宦辽东的青春幻灭时期，作为一个失意文艺青年混迹梨园的见闻择录。

《沈阳菊史》除了序跋，由鞠纪、列传、乐志、梨园志、风俗志、艺文志、女伶年表和伶名沿革表组成，其中寿石工自己写了五章，占全书的绝大部分，小柳写了一章，蓉剑写了两章。所谓鞠纪，就是介绍了一百二十六位清末活动于沈阳戏曲舞台上的女伶，有详有略，有褒有贬，点评精到，八卦丰富。一般有名、有特色、有故事的多为褒扬，转转就离开了的或是略写或是贬斥。如因为家境问题下海唱红了的票友小菊处的事迹，写得一波三折，有头有尾。后来的一代名旦鲜灵芝那时才十六岁，但已经因为其“妩媚处自饶逸致”的天赋为寿石工的慧眼所发现。他不喜欢的或者直说“貌寝”，也就是砢碜，还有的如评价花衫金凤英“鄙恶处能令人呕”，说须生冯子梅“痴肥、做派生疏”……这部分即占了全书一半。

艺文志也是重点，几乎占全书三分之一，多为寿石工、小柳们堕梦天涯，在梨园内外“蘸花研露”的诗词作品，如小柳写给小白菜的“久慕芳名醉夕阳，秋篱处处菜根香”，寿石工写给小银花的“深情何许，算曲底香尘，等闲抛负”。也有一些载于报纸上的演出点评，是捧角儿造势用的，有很浓重的商业味道。

所谓列传，写了沉迷在戏园之中的四种人，分别是戏迷、滑稽、权贵、

| 青年王光烈 |

| 晚年寿石工 |

佞幸，描摹得穷形尽相；所谓乐志，讲了当时沈阳的各个戏种；所谓梨园志，讲了当时沈阳很多名去处，如俱乐部、新发园、第一楼、萃芳楼、天仙楼、聚宾楼、咏仙楼、百花楼等处；所谓风俗志，极短，记录了梨园的一些忌讳、讲究，如演员上下台时，都要向神位（唐明皇）作揖，禁言梦（改叫打黄粱子），禁言鼠（改叫灰白爷）等；所谓女伶年表，讲的是女艺人到沈的年度和最开始所属的戏园；所谓伶名沿革表，就是女伶跳槽后改艺名的沿革情况。

那么，这本书何以能顺利在沈阳印刷出版？寿石工有个非常好的朋友在帮他，此人就是王光烈。

王光烈（1880—1953），字希哲，沈阳人。他当时被称为东北书法篆刻第一大家，与游国臣、荣孟枚并称“关东三才子”。他与张之汉等共同主办“金石书画研究会”，曾任会长，还是沈阳大、小公报主笔。在印学上，王与寿可谓亦师亦友，在办报上二人又是同行，所以王光烈应当时不满三十岁的小老弟寿石工之邀，玉成这部书的出版，并为之题写书名也是应有之义。王光烈、寿石工的友情一直持续多年，后来寿石工在国立北平美术专门学校、北平大学女子文理学院、北平艺术学院任教，所用的《篆刻学讲义》中，颇多参考了王光烈的《印学今义》。

这部书的序言署名金粟如来，其文辞全用骈体，绚烂华美，修辞繁缛，对成书的真正背景和作者情况却着笔不多。“金粟如来”者，在佛教文化中是过去佛之名，指维摩居士（净名居士）之前身。唐李白《答湖州迦叶司马问白是何人》诗云：“青莲居士谪仙人，酒肆藏名三十春。湖州司马何须问，金粟如来是后身。”这是李白自比维摩居士。白居易《内道场永欢上人就郡见访善说维摩经临别请诗因以此赠》诗云：“正传金粟如来偈，何用钱塘太守诗？苦海出来应有路，灵山别后可无期。”这都是懂佛而不信佛的先贤名句，信佛的居士是不会直接这样署名的。所以这位“金粟如来”应该是颇有一些恋旧情怀的前清人士（如金梁），碍于身份较高或与梨园隔行，不便落上自己的真名号。

演艺行业是个盛衰极速的圈子，昨在瑶台歌舞，今在芜城冷宫，今日曲中波折故事，就是往日欢场人物的亲历。所以写这样题材的，都是极博洽的人物，既有文人之骨，又有放浪江湖的身段与才气，近些年翁偶虹的《看戏六十年》、丁秉鐩的《菊坛旧闻录》、刘东升的《菊部赏花记》和翁思再的《京剧丛谈百年录》都透着这个色调，加上梨园人物本身就多是大喜大悲的性情和命运，所以好看、耐看。不知什么时候，沈阳有这样一本书。

这位先生也有点多梦

写梦，是文人的一种表达手段，从司马迁到鲁迅，梦林林总总，足可编成一本有趣的大书。李白乘舟去日边前，要空降天姥山看看；苏东坡游赤壁，结尾处若干怅惘寄托成孤鹤飞过。聊斋里边，灯火摇灭，幻梦即开场了。

文人之梦里有南轩也有虎狼，不过清清楚楚做梦、明明白白写梦的都是有趣的人物。沈阳是从来不乏有趣人物的，清光绪二十年（1894），蒙军镶蓝旗下出了个陶明濬，这是一位著作宏富的文人，一生所写报章评论、旧体小说、旧体诗赋、诗文理论总计二百余万字，堪称著作等身。值得一提的是，他存世搜奇志怪的笔记有多种，如《沈南征异》《秋窗夜话》《羁园载笔》等，其中记载的人与事奇诡多元，是今人了解清末民初沈阳的窗口，也是后人催发沈城历史题材故事创作的灵感所寄。

| 陶明濬 |

陶明濬，字犀然，书中自号沈南先生，蒙古镶蓝旗人，身兼文人、学者、报人多重身份。他的《沈南征异》堪称一部奇书，关于这座古城的掌故轶闻、里巷话题及当时的城市、乡土风貌，大量记载于其中，展现了这座历史名城与世人刻板印象中相比截然不同的另一面，堪称唯一一部以清末民初辽沈地区为主要时空背景的志怪笔记。有关沈城的搜奇志怪，明末清初寓居辽沈地区读书的王一元曾著《辽左见闻录》，书中有数篇涉猎此类内容，但并非专著。

清末民初，中国的城市纷纷进入近代化建设乃至“开埠”的状态，奉天（今沈阳）更是东北地区领风气之先的中心城市。城市近代化升级的一大标志，是市民媒体、娱乐产业迅速发达，出现了很多新潮的作品系和撰稿人。其中，报业身处媒体行业前沿，其产品线内容与风格即时向市民欣赏层面嬗变，志怪猎奇的都市传说经报纸、杂志、广播的搜集、梳理和书面化，成为市民谈资的一大来源，“清末四大奇案”“明清宫廷秘史”之说即生发于此类读物。无独有偶，在欧美则称此种读物为“郊县故事”，如美国的泽西恶魔和大脚怪系列。

陶明濬既是旧学扎实的传统文人，又长期从事报业工作。因此，他在富于文采和文字表现力的同时，又有对新鲜火爆题材的敏感性，自年轻时起即积累了很多此类素材，逐次起笔成文，进而成书。

陶明濬早慧、体弱，早年有因生病等原因从奉天第一中学（今沈阳市第五中学）肄业的经历，但他家境很不错，且勤学苦追，终于考入北京大学中文系。毕业后，他曾任奉天文学专门学校教员、东北大学教授、辽宁新亚日报社社长、达德中学校长、河北省政府秘书、辽宁省图书馆副馆长、长白师范学院教授等职。其间，陶明濬在自己的《新亚日报》上发表过大量的社论文章，而文坛新锐萧军的小说、马加的诗则发表在其文艺副刊《绿痕》中。

陶明濬著作很多，各体兼备，其代表作主要收录在《沈南丛书》中，“沈南”之名源于其早年自号“沈南先生”。陶明濬年轻时写过一篇练笔性质的

《盛京赋》，其中以“沈南先生”自居（似这样的赋还有数篇，如《北京赋》《南京赋》）。考“沈南”二字含义，应为陶明濬祖居的位置，据陶氏在《沈南征异·鬼首》中自述，其家祖上本在城南的荒山子（今桃仙机场东边桃仙大街附近荒山子村），后来移居到东南方向的上高士屯。沈南诸峰，夏时林蔚溪鸣，冬日雪映天蓝，是个耕读的好地方。陶明濬《盛京赋》中有关“山”的部分明确提到一山名为高素屯山，“吾乡其下”，即高士屯。查《清史稿·地理志》《盛京通志·山川一》《皇朝经世文统编·奉天府图说会典》等处，可知高素屯山在清代奉天府东南六十五里处，邻马儿山（即今马耳山），此山又是高素屯河的源头，高素屯河是沈水（浑河沈阳段）南面支流，在白塔铺河之东汇入沈水。作为蒙军旗人，陶家定居沈南一带的时代应为清初。

陶明濬祖上所居，当然是在沈阳之南，更准确界定的话，是在沈水之南。但无论哪个“沈”，陶明濬自称“沈南先生”都是很合理的。

另外，清末民初时，陶家已经族居盛京大东关内，高素屯山脚下的“吾乡”应为其亲族所守、祖坟所在。

后来，陶明濬在书中都是自称“沈阳陶明濬犀然”或是“沈阳陶明濬”，因为印书时他已经非复昔年的文学少年，而是一位具有全新视野与不凡经历的知名文化人了。1926年，陈百如在《盛京时报》上撰文《东省文人月旦》，称马宗芗、陶明濬、金毓黼、于省吾、刘德成等人为东北文人翘楚。

值得一提的是，1929年到1930年间，陶明濬偕夫人、二子在东北等处旅游，其间用诗歌记述了沿途见闻，真实反映了当时中国人（主要是东北人）的生活，后来结集成为《沈南纪行诗》。诗歌为时代的标签，这段时期正好是张学良主政东北、改旗易帜后北方局势一新的时期，因此，此诗集完全可以作为这段东北史的文学注脚。

翻开他的诗文，读者会发现，陶明濬是一位很独特的人物：既体弱多病又情感充沛，既身怀古学又接触世界，既有迷信的一面又信服科学的伟力，既悲天悯人、藐视权贵又积极入世、眷慕红尘，既读孔孟书不时遥思先贤却又性格八卦甚至有些格调不高……你不由得深信那句话：读书即读人，读人即读城，有非一般的沈城，才有非一般的陶明濬。

翻开《沈南征异》，第一篇就是《妖梦》，记载了陶明濬一场大病的昏沉中，神游天地、生死之间，走过很多地方，见了很多或生或死或未曾见过的人物、鬼蜮。

《羁园载笔》成书较晚。陶明濬寓居天津、北平、上海等地时，上承《沈南征异》《秋窗夜话》的文体与风格，将其交往、读报所获的逸闻趣事辑录成书，取材非常广泛，从其亲身经历、家乡旧人到英美各地均有，以浅近文言写成。

有意思的是，《沈南征异》《秋窗夜话》《羁园载笔》中均有很多关于梦的记载，在《羁园载笔》中，陶明濬在天津的寓所沉沉睡去，即神游到多年前的沈阳大东关老宅，这里，他的先父母、亡妻连同很多亲友都还在，执手重逢，心照不宣，但还是有很多话要问要说……梦中一切清楚明白，梦醒更能清楚地记起，栩栩如生地写出来，这一点倒极似苏东坡、郑文焯。一部《东坡志林》，苏东坡记载了很多梦境，甚而还能与其弟苏辙互相梦见，好像真的心有灵犀；郑文焯的“大鹤山人”之号也是来自一个梦。很多文人思虑重，心有多窍，经常是身体休息了，大脑还没有休息，陶明濬也应属此类吧。

同时，陶明濬出身名校，学问博综，阅历深厚，加上曾执教多所高校，对诗文的道法、心法、笔法、章法均颇有见解，好为一家之言，又整理成书《文学评论》《诗学评论》《文说》等多种，陶明濬有关古诗的各种评论，沿袭了古代诗论“载道抒怀”的高站位。眼界宏远，与东北地域元素关涉不多，但陶明濬的相关论述在近代诗论领域具有很高的地位。

难能可贵的是，陶明濬作为报人，能够将上承孔孟直到清末民初的古代文化与当时舶来的域外思想、科学知识融会贯通，产生了很多新颖的观点。

但陶明濬当然不是死读书的老学究，和很多旗人一样，陶明濬喜读旧小说，尤其是《红楼梦》，他写了一部《红楼梦别本》，此书是用红楼原有人物、人设写的一本全新的同人小说，人物命运及结局都带有陶明濬主观色彩。还有《红楼梦传奇》《红楼三梦》《新续红楼梦》等多种相关作品。说到小说，他还用章回体和传奇体写了《眼底沧桑录》《东游记》《吕仙全传》《陈公案》《汤公案》《玉人影》《豫园志异》等多种小说。

此处不能不提起一篇《盛京赋》，此赋为陶明濬青年时期所写，铺陈描述了当时沈城及周边地区的山川河流、人文风物。陶明濬的文章较乾隆皇帝的天子大赋的视角、格局、境界均大不一样，但胜在情感自然流露，取材真实贴切，对于读者、研究者而言，可算得上是非常新颖可贵的视角。

在沈阳近代以来的文坛，因为物换星移、沧海桑田的时代变迁和时局变化，出现了很多断层，以致很多老先生、大先生都没有能够留下来。因为外敌入侵和战乱的原因，陶明濬的后半生也是在关内各处漂泊，但他的才华与爱国心是世所公认的，1952 年，他获聘为北京市文史研究馆馆员，1960 年 5 月 2 日在京逝世。

“黄子异，邑之诸生，治科第，自以为取青紫如示芥，而屡困有司，中心不能无望，行年四十余，困日甚。文章憎命，自以为非战之罪……”这是陶明濬中年时志怪小说《豫园志异・遮须王》的开头，我以为，这正是陶明濬后期自身心境和身世的写照，遮须国，正是虚妄梦乡里的世界，有时候人不能施展抱负于天地，又不能化身三千而优游平行世界，便向内延伸，以笔下文字自成一统，寄身于翰墨，见意于篇籍，虽不能成“经国之大业不朽之盛事”，但文字里有名山，有侠士，有雪堂，有红袖，你说他是追求一点“文章之无穷”的残念聊以自洽，还是别开天地实现自身的价值，都可以的。

二琴先生起身时

有魅力的声音是一种奢侈品。常忆少年蜗居顶楼时，雨天冷寂的下午，一杯糖水，题册若干，此时都得靠收音机里的说书或者朗诵，甚至有些乐声，给那段时光着上一些好颜色。

| 马二琴 |

单田芳先生说评书，有个著名的开场白：“天子脚下，大邦之地，藏龙卧虎，林林总总，什么人都有。”每次翻到与马二琴相关的文字，总觉得单先生书里的话虽为套路，但仿佛就是看着这位奇人说的。

沈阳旧日虽为陪都，却也不乏若干个性满满的人，这正是城市天然的特质与魅力所在。在人造景观和集中消费成为旅游主题之前的时代，人们到某一个城市，应该首先是去访当地的名士墨客，去结交彼处有趣的人，然后才有饭局、雅集和相约游山玩水。

马二琴（1892—1969），本名马英麟，字洛书。20世纪早期，马二琴可是个值得一访的沈城人物，谈及沈阳百年来的名医文化，马二琴是绕不开的话题。马二琴不仅是一位中医名家，学识渊博，雅好非常，沈城有慕琴好古之人，也喜援此人为知音。

从《春秋》到《史记》《资治通鉴》，历代都有名医，凡名医都有故事，并派生出各地的名医文化。沈城代代不乏名医，这位二琴先生就在大南关悬壶济世好多年。

清初，皇太极营建新都，沈城由此人物辐射，从八门八关延展而出，逐渐形成了人烟繁缛的关厢格局，其中，大南门到大南边门之间的区域被称为大南关。这个地方因为是沈阳城南下通往浑河渡口的便捷之地，因而遍布商户，且有慈恩寺、般若寺等佛教丛林，更远接南塔广慈寺。

再有，就是马二琴曾在彼处坐堂的广生堂和后来自主的春雨堂。

与多数旧时名医学自家传不同，马二琴是在奉天第一中学毕业后师从当时名医张子乡的，和现在的医学生比较相似，他后来一直秉持中西医结合的思想，注重实践，而不是迷信医书中记述的十八反、十九畏等，即与他受教育程度较高、眼界更为开阔、掌握了先进的治学方法有关。也正因此，从一位普通的坐堂医生到出任奉天市政公所医官（主管考试中医）、奉天中医会会长，他的行医生涯一路相对顺遂，有了充裕的空间来发扬自己的情致与雅好。

“蹉跎也自惜年华，曾向东风赋落花。每恨无才偏结习，谁怜浮世得虚夸。云能写影因当月，树不成阴为近麻。从此严寒将辞去，小园新柳暗抽芽。”此为二琴在一百多年前的报纸上发表的无题诗，妥妥的一位敏感型文艺青年。

何以号“二琴”？当然源自其对琴的钟爱。马自小喜爱古琴，原有一把七弦琴，名“澄彻天”。后又得一琴，古色斑斓，名“一天秋”，据云为明代严世蕃故物。马由此自号“二琴”，并改室名“瘦吟山馆”为“二琴山馆”，亦因此自诩，并终以此名行世。

现代人喜欢提家居里“动线”的概念，二琴家中前堂后馆的设置，当然是一种源自传统文士的风雅动线。诊馀，马先生即在馆中吟诗抚琴，古韵炉香中间，动静相宜之时，二琴便起身于庭中舞剑。

音乐是灵魂沟通的媒介，是社交的利器，凡爱乐之人必有知音。马二琴与此相关的圈子也均非泛泛之辈。马二琴与当时称为东北大鼓“奉调大王”的刘问霞颇多交集，为刘的鼓词加以文化上的精心打磨，据说《银针泪》即为马二琴创作。他在小河沿的茶社雅集中品茗谈艺，与京韵大鼓名角张小轩切磋曲词，还常在《盛京时报》等媒体上发表文化评论。

雅好须有经济基础。马二琴自研妇科名药“马二琴调经甘露饮”，每瓶一块大洋，一疗程十二瓶，沈城陪都，人烟繁茂，春雨堂岁入多时可达三千大洋。二琴膝下七子一女，其中三子有子女，另外叔叔一家和他一起生活，一家共二十多口，全靠二琴行医收入。据其徒开原彭静山回忆，初拜见马先生，见其不到四十岁，身穿串绸大衫，胸侧纽襻上悬挂半枚黑大钱。当时彭很奇怪，以后才听同学说，那是王莽钱，属于珍贵古玩，可值十几元大洋，当时一般家庭月入仅几块大洋，故彭闻之目瞪口呆，舌翘不能下。

近代以来，城市的工业化加速了财富的集聚，很多名医实现财务自由之后，都比较有个性，坚守医德，对钱财看得也越来越淡。据传，某些权贵人物在沈时，常请二琴到府中看病，二琴每每拒绝多收诊费或“赏钱”。二琴说：“比如我开个鞋店，有钱人买了我一双鞋，并不等于我的鞋每双都特别好。这不算什么。他们再有钱，吃我的药也和卖给别人一样，八角钱就是八角钱，一元钱就是一元钱。”

东北沦陷之后，日伪当局一度有废除中医之议，马二琴等中医名家坚决斗争，多方奔走，终于使得中医的火种在东北大地留存下来。

进入新社会，马二琴被选为辽宁省人大代表及政协委员，并被中国医科大学聘为副教授，是新中国第一位中医教授。曾有一位苏联专家得了严重口腔溃疡，无法根治，后经人推荐来找马二琴。马二琴看后说有办法，只是有点儿不卫生，对方说没问题，马二琴就给开了“人中白”。几天后，苏联专家病愈。所谓“人中白”，主要成分其实就是尿碱，这算是二琴着手成春的又一逸闻吧。

二琴先生起身之时，可以济世，可以怡情。名医抚琴舞剑，展现的是这座城市最宝贵的一面：独立的人格、自由的精神、高雅的情致和世俗的认同。如果我们的街巷里多的是这样的人物，何愁都市文化不能兴旺呢？

古往今来得趣人物，其出口并不一律，但抚琴舞剑是很多文人的修身日常，更有人携酒书山之余研习医道，精深者甚至可以坐堂问诊。所以医道虽在六艺之外，但中国老派文人多通一些医病之法，有些人如大词人郑文焯学问宏富，九成九放在本事文章上，剩下一丁点儿弄这个，收入、影响仍甚可观，但也有章太炎那样喜欢给人乱开方子下虎狼药的反例。以此维度观之，马二琴可谓隐于市井闾巷、悠然自适的通儒。

与马二琴时代相仿的沈阳籍名医并不少，比如以古今人之名行世的关纯厚。关纯厚（1895—1986），字思九，是生于沈城的正红旗，青年时曾兴办“奉天贫儿学校”，兼习医道。东北沦陷后他拒绝与日伪合作，带着很多流亡学生、孤儿到平津落脚，得名医施今墨等人帮助，改名为古今人，后来又创办了“天津国医学社”。他是北方最早研习中西医结合的名医，现在很多京津地区的中医名家都是他的学生。关先生这样的人物，虽然可能因为时局原因久居他地，但作为从沈阳走出去的海内名医，他们相关的一切对沈阳名医文化而言都是重要元素，沈阳人理应记住这些人与事。沈阳如今已是三甲医院最多的城市之一，更是北方各种专科医院最多的城市。得其人，得其趣，四方来客在这座大都市里不仅可以医人，更可以医心。

1953 年，淮阳琴派古琴大师凌其阵调到沈阳工作，经东北音乐专科学校古筝教师曹正指点，访琴人周永谟、马二琴。1954 年 3 月，他又访齐白石弟子、书画家周铁衡医生。周铁衡购有清咸丰年间成都叶介福监制的风月友琴。他还走访接触沈阳的其他琴人，与马二琴、周铁衡商议在沈阳组织琴社。

1969 年，马二琴去世。

如今很多老沈阳的先人故旧，都曾受过这位马先生的救治，琴声剑影，仍在这座城市的传说里流传回响，若有来生，不知他今在何处。

落子将千载

一个地方若想兴旺有人气，把某一样热闹推到极致为好，还是容留多种多样的热闹为好？以城市的天然属性论之，当然应该是后者。

比如沈阳，原本沈阳人是有点身份品位的人听子弟书和京戏，普通百姓就是在集市上看“百戏”，也就是马戏、戏法等，清末刘世英《陪都纪略》里记载了沈城“诸般技艺”的戏法、把式、马解、耍猴和耍熊。

其中，戏法也叫变彩、搬运，就是现在所谓的魔术，大搬运变人，小搬运变物；把式就是武术表演，艺人表演前还要说一段对口词儿，如果是天桥的把式光说不练就成了相声，也就是现在还能听到的《大保镖》；马解就是马戏；耍猴、耍熊有时还带驯羊、驯狗、驯鸟甚至一些畸形表演。

当然，还有蹦蹦戏，也就是二人转。

后来又出了专门的奉天落子，这却是当时一种雅俗共赏的新事物。奉天落子是近代以来评剧最兴盛的一个历史阶段。

那么，沈阳的奉天落子是怎么来的呢？

奉天落子的源流为莲花落子、拆出小戏、唐山落子等。进入 20 世纪 50 年代，落子才开始改称为“评剧”，唱腔也发生了根本变化。

20世纪20年代，成兆才组建了落子吉庆班，在唐山永盛茶园唱出了名，出现了“唐山落子”。后来，直隶军阀官府认为唐山落子“有伤大雅”，常常禁演，唐山落子流向关外，很快在奉天落脚。1920年，警世戏社受邀为奉天的显贵人物演寿戏，落子从此登上大雅之堂。1920年，戏迷高小辫（高景山）、李东瀛、绳新耕、孙福臣等人在北市场建成了大观茶园，这是沈阳最早的剧场之一，它一建成就专营落子。此后，唐山落子不断与东北民众语言、习俗和欣赏特点相融合，形成以沈阳（奉天）为中心、遍布东北、流动全国、具有东北艺术风格的“大口落子”，人们称这时期的落子为“奉天落子”，那时的名角有金开芳、倪俊声、花莲舫、李金顺、芙蓉花、筱桂花、花玉兰、喜彩春和白玉霜。

1936年，“评剧皇后”白玉霜任主角的戏曲电影《海棠红》上映后，全国各报纷纷评论白玉霜为“电影明星”“评剧皇后”“评剧泰斗”。爱莲君等人在上海演出了几十出戏，引起轰动。上海报纸报道：“整个上海出现了奉天落子热，老百姓像着了魔似的迷上了奉天落子戏。”上海文化界名流欧阳予倩曾为奉天落子写过《潘金莲》剧本；洪深为白玉霜写过《阎婆惜》

白玉霜

剧本。白玉霜还收了一位养女，也就是后来的小白玉霜，只是可惜才三十五岁就死在了舞台上。

后来，奉天落子融入评剧。评剧发展到奉天落子，可谓登堂入室，承前启后，相比当代评剧，奉天落子之中又保留了大量的老腔、老调、老戏，作为辽宁省级非物质文化遗产保护项目，其价值不可替代。沈阳这么大，一定会有留给奉天落子的舞台。落子是世俗的艺术，只要有新的唱法和元素融入其中（就像传统相声、脱口秀的复兴那样），落子一定能够重焕新生，直至千载。

最后再说回百戏，其实小孩子有时听不懂曲子看不懂戏码，还是觉得魔术和杂技过瘾，过去童年的记忆里大都是魔术白小影和飞车蔡少武的身影。

听老辈人讲，白小影与其师父马幻影都是魔术大师，二人都是回族，小影家境贫寒，幻影四处演出时偶然发现小影有魔术天赋，遂将其带在身边。

小影入奉天天华魔术演艺团之后，即认团主马幻影为师父，并取艺名马小影（成人后改回原姓），在演出时作为小童助手登场。幻影对小影练艺要求极严，倾囊相授。小影每天练功学艺都是早起晚睡。他练踢腿、拿大顶、弯腰，幻影在旁观看。有时，小影一练就是三更半夜。冬天，院子里有雪，简单打扫下就练习翻跟头、扔棒，练不到出汗不行。手冻红了，回屋搓搓手，然后出去接着练。每天午前午后，要练四遍功。如立大顶，每次至少要立半个小时。他站在一张彩桌上，中间插一根约一米长的钢管，顶端焊接一个碗口大的用布缠着的圆圈。人倒立时头顶在钢圈上，练脱鞋、练穿鞋，练脱衣服、穿衣服，练削苹果、吃苹果等动作，一练就是一个多小时。后来小影回忆：“我头顶一直留了个深深的圈痕，那滋味可想而知。”白小影专攻滑稽丑角，主演的节目有钢针刺体、玻璃上跳舞、空中吊子及滑稽喜剧等。1953年他加入沈阳杂技团，保留节目有背小孩、抓烟、抢椅子、卓别林大闹餐厅、快乐的炊事员等。1961年，白小影曾在杭州给当时的国家领导人做了专场演出，此后还多次随团去国外演出，于是除了逢年过节，在沈阳本地的演出就很少了。

我想，无论白玉霜还是白小影，只要他们身影重现，无论街中还是梦里，若到那时，我一定会去看。尤其是他们那种关注当下的时髦劲儿和敢唱敢演的泼辣劲儿，在这个每天都有爆款和热搜的媒体时代，指不定能给我们带来多少现场生成的惊喜呢。而且，要记得每一场演出时挤在大人的缝隙里的那些小孩子，他们的记忆是最多彩的时代底片。

气象关外唐

月色还是当年的月色，只是美好的场景从城中换成了水畔，舞台上下，光影在翻飞腾跃，唱念在悠长回荡。距离唐派开山祖师唐韵笙的降世，到得今日，才仅仅一百二十年而已。

唐韵笙（1903—1970），原名石斌魁，京剧正是因为他而有了一个崭新的流派。他本是旗人子弟，九岁时，名角唐景云到石家借住时看中了他的天赋，为收他为徒而付给石家三百大洋，“买”了他八年。他悟性极佳、嗓音得天独厚，加上唐景云倾囊相授，进步极快，十三岁即在上海新新舞台演出汪笑侬、刘鸿声的戏目，逐渐走红，遂取艺名唐韵笙。

| 唐韵笙 |

1932 年，唐韵笙首次进京，即以武生戏《驱车战将》打炮，演于广

德楼。20 世纪 30 年代，“唐老将”与“麒老牌”周信芳、“赵老开”赵如泉在沪上被尊称为“三老”。唐韵笙的唱念做打凝重、深厚、大气，他扮演的关羽气韵生动、写意传神，既得益于他老生戏根底深厚、武生戏技艺精湛、花脸戏造诣颇深，更得益于他精心打磨的舞台工匠精神。

唐韵笙功底深厚，昆乱皆精，文武兼备，又集编导演教于一身，堪称不世出的奇才。除去本工老生外，武生、红生、铜锤花脸、架子花脸以及老旦甚至彩旦和青衣，他都能演。他可以一晚演文武双出，大戏中连赶数角。《岳传》中，他能演宗泽、岳母、岳飞；《群英会・借东风・华容道》中，他能演鲁肃、孔明、关羽；《目连救母》中的目连、刘青提、地藏王，他都能演。他还能三戏连演，如“三逼宫”“三铡”……唐韵笙继承全面、文武并重、多才多艺，因而文皮武骨的“唐派”艺术是京剧界中一个罕见的综合性艺术流派，将京剧表演的气度、气势演进为流派独有的万千气象，因而“唐派”艺术当仁不让，成为京剧在东北最具影响力的代表性流派。

东北沦陷期间，唐韵笙带领戏班分水、陆两路向当时日伪统治的奉天进发。不料，携带道具、行头走水路的人马在营口海关遭劫。日本宪兵在戏箱子中找到一个写有《扫除日害》且编剧为唐韵笙的小本子，内有台词“不除日害，国无宁日”，这是一出传统戏，可鬼子气急败坏，立即将所有人押到营口警察总署。此事很快传到奉天，已乘火车抵达奉天的唐韵笙正在北市场共益舞台。当时剧场经理何玉蟒急切地找到唐韵笙商议对策。唐韵笙笑说：“日本鬼子说我反满抗日，凡有良心的中国人，哪有不恨日本鬼子的？不除日害，老百姓还能活吗！”当夜，唐韵笙乔装打扮，改名“李根发”，躲在北市场天成旅社内，写了一出爱国剧《闹朝扑犬》，以古喻今，直指侵略者及其走狗之罪行。抗日战争时期，他因演出影射日寇的《后羿射日》而身陷囹圄。

20 世纪 40 年代则是唐韵笙的又一段鼎盛时期，他与上海的麒麟童周信芳、北京的马连良鼎足而立，被誉为“南麒、北马、关外唐”。

20世纪50年代，北京、天津、上海都曾邀请他前往发展，但在唐韵笙最艰难的时候，是沈阳方面大包大揽、施以援手，令唐韵笙切身感受到了组织的温暖和城市的温度。

1959年11月，辽宁京剧团和沈阳市京剧团合并，组建沈阳京剧院，聚集一大批辽宁省内外著名的京剧演员，有唐韵笙、秦友梅、黄云朋、管韵华、焦麟昆、尹月樵、诸世芬、张小贤、李麟童、赵世朴、吕香君、李春元、王玉梅、林艳蓉、吕东明等。唐韵笙曾任沈阳京剧院副院长，先后主演了《云罗山》《郑成功》《詹天佑》等新编历史剧。

1960年，沈阳京剧院进京演出。唐韵笙再度饰演《驱车战将》中的南宫长万，他极重唱做，“见母”的大段唱腔，“杀官”的细腻表演，“战将”的新颖开打，都煞费苦心，不断精进，使这出戏成为唐派艺术精品。多年后，这出戏仍是唐派传人常东的招牌戏目。

唐韵笙剧照

唐韵笙传世的代表剧目有《甘宁百骑劫魏营》《长坂坡》《艳阳楼》《金钱豹》《铁笼山》《刀劈三关》《古城会》《驱车战将》《闹朝扑犬》《绝龙岭》《摘星楼》《追韩信》《徐策跑城》《未央宫》《陈十策》等。他还演架子花脸应工的《红逼宫》的司马师，铜锤花脸应工的《铡美案》的包公。他的红生戏《古城会》

《屯土山》《灞桥挑袍》等也别具风采。他甚至实现了京剧中的地方文化元素植入，他演《拾玉镯》《法门寺》中的刘媒婆时，吸收了东北地区生活习惯，在舞台上要烟袋，下场之原板从末句起，手托长杆烟袋，旋转于掌心，做出许多花样。此戏据说得唐景云亲传，随腔走三个圆场，堪称绝技。

2008 年，沈阳京剧院的周仲博先生入选国家级非物质文化遗产名录“京剧（唐派）”国家级代表性传承人，当今唐派代表性传承人常东正是周先生的弟子，唐派名剧《二子乘舟》的复演，正是这对师徒精心打磨的杰作。

2017 年，常东主演的《战沈州》上演，故事讲述辽圣宗时期渤海大延琳举旗造反，围攻沈州。节度使萧王六刚刚上任，不熟沈州防务，副节度使张杰临危受命，出任沈州兵马大元帅，连施缓兵、诈降之计，筑坝沈水，疏散百姓，仿关羽“水淹七军”，大败叛军，取得沈州保卫战的胜利。2020 年，常东主演的现代京剧《将军魂》上演，讲的是黄显声将军在九一八事变爆发时打响抗日第一枪的故事。

“关外唐”铺陈的不凡气象，如今已经深刻影响了辽沈的梨园风貌，云蒸霞蔚，只待后生。

流霞有声

"昔日曾经上此亭，江上无恙眼为青。如今烽火弥天地，东海宏谋剩几星。"列位看官，这是民初钱公来的《奉天公园·揽辔亭》题诗，讲的是鼓书艺人在公园里演出的情景。

清朝乾隆年间，奉天民间艺人在东北民歌小调基础上，演化出一种新的大鼓表演形式。这种大鼓当时称为"奉天大鼓""奉派大鼓"。同治十二年（1873）刊行的刘世英《陪都纪略》一书中即有鼓书艺人的描写："讲通套、说得妙、大鼓书、梅花调、漫西城、拔高帽、鼓皮紧、使劲造。"1929年，

| 奉天公园 |

随着奉天市改名为沈阳市，这种大鼓通称为东北大鼓。东北大鼓多为演员一人自击鼓、板，配以一件或两三件乐器伴奏演唱，唱词是韵文，由若干组上下相对的七字句或十字句构成，既有子弟书，又有通俗段子（草段）。

到钱公来写奉天公园之时，刘问霞在沈阳城已是崭露头角。她是 1900 年生人，幼年来沈投亲，并拜刘连甲为师学唱东北大鼓。到 20 世纪 20 年代，她已成为“鼓界大王”，演出地点多在小河沿的凝香树及鸿泰轩茶馆等。1930 年，她买下城内的公余茶社后便基本不再到别处演出。她的大鼓多取材于子弟书和民间小调，名段有《忆真妃》《露泪缘》《刘金定观星》《黛玉悲秋》等。她的唱腔圆润韵浓、动作优美洒脱，“依字行腔”堪称技高一筹。在那时沈城的同行女艺人中，她是第一个打破“目不斜视”老规矩的，设计了很多表情动作，令表演别开生面。上海百代公司为她灌制有《小拜年》《宝玉探病》《红娘下书》《大西厢》《刘金定观星》等多张唱片，沈城文化名家缪润绂、马二琴都与她有合作往来，缪润绂《沈阳百咏》中曾有这样的诗句：“铁鼓敲来手不停，高烧银烛照中庭。梅花一曲春风调，人倚金闺彻夜听。”

可叹，1944 年刘问霞惨死于日寇之手。

那时还有一位“鼓皇”朱玺珍，她九岁登台，头梳小辫，人称“朱小辫”“九岁红”。她十几岁即精工于“三国段”，每唱“珠喉婉转，字句清悦，洪而不放，高而不暴，低而不糜，细而不断，腔调则尽而不满，速而不追，抑扬得法，顿挫成宜”，被誉为奉天大鼓“鼓皇”。后来东北沦陷，她应邀去了天津演出。

刘问霞的全盛时期，来自广宁（今北镇）的霍树棠曾与她同场演出。霍树棠十四岁拜东北大鼓演员冯景和为师，十六岁登台。有一次，霍树棠表演“三国段”《战潼关》，全文一百六十句唱词都是“三字句”，霍树棠一口气唱完，快而不乱，慢而不拖，字清声脆，震人肺腑，观众听完后称赞其唱功像“火车头”拉笛一样，于是送给他一个“火车头”的雅号。他的嗓音宽厚，气势雄浑，唱法兼收并蓄，纳各家之长，独创了东北大鼓的“霍派”。他的著名书目有《马潜龙走国》《彩云球》《古城会》《游西湖》《糜氏托孤》《草船借箭》《庄子坟》《百年长恨》《绕口令》《杨靖宇大摆口袋阵》《狼牙山五壮士》等。“他先迈出右腿，向前一步，之后眼跟手走，左手打板，一边演唱，一边通过脸部表情，尤其是眼睛传递神态。变换人物时，眼神向左时为一个人，向右时为另一个人，如果脚下后退一步，就表示是又一个人物形象，”霍树棠的女儿霍桂兰回忆父亲当年的表演时曾说，“他的眼神特别有戏，唱到高潮的地方还会伸两个手指头打出手势。”

1952 年，霍树棠作为东北慰问抗美援朝的文艺工作者代表前往朝鲜慰问演出，若是刘问霞能够活到沈阳解放，一定也不会错过这样的演出。1959 年，霍树棠成为沈阳曲艺团演出队队长，先后带出了二十多位徒弟，其中最有名的当数十八岁时拜师的刘兰芳。

刘兰芳，原名刘书琴，出身于东北大鼓世家，十四岁起先后拜杨丽环、孙慧文为师学习东北大鼓。她曾回忆说：“我小时候的童子功是唱东北大鼓的，如果没有唱鼓曲的基本功，就没有我明亮圆润的嗓子。所以我说书不累声带、不压嗓子，得益于东北大鼓的唱功和讲究的发声方法。”刘兰芳的名段有《姑嫂救亲人》《千里送婴儿》《王华买爹》《刑场上的婚礼》等，“三国段”也是她的长项。

1979 年起，她播讲的长篇评书《岳飞传》《杨家将》《呼家将》等轰动全国，影响海外，先后有百余家电台、电视台播出。1982 年，刘兰芳到天津演出，一下火车就被车站广场上的环卫工人认出来了，“您是刘兰芳吧？”“是我。”“您的《岳飞传》太好了，给我们说一段吧！”“好啊！”刘兰芳毫不犹豫，当即在马路上摆开架势，为围观的群众表演了一段《岳飞传》。最巅峰的时候，电台一播《岳飞传》，其他线下节目就都停了，因为演节目的人也要听刘兰芳讲评书！

曲艺界向有“评书辽军”之称，袁阔成、刘兰芳、单田芳、田连元四位都是了不起的人物，不过，这几位之中只有袁阔成自始是纯粹说评书出身，其他三位最开始都是大鼓书艺人，大鼓的深厚内涵，滋养了艺人们浑身上下的艺术细胞。

“我是天空里的一片云，偶尔投影在你的波心——

你不必讶异，更无须欢喜——

在转瞬间消灭了踪影。”

也许有一天又会出现新的语言节目形式，但是人的心灵需求是无限更是无形的，波心云影，流霞有声，我们的心灵激唱之声永远不会寂灭。

任老板的1905

电影是怎么来的？是人们为了有效地、高级地消耗电能并将其转化为商业价值，还是有喜欢造梦的人创造了基于视听的理想国？

19 世纪末，法国人创造了电影艺术，美国人则创造了电影的商业运作模式。

相比于单摆浮搁的画面和声音，电影不仅在讲故事，而且富于充满能量的细节表达。在黑暗中，悬于我们正上方的一片光亮之中，美好的声音与配乐环绕而至，让我们的单位时间变得精彩，打破了生命的庸常和既有的线性结构，仿佛用别样的人生去感受宇宙的秘密。

其实，电影里的东西无论真实还是特效，都是永远不会重现的，即使我们重新观影，也会因为我们自己变得不同而有了全新的观影感受。

相比于此时此刻的自己，我们从银幕上看到的只有回忆。

1904 年暑假档期，作为舶来品的电影短片已经在沈阳上映。1905 年，中国第一部电影《定军山》出现了，主演是当时家喻户晓的伶界大王谭鑫培，拍摄者任庆泰则是从沈阳去京城发展的。这部黑白无声电影的拍摄单位，就是任庆泰的丰泰照相馆。

当时，谭老板五十八岁，任老板五十五岁。

有人说，当时这二位都好大岁数了，且老谭早已功成名就，还会做“拍电影”这种吃力不讨好的事情吗？这个记载八成有假！

| 任庆泰 |

|《定军山》剧照 |

但桩桩实例说明：这件事是无可辩驳的事实。首先，谭任二位都是极勤奋的人。

谭鑫培在艺术上的刻苦精进自不必说，他对各种新艺术平台的热衷同样远胜同侪，除了电影，他还灌制了很多唱片。

而任庆泰在拍摄《定军山》之前，就是个永不“安分”的角色。任庆泰，字景丰、觐风（照相馆的名称便是从其名、字中各取一字），法库缙绅世家出身，从小心灵手巧，在外闯荡。他在京城干过木工，赴日本学过照相，四十二岁在京城开设了中国人当老板的第一家照相馆，叫丰泰照相馆，很多达官显贵都是他的主顾，据说他还进宫给慈禧太后照过相。后来他又在京城开设保和堂中药铺、老德记西药房以及汽水厂、桌椅店等，又在前门外大栅栏开设了大观楼影戏园。

后来他怎么拍起电影来？当然是基于商业思维。彼时放电影收门票的形式还没有普及，电影当然是一种宣传方式，主要是为戏园、照相馆和茶楼的生意招徕人气，打响知名度，所以，请来当时京剧界的头牌人物拍摄也就不足为奇了。

无锡人吴震修回忆：“光绪末年，我在京师大学堂师范馆教书。课余，我总喜欢逛厂甸。大约是在一个秋天，有一天我照例又晃进了琉璃厂。经过丰泰照相馆附近的一个广场，老远看见临时支着一块白布，有些人在拍照。我走到跟前一望，哪儿是拍照，简直是在拍活动电影呢。而且还是我们最崇拜的一位老艺人谭鑫培，扎着一身黄靠，手拿一把金刀，耍了一个‘定军山’里的大刀花下场。旁边站的几位都是谭氏的家属和亲友们，人数并不多。那位照相馆老板是个大块头，跟我很熟，他也在旁照料一切。可惜拍得不多，一下子就算了事。后来还在‘大观楼’电影院公演过。这恐怕是京戏上镜头最早的一幕吧。”

这是中国第一部电影《定军山》的最早见证回忆之一，吴所说的“大块头”照相馆老板即任庆泰。1905 年他与技师刘仲伦（也有人说刘为任之养子）用法国造的木壳手摇摄影机拍摄谭鑫培主演的京剧《定军山》片段“请缨”“舞刀”“交锋”，同年还拍摄谭鑫培主演的《长坂坡》片段。后相继拍摄俞菊笙、朱文英、许德义及俞振庭等人的《青山石》《艳阳楼》《金钱豹》《白水滩》《收关胜》《纺棉花》等京剧片段。因为是无声电影，这些戏曲片选拍的都是武打和舞蹈动作较多或富于表情的场面。这些影片，先后都在大观楼影戏园和东安市场的吉祥戏园放映过，“有万人空巷来观之势”。至此，任老板在京城的买卖越做越大，逐渐成了一位闻人，还曾为家乡法库捐资办学。

1917 年，谭鑫培去世。1932 年，任庆泰去世。

1933 年，谭鑫培之子谭小培编剧、其孙谭富英主演的《四郎探母》又成为中国第一部有声戏曲电影，这是谭家人钟情于电影艺术、不断尝试京剧与电影互为成就的又一个范例。只是可惜任老板没有看到这部电影。据说，丰泰照相馆曾遭遇一场大火，大火烧毁了设备和很多拷贝资料。1970 年，有一位自称是任庆泰后人的老人带着一卷拷贝资料来到北京电影厂，说要把《定军山》上交给公家保管，可是当时电影厂拒绝了，从此老人以及他带来的拷贝资料再无下落。

到 2000 年，中国电影人拍摄了一部电影《西洋镜》，就是在致敬这一段历史，以及这些人——中国最早的电影前辈。

如今，据说最新的科技已经可以实现这样的制作手段：输入一段文字或者语音，表明你需要什么样的场景，人工智能便可以输出一段相关的视频作品，即使你需要的场景也许并不存在，比如人类与恐龙那样的史前巨兽同行。每当看到这样的新闻，我都会生出这样的设想：在这“文生视频”的场景里，任老板生龙活虎地忙前忙后，老谭则正气定神闲地准备录制下一折戏。而我们，恰在一旁准备鼓掌叫好——多么令人神往。

夜光如雨 车如流

一座城市的精神高度，一定程度上取决于其文化界的精神高度。灯火璀璨，夜光如雨，街路上的车水马龙，其中若是有能人高士，便不是虚假繁荣，不是畸形的消费，而是可持续的都会春秋。

清代以来，东北地利以沈阳为第一，沈阳连通辽西走廊、内蒙古、辽东半岛、吉黑两省、朝鲜半岛，四通八达，而且资源丰富、人口众多……沈阳位于东北亚诸重要城市、港口、关隘、矿藏之间的扼要位置，交通便利——地处辽河平原东部，地势平坦，以平原为主，山地、丘陵集中在城市的东南方，辽河、浑河、秀水河等途经境内。沈阳像一个巨人，舒展地端坐在东北大地上，安然承接、梳理和经营各方优质资源。

清末民初，进入电的时代，沈阳城由点到面，陡然扩张起来，新的街区建筑鳞次栉比，交通便利和文化多元使得很多名人都曾经见证过这座城市的变化，或住得长，或游玩得味，或有所成就。

光绪三十二年（1906），青年才俊蒋百里从日本学成军事归国，在其老师陈仲恕的举荐下，受盛京将军赵尔巽聘用，于同年夏来到奉天任东北新军督练公所总参议。这被认为是蒋百里军事生涯的开端。是年，他赴德国深造

| 蒋百里 |

数年，1911年，又出任东三省总督督练公所总参议。次年辛亥革命爆发，蒋与赵尔巽选择不同，于是就此别过。在奉天这段时期，他对近在咫尺的日本军国主义势力有了很深的认识，他在后来抗战时期的军事思想即与此有关。

新一代爱国人物不仅在军事上有了开眼看世界的格局，史学思想也升级了。大史学家吕思勉的“中国通史”系列，其发轫就在沈阳。

1920年1月至1922年12月间，经表姐夫杨成能先生介绍，吕思勉受聘在国立沈阳高等师范学校（当时国立六大高师之一）任教，这三年是他早期史学著述大爆发的关键时期，有《论货币与井田》《整理旧籍之方法》《中国古代哲学与道德的关系》《古代之印度与佛教》《西域》等多篇著述发表于《沈阳高师周刊》上，他的成名作《自修适用白话本国史》（商务印书馆版）即为其在国立沈阳高等师范学校授课讲义基础上写成，被书商称为“中国第一部白话文通史”，一举奠定了吕思勉在史学界的学术地位。国立沈阳高等师范学校于1922年并入东北大学，改办为东北大学理工科，四十岁的吕思勉遂离沈南下。

| 吕思勉 |

无独有偶，1920年还有一位历史名人也与沈阳发生关联。是年秋，京沪媒体联动，北京《晨报》和上海《时事新报》选

派了多拨驻外记者，青年记者瞿秋白获派采访苏俄。他与俞颂华、李宗武同行，乘火车从北京出发，经奉天、长春、哈尔滨、满洲里、赤塔，穿越西伯利亚直达莫斯科。在国内，他们沿京奉线到奉天换乘，由日本人管辖的南满铁路往长春，再换乘中东铁路的火车到哈尔滨、满洲里。10 月 19 日傍晚，列车抵达奉天火车站，秋日烟尘中几个书生下了车，瞿秋白写道："车站上一片嘈杂的声音。行李搬出车子之后，却看不见一个中国脚夫。对面望着大和饭店雪亮的电光，传出些丁丁当当的刀叉声，好不热闹。"爱国书生瞿秋白心不能平："仿佛记得中学地理教科书上写着，这满洲三省还是中国领土，为什么一出山海关到了奉天站——他那繁华壮丽的气象，与北京天津不相上下——却已经另一世界似的，好像自己已经到了日本国境以内呢？……也许奉天现在已经割给日本了！然而原住奉天的许多中国劳动人民，想必一时还没有来得及死尽，怎么奉天站连中国脚夫都很少很少呢？原来日本铁道车站上的中国苦力，他们劳作也受'日本的'节制的。帝国主义的况味，原来是这样！"

瞿秋白所知不详的是，当时的奉天，中方控制着主城区，而日本人则控制着南满铁路沿线的火车站及其附属地。瞿秋白见到的即是"奉天驿"和"满铁附属地"。1919 年，日方擅自将火车站附近的三十三条街道改成了日语名字。瞿秋白到达奉天之前一个月，火车站前马车工会所属的车夫五百余人因为反对"满铁"乱征费举行罢工。所以，瞿秋白在奉天火车站的站台上，视线所及，当然看不到中国人。

换车需要脚夫，但他们人生地不熟，等了半天才来了个日本人，好不容易找着了脚夫，把行李搬到站里。李宗武的一件行李却又找不到了。瞿秋白赶紧陪他四处去找，等到找着，回到大和饭店吃饭，"其时颂华已经吃完，时候也不早了，我们匆匆忙忙吃了些面包，赶去结好行李，来了一位日本西崽一手包办，料理我们上了南满车"。

瞿秋白这段回忆相当别扭，写在了他的《饿乡纪程》中，这一段见闻可谓其思想彻底转变的前奏。

1923 年，东北大学创立，一下子来了很多学术界的大人物和文化名人。东北大学刚刚建立，就聘任美国密歇根大学学士、奉天公立文学专门学校校长汪兆璠担任文法科学长；留德工学博士赵厚达任理工科学长；日本京都帝国大学数学学士、北京大学理科学长冯祖荀为理科主任教授；美国哥伦比亚大学化学博士庄长恭为工科主任教授。

张学良亲自担任校长之后实行教授治校。选任密歇根大学法律博士、曾任北京国民大学副校长、北京教育部专门教育司司长的刘风竹为副校长。以后又废除副校长制，改为秘书制，任命英国牛津大学毕业的宁恩承为秘书长。北京大学当时常年经费是 90 万银圆，清华大学虽有庚子赔款补贴也只有 120 万银圆，而东北大学则高达 160 圆银元。东北大学教授的薪金一般是 360 银圆，最高达到 800 银圆，教工如回北京探亲，还予以报销往返路费。当时南开大学教授的薪金仅是 240 银圆，北京大学和清华大学教授的薪金是 300 银圆。一些知名专家和学者闻风而至：建筑学家梁思成和童寯及林徽因教授、机械工程学家刘仙洲教授和潘成孝教授、留美化学博士余泽兰、纪育澧等。文学院聘请的名教授有：文法专家章士钊、语言文字学家黄侃和梁漱溟、原北京政府司法总长罗文干及林损、余启昌、吴贯因（梁启超私人秘书、北平华北大学副校长）、江之泳、李光忠等。教育学院则有留美、英十载的心理学家陈雪屏教授、国学家马宗芗教授、统计学家孙宗钰、历史学家周传儒教授。体育方面有郝更生教授、吴蕴瑞教授、申国权教授、宋君复教授等。

其中，梁思成、林徽因的故事耐人寻味。

最初，梁林夫妇学成归国，应张学良邀请到东北大学，创建了中国第一个建筑系，夫妇畅游沈城，林徽因还曾在北陵公园等处留影。林徽因还把母亲与二弟林恒也接到了沈阳一块居住，但最终林仅在东北大学断断续续待了一年多就离开了，之后梁思成也匆匆返回北平。有人说，梁启超之死是动因。1929 年 1 月，梁启超病逝。当时林徽因已怀有身孕，料理完公公的后事，她再次返回东北，在此期间还设计了当时东北大学的校徽。还有人说林徽因得了肺病，徐志摩专程到东北看她，并带她回到北平养病，梁思成后来也就无心再待在沈阳，于是将建筑系托付给了同学兼老友童寯。

林徽因设计的东北大学校徽被称为“白山黑水”，整体是一面盾牌，正上方是“东北大学”的四个古体字，“东北”和“大学”之间是易经八卦中的艮卦，同样代表东北，下面则是狼和熊对望的白山，寓意东北当时受列强的欺侮，形势危急，白山之下是滔滔黑水。“白山黑水”一直成为东北大学的标志，甚至作为整个东北的关键词。

据学生们回忆，林徽因在东北大学任教美学和建筑设计、雕饰史等课外，还教专业英语课。林徽因在上美学与建筑设计的第一堂课时，把学生带到沈阳故宫的大清门前，以现存的古建筑为教具，让大家从这座宫廷建筑的外部去感受建筑与美的关系，然后问：“你们谁能讲出最能体现这座宫殿的美学建构在什么地方？”大家很热烈地讨论起来：有的说是崇政殿，有的说是大政殿，有的说是迪光殿，还有的说是大清门。林徽因笑了：“你们注意到八旗亭了吗？它没有特殊的装潢，也没有精细的雕刻，跟这金碧辉煌的大殿比起来，它还是简陋了些，而又分列两边，就不那么惹人注意了，可是它的美在于整体建筑的和谐、层次的变化、主次的分明。中国宫廷建筑的对称，是统治政体的反映，是权力的象征。这些亭子单独看起来，与整个建筑毫不协调，

| 林徽因与梁思成 |

可是你们从总体看，这飞檐斗拱的抱厦，与大殿则形成大与小、简与繁的有机整体，如果设计了四面对称的建筑，这独具的匠心也就没有了。”

1924 年 8 月，当时还是青年学者的吴宓赴奉天，来到东北大学任外国文学系教授，讲授《英国文学史》《修辞及作文》和《英文读本》等课程。课余继续编辑《学衡》杂志，柳诒徵、汤用彤就是在这期间加入编辑部的。时任《东北文化月报》主编的杨成能极为推崇《学衡》，在自己报纸上转载《学衡》文章，又加入学衡社，还把吴宓介绍给金毓黻相识。1925 年年底，吴宓在写给庄士敦的信中说，东北大学“在治学严谨和学生勤奋方面，为中国最佳”。不过，由于受到清华大学的邀请，吴宓还是在留下一句“江南未许长为客，塞北何缘似故乡”后离开了。

1930 年，章士钊接受张学良的邀请来到东北大学任文学院教授，讲授中国哲学史和形式逻辑学，月薪 800 银圆。1931 年 4 月，东北大学进行行政制度改革，学校领导实行委员制，章士钊名列十一名委员之一，并被聘为文学院院长。《东北大学校刊》创刊，章士钊应邀题写了刊头。可惜的是，章士钊任文学院院长不到半年，九一八事变爆发。1932 年 2 月，东北全境沦陷。东北大学师生陆续撤往内地，章士钊却再也没有回到讲台，他受张学良之托去上海筹办律师事务所，联络各方人士抗战。

这一段名人在沈的历史，中断得令人扼腕，若非如此，沈阳的文化圈当可给我们留下更多记录时代的作品。

从浑河到塞纳河

有些曾经对我们而言很重要的人，却往往是因为另一桩事情乃至公案而广为人知。

在《蒋碧微回忆录·我与悲鸿》里，巴黎是她与徐悲鸿的巴黎，欧洲是她与徐悲鸿的欧洲，在这二人世界之中，也有一些友人进进出出来来往往。

“天狗会的会员，常玉、孙佩苍后来也到了柏林，为了表示团结，同时谢寿康先生又一向喜欢烧饭做菜，他看中了我们的瓦斯炉，由他一建议，我们就此组织了小型伙食团，开始自己做饭吃。”后来，张道藩们也出现了。“天狗会组织扩大，于是会友们公推谢寿康先生为老大，徐悲鸿先生为老二，张道藩先生为老三，邵洵美先生为老四，军师是孙佩苍先生……”蒋碧微自己则为“压寨夫人”。

当时，孙佩苍是徐悲鸿的同道知音。徐悲鸿是江南人，孙佩苍是东北人，乡音本有差隔，但与徐悲鸿的书生感性相比，孙佩苍却虚怀若谷，加之其阅历丰富、人脉广博，所以徐家有很多事情都与孙先生商量，孙先生就这样成了徐先生圈子里的“军师”。

孙佩苍存世影像不多，其中有一幅画像正是出自徐悲鸿亲笔。

而在其孙辈的《寻找孙佩苍》和《走进孙佩苍》两本书中，孙佩苍有美术教育家、东北大学教授、法国里昂中法大学校长等多重身份，还是当代画界认定的近现代“中国收藏西洋美术第一人”。

孙佩苍，光绪十五年（1889）出生于抚顺拉古峪河畔的松岗堡村，十岁随家迁至沈阳。拉古峪河是浑河的重要支流，孙佩苍此次顺流而下，第一次改变了他的人生轨迹，有了沈城的重要平台，他的天赋得以发挥。

宣统二年（1910），在天津北洋师范学堂以最优等头名从博物科毕业后，孙佩苍作为师范科举人充任奉天提学史司视学部司务，在奉天省教育厅从事了十年教育工作，历任督学，多所中学、师范学校教员、教务主任。二十多岁时，孙佩苍创作了《犒秦师》《崖山泪》《沈云英》《秦良玉》等多部唱本。

1920 年 11 月，一次前往法国巴黎勤工俭学的机会，再一次改变了孙佩苍的轨迹。彼时，孙佩苍已年逾三十，家中育有三个子女，妻子姚淑荣正身怀六甲。拖家带口，英文、法文都不通的孙佩苍毅然选择出国到巴黎，在塞纳河畔从头开始学习美术。当时同船赴法的还有年轻的周恩来。

到法国后，孙佩苍与徐悲鸿同在巴黎高等美术学院吕西安·西蒙画室学习美术，在巴黎索邦大学研习文学，周游意大利、英国、德国、奥地利、比利时、俄国、瑞士、荷兰、西班牙诸国四十余座城市的近百所图书馆、博物馆，并搜集了大量西洋美术作品。《盛京时报》称赞孙佩苍为留法学生中的“翘楚”。同时，孙佩苍还受托为奉天省政府考查欧洲现代教育。他在 1924 年发表的《法兰西现代教育状况》中写道：“盖非人类改良，社会无从进化，欲求社会进化者，以社会之良美为目的，以教育之进行为

| 徐悲鸿给孙佩苍画的画像 |

用，可也。”

1928 年 10 月，孙佩苍在《美术与人生之关系》中说：“天下感情发达之人，其感触为特别敏锐，故有许多事物情境及心灵隐微奥秘之处。唯文人诗家美术家为足以知之，常人则茫然也……试观世之真正艺术家，大都感情热烈，心地坦直，彼绝不知城府机诈为何物，所谓能不失其赤子之心者也。”

孙佩苍留法后，妻子姚淑荣曾独自带着四个孩子苦熬了六年多，家里只能靠她及其开杂货店的娘家支撑。

在存世的一张著名的“1932 年赴欧洲考察的程砚秋在法国里昂大学与众人合影”中，孙佩苍站在程砚秋的身边，而程的另一侧是姚淑荣，下方跪坐的小姑娘是孙佩苍的长女孙慧筠。

1921 年 7 月 8 日，里昂中法大学在法国里昂圣·伊雷内堡的废弃军营成立。作为那时中国在海外设立的唯一一所大学类机构，里昂中法大学曾为中国培养了大批优秀人才。1929 年夏，孙佩苍被任命为该大学校长。1930 年孙佩苍赴任，并于 1933 年离任。而之所以只把孙慧筠带到法国，让三个儿子在国内自谋生路，据其孙子孙元先生回忆称，皆因祖父“重女轻男”：

1932 年 8 月赴欧考察的程砚秋（中间持花者）在里昂中法大学与校长孙佩苍（程右）及夫人姚淑荣（程左）及众师生合影

“父辈们年幼时，祖父曾让他们每人画一张画，看后祖父对父亲和叔叔们说：‘去吧，没一个有美术天分的。’便从未教他们美术。”

据《蒋碧微回忆录》记载，在留法期间，孙佩苍全力搜集西洋名画。孙佩苍、徐悲鸿二人同在巴黎研习绘画，虽为穷苦学生，常常学费不继，却节衣缩食地购买艺术品和画册，观赏歌剧，在文化精神的富足上可比王公。

孙元回忆祖母在世时对祖父埋怨道：“一根香烟分三次吸，做饭只买得起最便宜的五花肉，吃到后来一见五花肉就想吐。用包装纸写信，把钱都用在买画和在欧洲各国博物馆教堂看画上了。每到一个城市，都没有游逛机会，他呀，总是一头钻进教堂看画……”孙先生对收藏的执着，令他在留学和海外任职期间，收购了包括库尔贝、苏里科夫、列宾、德拉克拉瓦、迪亚兹、卢梭等在内的西洋艺术家的大量作品，此外还有千多张西洋名画印刷品。孙元说，就是那些外国名画印刷品在当时可谓仅下真迹一等，受到徐悲鸿的盛赞。

1927 年初从法国回到沈阳后，孙佩苍极为活跃，出任多种职务，拥有多重身份：奉天美术研究社社长，一六学术研究会核心人员，东北文学研究会主要发起人，辽宁国民简易教育协进会董事，奉天省城教职员联合会负责人、东北大学文学院兼法、工学院教授……孙佩苍在奉天借鉴欧洲美术院形式成立奉天美术研究社，将现代美术教育从学校拓展到社会，这是足可改写辽沈现代美术史的一个变化。《孙佩苍等为请组织美术研究社由致奉天省长公署》一文中曾提出：“窃以为当世物欲横流之际，利用感情教育，以相互救诚为根本之良方，而亦釜底抽薪之至计也。”

1933 年，孙佩苍卸任里昂中法大学校长一职，与妻子姚淑荣回国。在法国已成家的长女孙慧筠，继续留在法国生活。1941 年，孙佩苍在大后方美术界的力邀之下，选出其藏画中最有价值的几十幅画参加四川省美协举办的第一次美术展览，这些画又被徐悲鸿借至中央大学艺术系供学生临摹，极大地缓解了当时国内教学资源稀缺的现状。

据孙元回忆，孙佩苍投身抗战事业的经历让他颇为自豪。“1927 年初他留学归来伊始，便积极从事促进国家统一之业。东北易帜之前，他在东北大学做了大量青年学生工作，加强他们的民族意识。1934 年，祖父全身心投入抗日事业，曾潜伏日伪统治的天津法租界。”

就在孙佩苍积极为抗战献策献力时，意外却发生了。1942 年 1 月 3 日，五十二岁的孙佩苍在成都去世。“关于祖父的死因，当地的报纸说是‘胃疾’，有人讲是‘暗杀’。”孙元说，但由于缺少足够证据，后人对此已无法判断。孙佩苍的死，至今都是一宗没有定论的谜案。

时光亦如流水，孙佩苍的身影已随那个时代的远逝而模糊，但翻看旧文，见到这个名字却觉得莫名亲切，这大概正是孙先生的气质使然吧。

为鲁迅抬棺那两个汉子

1936 年 10 月 19 日，鲁迅在上海逝世，举国上下前来瞻仰与告别的人士络绎不绝。鲁迅灵柩被抬出上海万国殡仪馆、送至万国公墓下葬时，上万上海市民前来参加。十多里路的送葬路上，十六位中外青年作家为鲁迅抬棺：巴金、萧军、胡风、孟十还、曹白、周文、欧阳山、黄源、黎烈文、鹿地亘、聂绀弩、萧乾、陈白尘、张天翼、吴朗西、靳以。其中，籍贯在辽宁的有两位：萧军和孟十还。萧军的籍贯是锦州凌海，孟十还的籍贯则是奉天（今沈阳）。

| 萧军 |

1928 年，萧军曾在东北讲武堂深造，受到进步思想的影响，开始接触中共地下党。1929 年 5 月 10 日，萧军以“酡颜三郎”为笔名在《盛京时报》发表第一篇白话文小说《懦……》，愤怒地揭发了军阀势力对士兵的摧残，从此开始写作生涯。东北沦陷后，他投到鲁迅门下，以长篇小说《八月的乡村》在文坛闯出名气。这部小说被

称作是最早、最直接记录抗日英雄杨靖宇将军领导下的东北抗联的前身——磐石游击队的史诗级作品。鲁迅逝世后，萧军为其守灵、料理后事；送丧时，他担任万人送丧总指挥并抬棺；安葬时，他发表的致悼词令人声泪俱下，感天动地。

而在鲁迅生前，孟十还在文化界的名气与影响力也不同凡响。鲁迅与孟十还曾一起翻译果戈理的作品，在已出版的鲁迅书信集中，与孟的通信多达三十二封。

“从三郎太太口头，知道您颇喜欢精印本《引玉集》，大有‘爱不忍释’之概。尝闻‘红粉赠佳人，宝剑赠壮士’，那么，好书当然该赠书呆子。寓里尚有一本，现在特以奉赠，作为‘孟氏藏书’，待到五十世纪，定与拙译《死魂灵》，都成为希世之宝也。”这是鲁迅于 1936 年 2 月 17 日写给孟十还的一封信，里面的“三郎”指的是萧军，“三郎太太”便是萧红。信中语气亲切幽默，可见二人关系相当亲近。

孟十还生于光绪三十四年（1908），最初以诗歌创作走上文坛，他的新诗有《泪和血》《流水中的落叶》等，还写了《一个秋里底哀声》等散文诗，于 20 世纪 20 年代发表在《盛京时报》《青年翼》等报刊上。1927 年之后，孟十还前往苏联留学，苦攻俄语，此后逐渐转型为翻译家。1932 年，孟十还回国后在上海以“孟斯根”为笔名发表了很多介绍苏俄文学的文章和译文。1934 年鲁迅发起创办的《译文》创刊，孟十还投去了其翻译的苏联作家左琴科的《我怎样写作》。1934 年 10 月 31 日，鲁迅给孟十还写的信显示：“托翁的《安那·卡列尼那》，中国已有人译过了，虽然并不好，但中国出版界是没有人肯再印的。所以还不如译 A.T. 的《彼得第一》（即阿·托尔斯泰的《彼得大帝》），此书也有名，我可没有见过。不知长短怎样？一长，出版也就无法想。”

翻译靠译作为生，除了翻译水平要高，翻译者如何经营自己也是问题。

在信中，鲁迅告诫孟十还，无论哪个书店老板，对作者“手段都是辣的”，作者倘若“卖稿集中于一个书店”，就会被这书店“支配你的生活”，使自己处于不利地位。因此，除了《译文》之外，鲁迅还帮孟十还广泛寻找发表渠道，良友图书公司的郑伯奇遇见鲁迅，表示想请孟十还为他主编的《新小说》月刊译点短篇小说。鲁迅次日便写信告诉孟十还，还建议孟氏主动“去访他一回，接洽接洽”。为此，鲁迅不仅在信中抄上良友图书公司的地址，还提示他：“公司的办公时间是上午九点起至下午五点，星期日上午休息。去一次自然未必恰能遇见，那么只好再去。”

为搭建人脉，1935 年 1 月，孟十还特意找了一家饭店宴请文学圈人物。当晚，鲁迅和许广平携子前往赴席，到场的还有胡风、聂绀弩、茅盾、黎烈文等。

1935 年《作家》月刊推出创刊号，目录中横排印有 15 位世界名家肖像，如普希金、托尔斯泰、巴尔扎克、莎士比亚等，其中也有鲁迅。鲁迅认为不妥，写信给编辑孟十还说：“目录顶端放小像，自无不可，但我希望将我的删去，因为官老爷是禁止我的肖像的，用了上去，于事实无补，而于销行反有害。”当时文坛上相互吹捧风气很盛，鲁迅此举难能可贵，可谓仅见。

孟十还原名孟宪智，这个笔名是鲁迅授意起的。当时，负责编辑《译文》的黎烈文提出，“孟斯根”也给林语堂主编的《论语》供稿，两家同时出现一个笔名不妥，就和鲁迅商量请译者换个笔名。鲁迅把这件事委托给聂绀弩，聂找到孟想了半天，也想不出来个好名字。聂绀弩随手从书架上抽出本《红楼梦》，一下子翻到了贾环。贾环并非正面人物，但孟并不介意，“不妨事，贾环口碑不好，我比他还差上十倍，叫十环如何？”聂绀弩说：“既然这样，莫如换个字，叫‘孟十还’。”

一起翻译果戈理的作品是孟十还与鲁迅二人最重要的交集，鲁迅晚年对翻译果戈理的作品投入了巨大心血，昼夜翻译，以致病情不断恶化。通过翻阅二人间的通信可以发现，鲁迅临终前二人还在不断商量翻译果戈理作品的事情。当时，译文社筹划与生活书店合作出版《译文丛书》，鲁迅约孟十还共同翻译出版一套《果戈理选集》。二人议定选集分成六册：《狄康卡近乡夜话》《密尔格拉得》《鼻子及其他》《巡按使及其他》（即《钦差大臣》）和《死魂灵》两部。孟十还很快译完《密尔格拉得》，鲁迅则扶病译成《死魂灵》（第一部）。但由于鲁迅病情严重，选集出版遭遇搁浅。

1936 年 3 月 22 日，鲁迅给孟十还写了最后一封信，商量在孟主编的杂志《作家》发表文章。

鲁迅逝世后，孟十还逐渐淡出文坛，晚年移居美国。

无论萧军还是孟十还，二人都没有能够书写更多有关沈阳的文字，但他们的创作生涯都是在沈阳发端的，他们的经历告诉后人，东北这个地方不仅可以出很好的小说家，也可以出很好的翻译家。

白朗和她的罗烽

在白山黑水的至暗时刻，很多女子仍坚持着她们内心的梦想，她们命运的轨迹也影响了身边的旅伴。那时候的天空，从南到北，都仿佛是一种残酷而烂漫的铁红色，天空下，萧红有她的萧军，白朗有她的罗烽，朱媞有她的杏郎。

这些当然都不是他们的真名字：萧红原名张秀环（后改为张迺莹），萧军原名刘鸿霖，白朗原名刘东兰，罗烽原名傅乃琦，朱媞原名张杏娟，杏郎原名李正中。他们都是那个时候东北的青年才俊，却因为家乡遭受劫难而走上了充满沧桑波折的人生旅程。

东北沦陷后，许多人流亡关内，萧红、萧军、端木蕻良、舒群、骆宾基、罗烽、白朗等东北作家在平津等地的文坛上创作并发表了很多反映故乡的苦难与抗争的作品，因而被称为“东北作家群”。其间，罗烽、白朗、马加都是地道的沈阳人。

在那个时代，一位文艺的女性要想独立而且施展自己的抱负，甚至投身革命，她的家庭、伴侣乃至朋友圈子都是重要的影响因素，即如鲁迅在《娜拉走后怎样》那篇文章中提出的命题：“人生最苦痛的是梦醒了无路可以走。”“梦是好的；否则，钱是要紧的。”所以，一部《黄金时代》，一部《萧红》，拍得轰轰烈烈曲曲折折生生死死，找了当时最美最文艺的两位女星来饰演萧红，但是这两部电影最终还是不得不拍成悲剧的终局。

| 左起：舒群、罗烽、萧军 |

与萧军和端木蕻良的情感纠葛与聚散离别之间，在萧红最艰难的时候，在重庆，好姐妹白朗一直相伴在她的身边。

白朗陪伴萧红的时候，罗烽也在她们俩的身边，但是，罗烽却是非常不一样的另一种男子。与萧红的爱恨生死相比，白朗和她的罗烽拥有的是另一种爱情的浪漫。

罗烽出生于宣统元年（1909），沈阳人，生在苏家屯；白朗出生于1912年，沈阳人，生在小西关。小时候罗烽和白朗是姨表兄妹，从小在一起长大。他们的父辈是连襟，都在黑龙江省督军吴俊升的军医处供职。在齐齐哈尔驻防期间，他们两家住在同一所宅院里。虽然两家的家世对比颇为悬殊，但白朗的母亲很喜欢罗烽，就向罗烽的母亲提出：将与白朗同龄的大女儿许配给他。不料这个大女儿因患肺病英年早逝，随后白朗的母亲就把白朗许配给罗烽。

1929年，二十岁的罗烽与十七岁的白朗完婚。

当时，东北易帜之后形势非常复杂，罗烽在铁路上有了工作后，接触到秘密革命组织，很快入党，担任呼兰至北安线的“呼海铁路”特别支部宣传委员，直接受中共满洲省委书记杨靖宇委派，领导北满的文艺宣传工作。

白朗在参加革命之前就已经是进步青年，她的进步罗烽看在眼里，后经杨靖宇同意，罗烽将妻子发展成了助手。夫妻俩共同担负起反日宣传品的编辑印刷工作，他们家成了党的秘密印刷地点。后来，他们的工作重心转向文艺方面，以长春《大同报》和哈尔滨《国际协报》的文艺副刊为阵地，组织起萧军、萧红、梁山丁、金人等左翼文艺青年，以笔为旗，宣传反日反侵略。罗烽、金剑啸在《大同报》创办的文艺副刊《夜哨》的名字就是萧红取的。

1934 年，因叛徒出卖，罗烽被捕，经过党组织的帮助，也经过白朗等亲人朋友的多方奔走，终于在 1935 年无罪获释。

白朗曾用文字记录下罗烽被日军囚禁的那十个月的心情："那时，我完全忘记了自己的存在，也忽略了一切痛苦……我准备用头颅去迎接野兽的爪牙。当一个人把生命决心皈依于患难和死亡的时候，还有什么足以使他畏惧呢？""度过了十个月的惨厉生活，他挣脱了敌人的魔手，带着欢欣，带着病，竟然生还了，任谁都不能不说这是死里逃生。春风拂苏了我的灵魂，望着那雀跃在树丫间的春光，我高歌着美丽的迎春曲，即使是北国的春天，也是迷人的了。"

但是，罗烽在狱中遭受了残酷的刑讯拷打。《落英无声：忆父亲母亲罗烽、白朗》记录了这段牢狱之灾的影响："每当熟睡后，（罗烽）四肢就不自觉地抽搐、挥舞，有时手脚或头部被碰伤甚至从床上摔下来。年岁越大越厉害，无奈在他睡觉前用软垫铺在四周保护。"

1933 年萧红（右）、白朗（左）、关大为合影

罗烽在上海期间发表的《满洲的囚徒》即取材于自己的这段经历："车子横穿过富有俄罗斯古风

的大街——大直街，街的尽东头，那耸立着的浅绿顶的教堂之下有我的家，有我的父母和年轻的妻。”他的另一部小说《呼兰河边》则可与后来萧红的《呼兰河传》相呼应。

东北沦陷后，抗日主题的作品已经无法发表，在组织安排下，罗、白两人先到上海，又辗转到武汉和山西，其间一度分居两地，再到重庆会合。

值得记住的是，萧红、萧军南下时，为他们践行的是罗烽、白朗，而在上海，也正是先期抵达的二萧安顿了罗、白的落脚处。同在天涯的萧红和白朗在火柴盒似的亭子间里啃面包、喝白水，促膝长谈。而在重庆，异乡来投的萧红曾一度住在罗烽、白朗家里，那时她正值人生低谷，与萧军分手却怀着他的孩子，与端木蕻良结合却分居两地。是白朗在自己家里照料萧红待产，不幸的是孩子出生不久就夭折了。萧红临去香港时，白朗送行，未料竟是永诀。现在人们所见的一张萧红在香港的照片，身上穿的那件毛皮短外套就是白朗赠送的。

在萧红一周年忌日，白朗的文章《遥祭——纪念知友萧红》中写道：“她有着超人的才气，我尤其敬爱她那既温柔又爽朗的性格……她的真挚的、爱人的热情没有得到真挚的答报……”

从东北到关内，白朗创作了《伊瓦鲁河畔》《轮下》《女人的刑罚》《四年间》《狱外记》《老夫妻》和《我们十四个》等。她在《沦陷前后》中写道：“我记得很清楚，而且，这记忆永远不会从我的脑子里溜走。1931 年 9 月 18 日。”“我张着被松花江畔美妙的秋夜所陶醉了的眼睛，眺望着南方，眺望着远天，那颗发光的星星下面，不是我的故乡吗？”“故乡，仍在敌人的掌握之中，故乡的同胞，被嗜杀无忌的魔鬼生吞活剥了，开膛破肚，奸淫抢掠了！”在上海，白朗虽经历生育之苦与丧子之痛，依然笔耕不辍。

1941 年皖南事变后，遵照上级指示，罗烽、白朗来到延安，罗烽被选为全国文艺界抗敌协会延安分会第一任执行主席。夫妻二人都参加了延安文艺座谈会。解放战争时期，随着斗争的需要，他们回到东北老家，并见证了东北的解放和新中国的建设。

全国解放后，白朗和罗烽携手走过了不平凡的道路。罗烽工作繁忙，白朗在各地一线采写新社会的方方面面，她曾深入抗美援朝最前线，接触到战争的残酷，创作出《英雄的时代》《对战争的庄严宣判》《金顺、金喜》《向普天下的父母亲控诉》等，并捐出自己的稿费全力支持前线。但到后期，屡遭变故打击的白朗精神失常，罗烽早年遭受刑讯凌虐而带来的后遗症则日夜折磨着他。

1991 年罗烽辞世，1994 年白朗辞世。晚年时，这对身患重病的夫妻仍相濡以沫，执手同面人生磨难。与萧红相比，白朗是幸运的，因为她有她的罗烽。

从寒夜火种到开不败的花朵

“在敌人统治的严寒的政治气候下面，我所体验到的，只是枷锁般的沉重，阴天气流的压抑，血腥的恐怖。我平生第一次看到贫苦农民受到敌伪政权苛捐杂税的剥削，受到侮辱与压迫。”东北沦陷时期，笔名马加的青年白永丰从新民流亡北平，写了中篇小说《登基前后》（又名《寒夜火种》），小说前言中的这段话，代表了当时东北进步青年的精神状态及其隐含着的对革命道路的渴望。

后来，马加加入“左联”，又奔赴延安，并在1942年5月参加了延安文艺座谈会。

2000年2月，九十岁高龄的马加荣获辽宁省人民政府颁发的“人民作家”称号，终其一生，其不竭的创作内驱力可谓一以贯之。2023年9月15日，位于兴隆镇弓匠堡子村的新民市文学传承基地正式揭牌，其中的马加故居和马加生平陈列馆两个展厅同时对外开放。在这里，人们可以感受到马加创作生命的原动力。

翻开马加的书，有两个重要的关键词：一个是土地，一个是人民。

马加长子白长青说：“这里是父亲的出生地，是他一生魂牵梦绕的故乡。

他对这里的一草一木，甚至地里的一穗苞米、一株高粱都充满着迷恋之情。父亲创作的文学作品中，那浓醇的北国农村的气息，北国的风情习俗大多取材这里，家乡曾多次激起他创作的灵感。”1958 年 10 月，兼任新民县委副书记的马加，偕全家搬到新民县（后于 1993 年 6 月撤县设市）兴隆公社，全家就住在公社旁的一座红砖平房里，一住三年，他的孩子在这里上小学，这里是他深入生活的见证之地。

马加的小说里，最精彩的是语言，他笔下的人物是那么平凡、真实却又富有魔力，就像有一种力量带我们穿越时空，进入自在表达的神域，来到人头攒动的众神的大集，甚至那叫卖声力透纸背，一下下冲爆了耳鼓。

我小时候第一次看见“李大嘴”这个名字，不是在《绝代双骄》里，更不是在《武林外传》里，而是在一本叫《江山村十日》的小说里。

那时，我家旁边的一个儿童图书馆里，有东北作家们的专架，我就是在那里读到了马加的书，其中就有李大嘴的故事。

《江山村十日》写于1946年，写作背景源自马加和妻子申蔚的亲身经历。那是东北解放战争时期，积极参加土改的农民李大嘴，是故事里比较“夹生”的人物之一。他不是主角，却令我印象深刻。这个人物一开始浑身都不对劲，旧的世界不容他，新的世界呢，他还没认识上去……就这么原生态地、跟头把式地从落后招笑，到一步步活得明白透彻，在江山村的这十天里浓缩地展现出来，读罢令人难忘。

| 中青年时期的马加 |

其实，我内心最喜欢的人物，是在《开不败的花朵》里。这是一本小书，在小孩子的眼里，这是一个草原上的历险故事。

小说里，很多革命者经过草原到东北建立根据地。团长是位老红军，副团长则是东北干部王耀东。王耀东是沈阳人，东北沦陷的十四年里，经历了种种苦难和求索。在这条求索的路上，他的智慧、经历和勇气，在一路上他给革命者们讲的故事里一一呈现，就像科尔沁草原上开不败的野花草，给革命者们欢乐、信心和勇气，让革命者们了解并爱上了这片热土。在两位团长的引领下，他们一路披荆斩棘、锐意进取，穿越了封锁，消灭了叛徒，可是，在迎接光明前的最后一刻，可敬可爱的王耀东却英勇牺牲了。那个地方，“四外全是平坦辽阔的大草地，下过雨之后，更显得娇绿确青。尖尖的草梢，肥肥的叶子，稠稠的草棵捧着红色的花朵、黄色的花朵、蓝色的花朵。他是怎样稀罕这些花朵啊！”王耀东就这样长眠在繁花之下了。

“弯曲的、黄浊的河水，缓缓地流淌，扯着白帆的船向着远方驶去，静谧的黎明里，黄鹂在村头的树趟里鸣叫，马儿在村边的草甸上安详地吃草……”“南北两铺炕，炕梢摆着掉了漆的铜笺柜，掀盖的木头箱子，古老的板柜。板柜的上首供着紫檀木的家堂龛，下首供着药王爷，下面摆着漆器蜡台、香炉、香筒，还有一只歪把的丫丫葫芦，因为年深日久，那只丫丫葫芦已经变成古铜色……”这是马加笔下家乡的河水和满族的家居。写文字，是需要勇气的，也是需要恒心、毅力乃至体力的，因为你写的每一个有价值的字都有来处。马加的秘密，即在于他的心灵一刻也没有远离土地和人民。唯

| 晚年时期的马加 |

其如此，在他的世界里，天不会塌，水不会干，风声鸣响，万物悠然而热烈。

看他的回忆录《漂泊生涯》，好像眼前时时有一位坚毅的少年，心里烧着火，眼里燃着光，正走在辽河边上。

他笔下那些人物鲜活的灵魂则闪着光，形神兼备地四下周游；他曾用心抒写的那无数的花草鸟兽也呈现出来，共赴这一场众神之会。

无论浪花翻卷到多远，河水会记得这里曾经发生的一切。

丁老师和年轻人李云龙

丁玲和李云龙有啥关系？那是在20世纪30年代的西北战地服务团，那时，丁玲是主任，李劫夫是骨干团员。丁玲原名蒋冰之，李劫夫原名李云龙，他们后来使用的都是参加革命时改的名字。

1913年11月17日，李劫夫生于吉林农安。早年他在家乡就读小学、中学时，即展现出艺术上的早慧和多才多艺。但是，时代的横流席卷而来，没有给他设置一条常规的成长之路。九一八事变后，李劫夫由于宣传抗日鼓动学潮，遭到日伪当局通缉，他只好逃到青岛，坚持进步文化活动（“劫夫”这个笔名就是当时的产物），并因此被当地的反动机关迫害。于是，他背着小提琴奔赴延安。

| 丁玲和陈明夫妇 |

在延安，他与作家丁玲发生了交集。当时已是

成名左翼作家的丁玲历任“中国文艺协会”主任、西北战地服务团主任、《解放日报》文艺副刊主编、陕甘宁边区文协副主席等职务。她在受党指派组建西北战地服务团时，李劫夫是团里的多面手：写标语、画宣传画，登台唱歌、演奏、演戏，什么都做。

1937年5月赴延安投身革命之前，李劫夫并没有经过专门的音乐训练。他初到延安人民剧社时才二十四岁，主要是搞美术和戏剧工作，但因为他会拉提琴和胡琴，所以创作歌曲这一块任务也就担起来了。他从记录民歌、整理新词宣传抗战开始，一步步创作起了革命歌曲。

李劫夫说，民歌、戏曲、说唱是他的第一位音乐老师，聂耳、冼星海等人的抗战歌曲是第二位老师，苏联革命歌曲和其他外国歌曲是第三位音乐老师。

后来，丁玲主编的《战地歌声》一书出版，书中收录的二十九首歌曲中有十三首是李劫夫创作的。

从这个角度上说，丁玲是他的伯乐，还是李劫夫的老师。

在那沸腾的年代，李劫夫是多么幸运的人。作为一个创作者，他有太多的素材可用可唱，可以身临其境地去采集和梳理。《狼牙山五壮士歌》《王禾小唱》《忘不了》《革命人永远是年轻》等都是他随着革命队伍一路走来一路歌的创作成果，其中《歌唱二小放牛郎》更是广为传唱。

1938年4月10日，鲁迅艺术学院在延安正式成立，毛泽东还为鲁艺题写了校训：“紧张、严肃、刻苦、虚心。”1945年抗战胜利后，随着革命形势的发展，鲁艺迁至河北，又一路来到东北。李劫夫的职务也随之一步步调整：热河军区胜利剧社副社长，冀东军区文工团团员，东北野战军第九纵队文工团团长，鲁迅文艺学院音乐部副部长，东北音乐专科学校校长，沈阳音乐学院教授、院长。李劫夫是沈阳音乐学院首任院长，傅庚辰、谷建芬、秦咏诚、雷雨声、羊鸣、白诚仁等都是沈阳音乐学院那一时期的高才生。

李劫夫为《沁园春·雪》《蝶恋花·答李淑一》《忆秦娥·娄山关》等数十首毛泽东诗词谱过曲。1963 年他发表的《我们走在大路上》更是成为红色经典曲目。据说他为了创作这首歌，进入了如醉如痴的状态，不仅反复修改，而且有时候走在街道上，也会去唱给路人们听。有一回他走进商店，对着素不相识的营业员唱起这首歌，还当场征求人家的意见，搞得大家莫名其妙……这首歌的歌声响遍了全国，周恩来总理曾当面对李劫夫说："你的歌，很多我都会唱。《我们走在大路上》四段歌词我都会唱。"2019 年 6 月，中宣部把这首歌纳入《庆祝中华人民共和国成立 70 周年优秀歌曲 100 首》之中。

这里要提一句：现在的沈阳音乐学院和鲁迅美术学院都是以当年东北鲁艺的一部分院系为基础成立的。这两所学校都西邻三好街，两所学校中间的路，当然就叫文化路。

白羽
黑枷见证

1948 年 11 月 2 日，沈阳解放，东北解放，消息炸开，仿佛雷霆劈裂了积冰，春水翻涌，沈阳的历史翻开了新的篇章，每一个人的命运都由此变得清晰起来。

解放是宏大的，解放也是细节的。很多人用他们的笔，记录了沈阳解放带给这座城市的新生。

沈阳解放前夜，年轻的战地记者刘白羽顶着枪炮声进城，从陈云到解放军战士，多层面全景式地采访，专门写了一篇新华社全国通讯《光明照耀着沈阳》：

“沈阳是完整的沈阳。……战争结束的早晨，人民便在路上走来走去。《中央日报》的工役在揩地板，字架上一个铅字也没乱。市政府里有人说服了卫兵，取过钥匙，锁好门窗。很多机关没打破一块玻璃，没丢一个灯泡。沈阳二日解放，四日工人职员等陆续登记报到，第一周就有十九万人，这不仅是工人，是中下级职员，也有国民党高级职员，包括国民党军队及‘联勤’系统的将级官佐、伪政委会系统的简任官、伪市政府的局长、资源委员会系统的技术专家在内。”

当时沈阳的城市接收工作是由陈云总抓，军管会的工作原则，是陈云定下的十六字方针：各按系统，自上而下，原封不动，先接后分。这样就保证了沈阳解放后在第一时间就实现了照常运转。

在军管会以下，设有经济、财政、后勤、铁道、政务五个处，加上市政府、公安局、办公室、卫戍司令部四个部门，全市各系统都分门别类和这九个机关对接。这叫“各按系统”。军管会进城展开工作后，贴出布告，让原先市政部门所有高级人员报到并办理交接手续，如果第一管理人不在，就第二管理人上。军管会保证：除了厅长、局长这样级别的，其他岗位和办事人员一律留用，还会发放补贴。这叫“自上而下，原封不动”。各单位对沈阳城的任何事务，包括房子、粮食、车辆等只有接收权，没有占有权和支配权，所有资产清单、档案一律不准搬走。所有部门一律不再对原来的上级负责，只对军管会负责。所有物资和工作等待全部接收完毕后统一分配。这叫“先接后分”。

“在这汹涌的人民力量之下，沈阳市从战争里迅速恢复过来，第二天电就来了。曾被国民党切断的居民电灯一下耀眼发光。四日电话接通了。五日邮电把沈阳与全东北的呼吸沟通。六日冷雪初晴，电车响着喇叭驶过沈阳街头，自来水流出了龙头。商店大部开业，物价稳定，四乡粮车源源而来。”

刘白羽这通讯的力量即在于真实，新的城市风貌扑面而来，一下子打动了全国的城市市民，并让全世界对中国共产党治理下的城市有了全新的认识。这篇通讯受到党中央毛主席的称赞，也将陈云接收大工业城市的“沈阳经验”推向全国。

陈云说：“城市的人有看报习惯，不可一日无报。对我宣传品，各阶层都是字字细读。”刘白羽也写道：“当然，在沈阳的解放中最动人的是工人的行动，他们在战斗还在进行时，在敌机还在疯狂滥炸时，就奋不顾身地为人民的沈阳放置下头一块基石。工人们除了把每座工厂完好地保存下来之外，

| 刘白羽 |

二日夜，在密集轰炸下，工人们为完成恢复交通等工作而展开了惊心动魄的一幕，沈阳工人蔡立清在战前战后两日两夜，机警保护人民财产，监视特务。在一阵狂风暴雨似的军事胜利之后，这是一阵舒适的春风化雨。……铁西区铁工吴景玉的女人花一万元买了六斤多豆面回来，快乐地拍着手向邻居们喊道：‘你们快来看呀！从前卖两件衣服也买不到一斤呀！’笑声立刻荡漾在从前曾失去欢笑的地方……”因而，要抓住城市人这一特点，办好报纸，宣传解放战争大好形势和共产党的政策，工人和市民需要自己的城市报纸。

当时，年轻的老革命刘黑枷已经在路上。在《创办〈工人报〉的往事》中，刘黑枷回忆：“1948 年冬，上级的一个决定改变了我后半生的命运。”这个决定，就是让刘黑枷回到家乡，出报纸。

接到“立即赶到沈阳报到”的命令后，刘黑枷和妻子闻树从哈尔滨出发了，“我们抱着将满周岁的小女儿，冒零下 30 多度严寒日夜兼程，经齐齐哈尔、郑家屯、四平、开原、铁岭，乘火车、汽车、敞篷车回到沈阳”。到沈后他们开始筹建《工人报》，“我们率领一个警卫班，我腰间也别了一支手枪，踏积雪在衡阳街找到国民党新六军《前进报》地址。……在该报的地下党孙北同志正期待着我们呢，我们分外高兴得紧紧相握，一再摇动着手传达着千言万语”。

在组织关怀下，报社很快收到了粮食和煤，刘黑枷振奋地写道：“小豆饭可口，松江水有情，葫芦条味美，细嚼笔生风。”

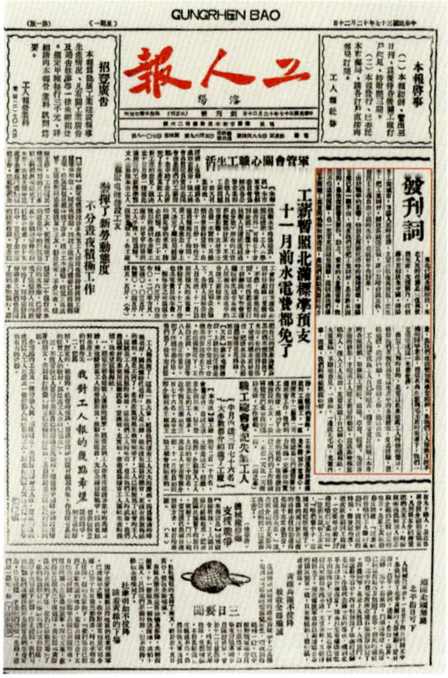
GUNGRHEN BAO
工人報
發刊詞
工薪暫照北滿標準預支
十一月前水電費都免了
發揮了新勞動態度
不分晝夜搶修工作
我對工人報的幾點希望

|《工人报》|

《工人报》创刊的头一天晚上，“报社像办喜事那样张张罗罗，房舍一新，灯明瓦亮……只听印报机响亮地轰鸣起来，像高奏着进行曲一般，令人心潮澎湃”。刘黑枷们看着新印出的报纸，就像指战员们俯瞰刚刚打下来的阵地，他写道：“机鸣积雪颤，相呼贴耳旁。拭目看首页，满纸尽曙光。”

1948年12月20日，《工人报》，也就是后来的《沈阳日报》创刊问世了。黎明时分，铁西区工人秧歌队敲锣打鼓，机关单位、古城业户间争相传阅……在刘黑枷的记忆里，领取创刊号和号外的人排起了长队：“家家红灯喜若狂，欲知战况更周详，一纸印出人争阅，蒋军十万又交枪！”

报纸一出，报人的时光仿佛开始快进，很快，陶铸、陈云等领导同志或入关或南下，相继走向新的战场，刘白羽也随军出征去了，刘黑枷们又等来了新中国即将成立的消息。

1948年11月2日，刘白羽三十二岁，刘黑枷二十八岁，最好的年华，也是他们最好的时代。

沈阳解放时刻，二十八岁的柏杨也走在沈阳街头，他是在离去的人群中，他看到，在人民军队所到之处，并无以往国军士兵欺辱百姓的现象，就连平常凶暴得不可一世的国军败兵，竟也规规矩矩地在车站买票。他们“有秩序地鱼贯排列在各个售票窗口，有的甚至排到车站外的广场上。吃惊的是，没有一个人吵闹和大声讲话，也没有一个人插队。好像一夕之间，都成了第一流国民”。

1949 年到来了，庆祝新年的鞭炮声和繁忙的汽笛声中，东北的中心城市沈阳，迎来了参与筹备新政协的众多贵客。1949 年 1 月 22 日，李济深、沈钧儒、郭沫若等五十五人在沈阳联名发表《我们对于时局的意见》的声明，明确宣告：“在人民解放战争进行中，愿在中共领导下，献其绵薄，贯彻始终，以冀中国人民民主革命之迅速成功，独立、自由、和平、幸福的新中国之早日实现。”当时，有三十四位民主人士下榻沈阳铁路宾馆（即后来的辽宁宾馆）。1 月 28 日（农历除夕）晚，东北局举行盛大招待宴会，款待在沈民主人士。之后，沈钧儒从餐厅出来，走向二楼楼梯，看见中山广场扭秧歌的队伍，顿生感喟，回房后以“除夕纵饮狂欢”为题，得诗三句：“一串秧歌扭上楼，神灯柱为日皇留。光明自有擎天炬……”第四句却怎么也吟不出来了。第二天，天还没亮沈钧儒就起来敲开郭沫若的房门，请他续之。郭沫若揉着惺忪的睡眼，信口吟出“照耀千秋与五洲”。沈钧儒连连点头，这正是他想说却又没说出来的意思。这些极具历史意义的瞬间，都由随母亲许广平来沈的周海婴拍摄下来，成为沈阳光辉时刻的见证。

除了吟诗，郭沫若还为沈阳故宫、东北图书馆、东北博物馆、沈阳师范学院、沈阳轻工业学院、东北药学院、中国医科大学、沈阳二中、沈阳四中、辽宁省实验中学等很多地方题写校名或题诗撰联。

如今，这些往事已经由当代沈阳的作家写成小说、编成剧本甚至创作沉浸式剧本秀，换了全新的方式由年轻人来演绎。白羽、黑枷若重生，当可为之拊掌大笑。

看公卓落笔

| 公卓先生——沈延毅 |

诗者，情动于中而形于言，最切要的是一个“真”字，千千万万种技巧都敌不过它，正如顾随先生有言：“大诗人应如工厂，自己织造，或不精致而实在自己出的。”

所以读诗即读诗人，好的诗人会尽心诚意，淬炼自己的品格，方得在挥洒诗思的时候，天然纯真，不事雕琢堆砌，而独具属于自己的个性。

阅读经验告诉我们，好的诗歌背后隐藏深刻的哲思，譬如你看公卓先生施施然踱到桌边，喷出一口烟雾，待要落笔之时，一定有不凡的逸品、曲折的故事生出。

就像你若喜欢长空巨云、波动风雷

的宏大天象，不自觉地在此刻风雨中吟诵壮丽朴拙的诗篇，沈延毅先生的诗作，发乎其赤子之心，又经传统士人的学养润泽，即有这样超逸的特质。

“虎跃龙腾志，天空海阔心。身经无量劫，一笑过来人。”这首沈延毅作于 1987 年的《偶成》，似乎投射出暮年的他对过往数十载悲喜光阴的感喟。

今人形容生活际遇的丰富，喜欢用“他经历得太多了”来形容，沈延毅即是这样“经历了太多”的人。清光绪二十九年（1903），沈延毅出生于盖州，1992 年于沈阳逝世，其间跨越了好几个时代，几乎亲身经历了 20 世纪的所有社会形态。如果在空间上实现切换和跳转的人生际遇可称为破壁，在时间上有这样际遇的人则可形容为穿越。沈延毅这位长寿的穿越者不仅写字，更喜欢写诗，这些诗记录了他的日常生活与思想。

沈延毅的父亲沈庆飏是清末优贡生。优贡生与贡生虽只一字之差，但意义完全不同。优贡生是科举时代由地方贡入国子监的一类生员。史载，清代同治朝规定，优贡生经廷试后可按知县、教职分别任用。沈延毅出生于这样的家庭，自小即接受严格的旧学训练，所以后来终其一生，他不单是书法家，首先是诗人；不独是诗人，首先是文人；不仅是文人，首先是士人。对士人而言，除了经世致用的学问，诗为日常、为心声所寄，所以日常的自我涵养是诗人非常重要的功课。

这种旧式士人的气质，加上磊落洒脱的天性，构成了沈延毅后来一生的性格光谱，形成了他的书风，更生成了他的诗风。品其人，读其诗，赏其字，一笔一画里都有故事，就像在与时间对话，就像在触摸旧时的温度。弟子李仲元用“磊落辞章、淋漓翰墨”形容恩师，可谓得其真神。

而正因为这种天生士人风骨的文化自信与创作自觉，沈延毅将作诗定位成一种生活的方式。点滴万事皆可入诗。作于 1928 年的《万泉水榭听刘问霞鼓书》，以一位翩翩少年文士的视角，将当时大鼓书名旦刘问霞的演出盛况写得层次深远，由思入叹，令人一诵入魂：“水榭凉披四面风，荷花世界俗尘空。英雄儿女伤心史，都付韩娥一唱中。”诗中沈城光影歌吟的繁华，何其令人神往。可惜这样美好的时光如此短暂，匆匆数年之后，九一八事变爆发，外寇入侵，东北沦陷。1932 年，当时住在北平的杨令茀女士以“秋草”为题征诗，年轻的沈延毅忧世伤生，连和四章，其三有句：“剩有几茎逃野火，空留一息待春风。愁来只有寻一醉，梦醒犹惊念在东。”本来是诗酒潇洒，却叹彼时国破身轻，只能醉梦随风飘萍，一种自强图存之志无所寄托，读之令人叹息。

杨令茀是一位著名的爱国者，早年曾来到沈阳故宫博物院工作，并由此与沈延毅等沈阳文人发生交集，后来更与沈成为忘年挚友。

与友人酬唱相和，是存世沈诗中占比不小的一块，既透射了诗人的朋友圈，也记载了几代文人的情致。

酒酣挥毫，满纸云烟。沈诗中的喜怒哀乐明明白白，情真意切。诗人说起国恨家事：“凋零三户悲同楚，卜筑一廛溯自滇。”客居思乡时说：“永夜挑灯无限思，荒鸡声里曙霜天。”因中年丧妻，他思念亡妻，不敢面对已经与她阴阳两隔的事实：“忍痛强支后老身”“坐忆灯前拥髻人”“愁来泪混杯中物，醉后吟成太息声”……声声泣血，金石悲鸣，读来令人泪下。

沈诗的真，是真山真水，是有格局的，所以即使从本人的见闻经历出发去观照生活，也与当时的时代精神是共通的，是有互动的，反映了诗的言事功能。陈寅恪开创了近代以来引诗作为史事研究的抓手，沈诗也正可以与近代以来的东北史互见映照，这是沈诗的特色，是其时代价值所在。

歌吟生活的况味，用明白如话的诗句书写真情实物，作于 1939 年的《劈柴吟》是沈诗中咏物言事的代表作。“昔备应时材，今弃委泥滓。”“叩之发异音，度之如桐梓。”慨叹乱世中良才的遭遇，对兰薪桂炊的尴尬充满了悲悯：“焦尾爨下音，凡俗岂知此！苟非势所需，材不材等耳！”

沈延毅样貌清奇，身材迥高于常人，嗜烟好酒，极富才具个性，但这样

| 举手投足间皆极具个性的沈延毅 |

的人物，乱世中只能以劈柴自况，但他又复以白衣卿相的落拓不羁，实现自适与自洽，在遭遇那么多挫折后，依然故我，悠然享取长寿之福。这也许是自我修炼之果吧。

东北解放后，进入新社会，诗人的生活相对安适，一度将身心投入考古事业，这时期很多考古题材出现在了诗中。

对于他而言，诗绝不是神秘之物，写诗已经是一种日常的生活方式。

在金州城外发现了一头铁牛，相传是汉代文物："我今于役来金州，行歌吊古城之陬。麻鞋踏遍东西寺，荒陂忽露铁牛头。"

访古城旧址，恰逢海上涛声骤至："澄空澒洞山河老，绝壑冥濛日月昏。上欲通天空俗虑，下临无地悚吟魂。""地尽辽南山入海，云连鲁北浪吞天。""独立悬崖极目望，摩挲老柏伴寒烟。"

也有闲暇时的小酌风生："市声连海畔，山色落杯中。""卸装谋一饱，新月照窗斜。"

更记录诡异惊险的瞬间："怪石碧嶙峋，荒原莽无垠。""溺项鸟欺佛，探头蛇瞰人。"当时诗人正在考古现场神游骋思，忽然发现阴雨古刹中间，一条大蟒正从头顶上方向下俯瞰。古塔旧庙，蛇虫自古繁多，这当然不算奇闻，但经诗人写出，就有了诸子寓言般不同凡响的韵味。

"世间东抹西涂手，枉着书生待鲁连。"（金·元好问《论诗三十首》）沈诗不减古人之处，还在于相当数量的咏史、谈艺题材。诗人自号"天行健斋主"，少年时即以诗书博学闻名，又是名士性情，点评古人、时事，信手拈来，贴切深刻，充满阳刚浩然的英气。在这一点上，沈延毅与其同样以诗才著称的弟子李仲元、董文等先生都深受唐代老杜小杜、金代元好问的影响，不独楚辞汉书，世间可以下酒的绝妙好文章多了去了。吞吐星汉，批写篇章，落笔生花，这些都是真名士日常的状态。作于1957年的系列"咏历史人物"，点评陈胜、岳飞、文天祥、李自成等古代名人，其中"平民首难无前例，虐政初翻不世功""落落难教余念累，堂堂自有不亡存""满志踌躇忽远略，逼人富贵易平生"等句都体现了诗人高远的史识，加入了自己的思考，雅韵自成，格局使然。

"文革"期间，时为沈阳文史馆馆长的沈延毅被赶出文史馆小楼，在不满十平方米的收发室一隅容身。冬季小屋四壁挂霜，八面透风，门可罗雀。哲成、宋慧莹、戴尔忠、程与天等徒弟弄了一车劈柴送到沈老住所，还帮他打煤坯。沈老当时体瘦才肥，满腹经纶无处发泄，一见后生们来，十分高兴。

徒弟们除照顾其生活，也虚心请教书法。每每吃完高粱米水饭拌茄子这样的粗茶淡饭之后，沈延毅盘坐于床上，徒弟们侧听于旁，秦篆汉隶、钟张二王、六朝碑版、摩崖帛书……沈延毅口若悬河，山呼海啸般滔滔不绝于耳，缘分、际遇就这么来了。1970年，沈延毅又被通知下放到辽中县冷子堡（今辽中区冷子堡镇）。那年冬天，沈延毅回城一次，哲成和程与天各出四两粮票，在沈河饭店请师父吃饭。沈延毅饭后索纸笔赋诗："两生招饮谈三绝，六出初飞又一年。如此深情如此酒，不堪万感寄樽前。"

沈延毅天纵英才，一生不失赤子之心。晚年他依照高干待遇家中安装电话后，有一大爱好是煲电话粥，常打市文联电话"26119"，跟哲成等弟子们聊这聊那，一聊就是几个小时，在电话尚不普及的当时被传为段子。沈延毅有张晚年照片，就是拿着他心爱的电话在"煲粥"。沈老讲话无论公私场合，从不转文，直抒胸臆，有啥说啥，想起谁就骂谁。他每次给哲成打电话必"骂"，有时想起还要"骂"别人，但哲成必须耐心听着，要不就挑理——师徒之间，共过患难，所以相依为命，每天没见面没听着动静就想，这么想来，骂就是爱。

百年才觉古风回，沈延毅深厚的学养和深刻的思考，让今天的读者在品读沈诗之时，惊讶流连于其无穷变化。艺术能够打动人心，所有的东西都来自其内世界的真实，诚如纳博科夫所言，如果一个人没有丰富而多元的内心世界，那么他作品的感染力是不能够撼动人心的。合体的诗歌若无自在境界，仍只能算是一种机械结构。飞龙在天，巨鲸浮窥于海上，多重意象令人觉得参透了不如参不透，捉摸不透方可令人神往魂萦，灵山雾海中自寻妙境，各得巧妙不同。

掩卷之际，灯下忍不住再读沈诗，觉得又似有千言万语尚未说出，更不知如何说出了。

书坛『三辽东』

20 世纪辽海书坛沈、杨、李三家，历尽人间沧桑往事，着笔处皆是北地郭里云烟，沈延毅有“如今魏法在辽东”之誉，杨仁恺获“辛苦辽东管幼安”之赞，加上李正中“辽东犹有赵悲庵”之句，正应了书坛“三辽东”之说。

“三辽东”之中，沈延毅（1903—1992）年岁稍早，杨仁恺（1915—2008）随其后，李正中（1921—2020）最“年轻”，但从后世观之，这三位基本上是鱼贯相继的同时代人。这三位先生，除去其书坛、文坛、诗坛上的成就，相近之处很多：都因长寿而经历了多个时代，都是桃李众多，创作的黄金时代都在沈阳，这座城市是他们名扬海内外、尊为名家泰斗的重要平台。

有关沈延毅先生的事迹，世间流传繁多，比如他十四岁时曾在大连有幸受过康有为的指点，得以“磨墨理纸于侧，亲睹康老措笔之妙，骇目惊心，深有所悟，窃心识之”。康有为论书曾说北碑“笔法舒长刻入，雄奇角出，应接不暇，实为唐宋之所无”。沈延毅正是将这个特点发挥到了极致，北碑写得醇厚有神采，如万岁枯藤，并没有显露出明显的康体风格。

所以，有关沈老书道最有名的一典，是启功先生对其碑学造诣的那首论书诗：“白山黑水气葱茏，振古人文大地同。不使龙门擅伊洛，如今魏法在

| 沈延毅先生在创作 |

辽东。”启功认沈延毅为当时魏碑书法之冠，得其“法”，并为开派传法之人。

沈延毅曾对学生说：“与古人之合，先求法合，得其形似；继求貌似神合，形神兼备；最后要求貌离神合，推出新意，自成风格。结体要先学唐楷，以求端正，后学魏晋，以求奇变。”他本人就是临碑不囿于碑、学古法而不囿于古人的垂范。弟子们赞颂沈延毅说：“沈老挥笔自运，又能不落窠臼，出新意于古法，把魏碑中的斑驳残痕、刀刻凿迹通过用笔的奇正倚侧、顿挫腾挪，与用墨的枯湿浓淡杂糅相间，变化多端。看沈老写字本身就是一种艺术享受，毛笔在沈老的手中就像是通灵尤物般地俯仰起止，犹如娉婷美人之舞，婀娜多姿，而笔锋掠过处，一片天籁之迹，动人心弦。”

沈延毅的诗歌艺术与书法艺术之间的关系，已有很多名家的分析阐释珠玉在前，这里不再赘述，但他表现书艺的诗作，可谓艺术经验与生命体验的融合表现，弥足珍贵，值得后世学书人反复引用揣摩。如老时再观柳公权帖，感叹颇深：“心端笔正记童年，孜孜临摩日数篇。风雨龙蛇惊蜕变，老来恣放化云烟。”对书艺高深莫测的揣摩与理解：“书法固求精，书中贵有我。临池多半生，至今犹未可。”有些“习书偶得”更是极为精练，像极了武侠小说里言简意深的绝妙武功心法：“十年磨墨墨磨人，费纸千张未得神。索本求源还上溯，方知篆隶是前身。”“举世千年赞墨皇，临池反复细端详。龙蛇入笔苞元气，毕竟南王逊北王。”令人神为之夺。

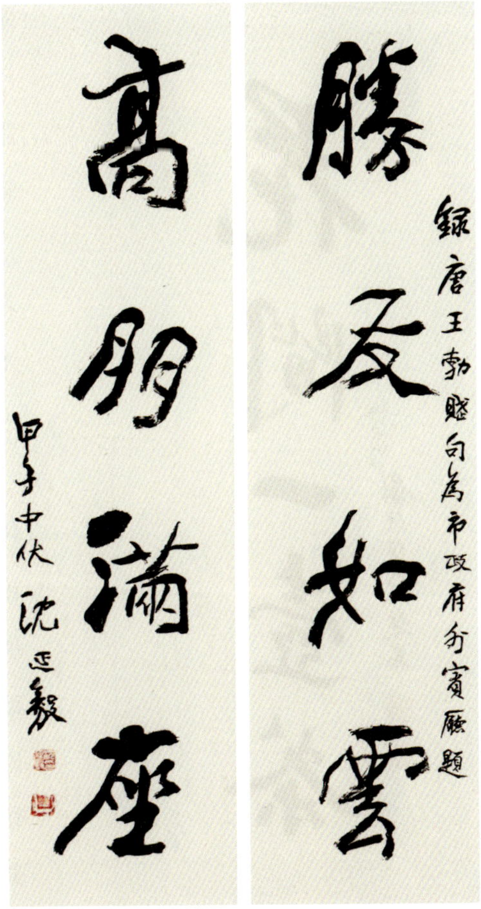

| 沈延毅书法 |

上述高品，都可用“句皆己出”来形容。从表现力到想象力，逐次递进到更为高级的有我之境，我认为想象力是比表现力更高的境界，沈诗有山川大局为体格，在想象力上方可运用自如，龙蛇万象飞舞而不逾矩。

沈延毅晚年在书艺上仍不断求索，不自满，有追求，四处打听在哪里能讨到李北海的《云麾将军李秀碑》，还特地强调：是“肥本”的！人民鉴赏

| 杨仁恺题：花间一壶茶 |

家杨仁恺曾点出沈延毅书法的嬗变：“公卓尤擅八法，兼娴音律。以魏碑正书擅长，为一绝。衰年变法，自有新意，有口皆碑。”

杨仁恺先生是当代著名的文博学者、书画鉴赏大师、博物馆学家、美术史家，有“国眼”之誉，也是书坛大家。

杨仁恺是四川岳池人。据考，宋代蜀地岳池名曰“龢溪”，也有考证说曾有流经岳池之溪水叫“龢溪”，所以他一生以“龢溪人士”“龢溪遗民”或“龢溪仁恺”自署。他整理补缀过《四库全书》，鉴定过北宋张择端和明代仇英的《清明上河图》，创立了鉴定学，并将辽宁省博物馆建设为中国博物馆界的重镇。杨老有一句著名的口头禅：“有好东西，给辽博吧！”杨老已经故去多年，今天回想彼时前人的创业艰辛与执着，可叹、可敬，令人垂泪。

他早年学习“亚圣”颜真卿书法，评价柳公权书法时说：“平心而论，柳氏楷法实不如颜。”杨仁恺认为柳公权不如颜真卿的根本原因是在品行和素养上。他还对欧阳询、苏东坡、李阳冰、米芾等人的书法也有心得，他的书法四体皆工，尤擅行草。冯其庸曾说：“杨老所书，端静沉着，流利洒脱，一似东坡书简。”“杨老所作行草，则纯是学者之字，无纤毫书法家习气，是以更觉可贵。”

我手写处即我心。新加坡著名学者潘受曾作诗赠给杨仁恺：“墨迹能干泪不干，网罗盗失救殚残。一编国宝沉浮录，辛苦辽东管幼安。”潘诗将杨老比作东汉末年避乱寓居辽东的贤士管宁，这是至高的赞誉。

有学者在《辛苦辽东管幼安》一文中指出，中国古代文化史上，“辽东管幼安”是重要的文化符号和诗词意象，代指某个人高洁、淡泊、刚健、博学，是学为人师、行为世范的君子。如宋代黎廷瑞《次韵张龙使君十绝·其三》：“何当化作千年鹤，却伴辽东管幼安。”宋代陈与义《寄季申》：“旧时邺下刘公干，今日辽东管幼安。”金代元好问《增玉峰魏文邦彦》：“临流卜筑平生事，会就辽东管幼安。”明代张弼《拙女词》：“战传典午为文体，莫寄辽东管幼安。”清代李楷《新秋雨中塞晓亭侍郎招饮署斋即席分赋》：“年光向晚贪高会，已醉辽东管幼安。”清代杨维屏《鹦鹉洲祢衡墓》：“相从地下孔文举，不解辽东管幼安。”近代易培基《题扇诗》：“老夫不解楼夙苦，愧杀辽东管幼安。”现代叶恭绰《行书题扇》：“绳床皂帽成何事，虚拟辽东管幼安。”现代张大千《三巴话旧》：“心存汉室予知愧，莫说辽东管幼安。”

杨仁恺曾任辽宁省书法家协会名誉主席，对辽沈地区书法的发展起到了独特作用。中国书法家协会的成立，发端于1980年在沈举办的第一届全国书法篆刻展览，当时辽宁省出面主持筹办并为展览写前言的正是杨仁恺。各省市都派代表队携作品来沈参展，实现了全国书法界从未有过的交流，推动了“书法热”。业界认为，正是这次盛会促成了中国书法家协会在1981年成立。后来，沈阳书法界出了“九畹”，杨老对其中的每位成员都勉励有加，对“九畹”成员的展览全力支持，成员中有人出书法作品集时他总是欣然作序，鼎力提携。

史载，管宁在辽东时，他定居的地方，很快就会汇聚大量人气，其中尤

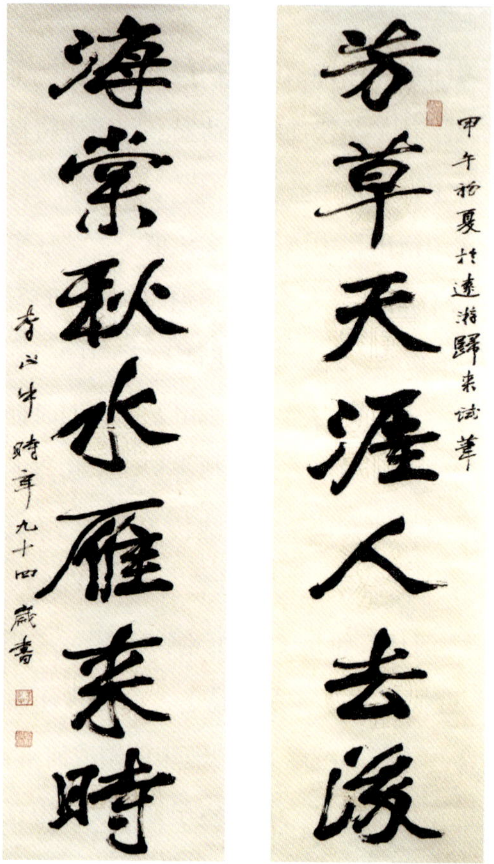

李正中书法对联：芳草天涯人去后，海棠秋水雁来时

有众多志士、逸才，可他回中原后，曾所在处皆回归清冷。杨仁恺就是我们曾经历的又一位管幼安。他在世时我们只觉得热闹；他离去时，席空人散，我们才觉出冷暖之差，才更加认识到他的伟大与可贵。

啊，希望
是千万人们的生命的篝火
在每个人的胸腔燃放
你要承受它的光耀
你要紧紧地握着希望
握着希望走自己的路吧
凡有的生命的玄秘
都会为你而开启
你就是生命的王者

这些诗句，摘自一位叫李正中的二十岁青年在1941年黑暗沦陷期创作的《希望》。当时谁能想到，他会在后来的岁月中，循着这希望之火投身革命，以笔为旗，并在晚年成为一位书坛名家。

李正中早慧，十七岁时参加吉林中学生书法比赛即荣获一等奖，参加第六届东北地区书法展获得银奖。学成之后，他当过法官，但一直坚持创作、临池不懈。他和妻子朱媞都是东北沦陷时期的进步作家。1945年8月抗战胜利，李正中在长春和朋友共同创办了《光复日报》，并任主编，同时任《东北文学》月刊主编。1946 年，李正中夫妇于哈尔滨参加东北民主联军。李正中作政治宣传工作，同时负责《东北日报》的“解放军人”副刊和战地通讯专刊。妻子朱媞留在后方从事教育工作。在东北解放战争期间，李正中参加过“三下江南”和后来的“辽沈战役”等重大军事活动，既当指挥员的参谋，又是战地记者。有时一个晚上要急行军一百多里路，三九严寒，所有人的水壶里的水都冻成了冰坨，只有他的水壶还能喝，因为他装的不是水，而是白酒。一个晚上的行军途中，他就能喝掉一壶二斤多酒，在别人看来还像没喝过一样，他自己也觉得越喝越暖和，越喝越有战斗力。在一次战役之后，他不得不通过手术切除了大半个胃，才勉强活了下来。

辽沈战役后，他定居沈阳，在这里当过干部、工人、校长，“文革”期间还曾下乡务农。但无论到哪里，他心中的火从未熄灭，他的创作从未停歇。1979 年回城之后，他又重拾枯笔。《临池杂咏三首》中，他自承师法清代赵之谦：“龙门大乘臻丰妍，凝重雄浑孰比肩。慎伯更生功倡导，百年低首赵悲庵。”

后学这样评论李正中的艺法造诣：他的书法研习从“龙门二十品”入手，以北碑为基础，兼容秦篆、汉隶笔意，最终归入赵之谦一路。晚年在赵之谦风格上又融入萧散冲澹、直率朴拙之晋人手帖的书卷气，从而一变风格，既有赵之谦碑之劲健风骨，又具赵之谦所缺的帖之潇洒灵动。正是这种碑与帖的从容结合，才形成他沉稳老辣、古朴茂实、雄浑洒脱、奇伟峻拔的风格，字里行间既有跌宕的风致，又有翩然的气韵，既显现出自由而又充沛的生命本原，又真正达到了“人书俱老”的境界。这正如初国卿《题李正中书法》一诗所咏：“艺舟墨海楫双参，入魏尊唐逸兴酣。碑款百年无闷后，辽东犹有赵悲庵。”“辽东犹有赵悲庵”，这是继沈老、杨老之后沈阳书坛上的第三个“辽东”。

2011 年，中央美院编辑了一部《中国当代学人自书诗词墨迹选》，选入三十三位在世八十岁以上学者兼书家的自书自作诗，每人五首。此书汇集了当时中国学界和书界的大师级人物，如饶宗颐、冯其庸、周汝昌、周退密等，其中东北只有李正中一人入选。但他从未将书法作为换钱的“艺术品”，始终认为书法之于他是一种生活中挥洒性灵的载体，其《西行吟草十二首·之一》诗云：“人誉我书我不喜，人贬我书我不馁。但求自娱兼娱人，得失乖戾任评议。”

正是在“三辽东”这辈人的书风吹拂之下，辽沈书坛的新生气象云蒸霞蔚。1982 年 7 月，沈阳九位中青年书法家于辽宁美术馆联袂推出“九畹书法展”。这九位书法家按姓氏笔画为序分别为：王贺良、孙德洲、李仲元、陈复澄、姚志忠、徐炽、聂成文、郭子绪、董文。在当时的报道中，九人吐露了办展的心声：“我们以风格各异的作品在一起办的展览，用屈原赋里‘九畹’一词为题。这并非是以兰、蕙自喻，不过是借以表示在这块小小的园地里，有前辈们浇灌的心血，有我们追踪前贤的足迹、辛勤耕耘的汗水和艺术探讨的甘苦。”

2020 年残冬，文化老人李正中先生去世，“三辽东”以这样一位恬淡之人的悄然离世而书成终章。

别开天地，花意正浓

一座城市有知名的画家，就跟一个美丽的女人有镜子一般，是标配。沈城的名画家代不乏人，将这片土地的美景、美人、美意留诸丹青，馈赠世人。

清末民初，太清宫方丈葛月潭，是道教龙门正宗第二十代戒律师，以书画闻名京沈。他所画的牡丹、梅、竹与各态兰花姿态生动，题画诗多为尚雅贞、锡钧、缪润绂几位翰林代拟，诗画合璧，意境古雅。1935 年，葛月潭八十一岁，自号九九翁，羽化前，弥留之际，他提笔画兰，题诗云："一花一世界，一叶一仙槎。挥尘东冥去，云天到处家。"

那时活跃于辽沈地区的书画名家还有三多、张之汉、王光烈、喜禅、马龙潭等。

1948 年沈阳解放，这座城市的书画界也是换了人间。从鲁艺到鲁美，一代代丹青妙手躬逢其盛。其中，"鲁美四老"占据了突出位置。这四位指的是：晏少翔（1914—2014）、钟质夫（1914—1994）、季观之（1915—1997）和郭西河（1917—1995）四位鲁美教授。晏少翔的工笔重彩、钟质夫的没骨花鸟、季观之的辽海山水、郭西河的小写意花鸟都为世人称道。

这四位当年在北京，有的毕业于辅仁大学美术系，有的毕业于国立北平

| 晏少翔画 |

| 钟质夫画 |

艺专，亲受黄宾虹、张大千、齐白石、袁励准、溥雪斋、陈缘督、汪慎生、于非闇、胡佩衡等名师真传，毕业后均为“湖社”成员，20 世纪 50 年代初从北京来到沈阳，在鲁艺（后名“鲁美”）进行国画教学。在创作风格上，“四老”都有深厚的传统功底，宗法宋元，自出机杼。

1989 年，辽宁省博物馆举办晏少翔、钟质夫、季观之、郭西河四人作品联展。四人为辽宁省博物馆合作的巨幅《北国松泉》图受到美术界好评。其后不久，中央新闻电影制片厂来沈拍摄专题新闻纪录片，使用了“画坛四老”的提法。从那时起，“鲁美四老”就叫开了。

有关他们的画坛掌故，也足令后人如数家珍。

晏少翔十二岁时师从著名画家赵梦朱学习花鸟画，并临摹《白描十六应真卷》，练习人物线描。十五岁时，大量临摹《历代名贤》《历代功臣》《历代仕女》等图稿，苦练高古游丝法。十七岁时参加“湖社画会”，在《湖社月刊》发表作品，成为美术新星。他年轻时，胡适先生到辅仁大学看毕业展，相中一幅《桐荫仕女》，表示想买。通过溥雪斋先生联系，见到了作者晏少翔，后者把画送给了胡适。胡适发表了画作，为答谢晏少翔，将已出版的《胡适文存》四卷四册、一本签名的《四十自述》送给了他。

晏老很有情致，不喜应酬，在自己的趣味中自得其乐。他晚年就安心在家，并坚持绘画、写字。闲暇时喜欢听歌，听蔡琴、徐小凤、邓丽君。他认为蔡琴演唱如唐诗，徐小凤演唱像宋词，邓丽君演唱犹元曲。他曾对其子晏国辉说：“你看养鱼就应该明白，大鱼通常都游在水底，小鱼才挤在水面甚至蹦

| 晏少翔画 |

| 钟质夫画 |

跳。你是画家，就要让你的画说话。”晏国辉回忆道：“他总是早早坐在教室里期待更多学生来听课,因为那时的中国画还处在有待重新认识的瓶颈期。他以艺德吸引学生热爱中国画。”他曾为中国历史博物馆、辽宁省博物馆临摹《捣练图》《虢国夫人游春图》《神骏图》《萧翼赚兰亭图》等唐宋珍品，并被列为一级文物。

钟质夫幼年在父亲的启蒙教导下走上艺术道路。1931 年，钟质夫从“湖社”毕业后以优异成绩留社任评议。评议的职责除参与评定会员作品，主要是教育生徒，二十多岁的他在业界已小有名气。20 世纪 30 年代，钟质夫的没骨花鸟画已小有影响力。其主张师法自然，由心而出地转化领悟，所画花鸟形神兼备，兼具深厚的传统功力和时代审美，让人很难想象如此高格调的作品出自如此年轻的作者之手。鲁美教授张晖回忆：钟质夫对学生极好，他总是第一个到教室，亲手把学生的画案擦干净。有一次，学生们误以为钟老师的课已结束，在寝室里睡觉，钟老师到教室一看没有学生来，一个人默默地把画布、画纸挨个儿放到学生画板上，摆放得整整齐齐，然后通过寝室管理员找到学生的房间轻轻敲门。学生们一听是钟老师来了都以为要挨训了，可钟老师对“逃课”的学生没发脾气，只是说：“去上课吧。”大家赶紧往教室跑，到那儿一看，准备工作都做好了，那份震惊与感动真是一生难忘。

季观之自幼酷爱绘画，尤爱山水，其山水画初学王石谷、石涛，后学李成、郭熙，进而精研李唐、刘松年、马远、夏珪之法，同时泛鉴王蒙、吴仲圭、唐寅、仇英诸家，传统功力极深，所画山水能集各家之长。1956 年，季观之应邀到鲁迅美术学院任教，他摒弃明清拟古山水公式化、概念化的积弊，进行了开拓性的教学和创作，由师古人转向师造化，故有“季家山水”之称。季观之的学生说：“老师年轻时受过严格的西画造型训练，传统功底又非常厚实，但令我们震惊的是他的写生作品既非中西结合的素描，又不是照搬古人的传统画法，而是以自己手中的笔墨妙造自然。”他数十年坚持写生，并冈山、韶山、大兴安岭、长白山……风餐露宿却乐在其中，从林海雪原到沿海渔村都留下他的足迹。

郭熙和，字伴云，画名西河。杨仁恺先生曾著文回忆：画家早年曾临摹过明人陈洪绶《武侯靖节出处图》，人物出水相当精工，大师张大千为其画题曰：“此老莲（陈氏号）居士画本也。学老莲画者，不难得其刚劲，难得其柔美。伴云（画家原来名号）仁弟临此，极幽秀之致，是真善学老莲也。”晚年郭先生突患脑血栓，因病左面手足偏瘫，从此行动不得不借助轮椅。然而他对艺术的追求一刻也没有停滞，他开始潜心研究八大山人的“无画处皆成妙境”的构图，实现了新的突破。

“鲁美四老”的影响不仅在绘画成就上，艺术教育也是亮点。历经半个多世纪，“四老”把京津画派的艺术理念以及个人的创作美学在辽海大地上广为推广，培养了很多优秀美术人才。若“四老”天上重逢，当展卷绘制巨幅丹青一部——

鲁美校园深处，桃李芬芳，花意正浓。

人境深处有梅香

沈阳的评剧到20世纪中叶以后，一跃而成为全国瞩目的城市文化招牌，韩少云、花淑兰、筱俊亭、鑫艳玲、张金秋、虹丽霞、筱凌妹，一直到后来的冯玉萍、周丹，为沈阳捧回了扳着指头都数不过来的梅花奖。

韩、花、筱、鑫又合称为东北评剧的“四大名旦”，在全国评剧六大流派艺术中占有三席。韩少云的《小女婿》、花淑兰的《茶瓶记》、筱俊亭的《对花枪》、鑫艳玲的《新打狗劝夫》、张金秋的《窦娥冤》……沈阳的评剧火爆全国，但这些名剧名段的背后，是这些名角儿苦水儿里泡出来的超凡心力。

韩少云，原名王守贞，1952年排演新戏《小女婿》，一曲“小河流水”响遍大江南北。当年，在全国首届戏曲观摩演出大会上，她在《小女婿》中饰演杨香草，获演员一等奖，并在中南海怀仁堂汇报演出时受到中央领导人的接见。韩少云的丈夫王其珩回忆：“演《小女婿》时，一场戏下来得三个半小时，有时白天晚上要演两场戏，少云累得是十次有九次不吃夜餐，倒头便睡。”常常是唱了一天戏后，韩少云回到家中已是筋疲力尽，上楼梯的力气都没有了，王其珩提前回到家中，把饭菜准备好后，到门口等她，再扶她上楼……还有一次韩少云发高烧躺在家里，剧场领导到家来劝，说农民兄弟

| 韩少云 鑫艳玲 花淑兰 筱俊亭 |

赶大车来看戏，你要是不去，让农民兄弟多失望！为了演出，韩少云提前打点滴，烧还没退就登台演出……韩少云的旦角形神合一，戏路宽广，能唱江姐和小芹，也能唱祝英台、杨三姐和林黛玉。“韩派”是评剧与时俱进的典范。

花淑兰是艺名，原名张淑兰，其父张会是挖煤工。早年她随母亲刘玉舫与人搭班演出，挣几个窝头过活。一晚，上演《大登殿》，一阵锣鼓声过后，该四龙套上场了，穿好龙套服装的花淑兰头一次上台演戏。演出结束卸去龙套服装的花淑兰急匆匆地走出后台，见母亲在那儿站着，便从怀中掏出两个窝头。母亲惊讶地从她手中接过窝头，问道：“孩子，你上台啦？”花淑兰涌出一种自豪感说：“对，我跑大兵了！从今儿起，你女儿也能给咱家挣饭吃啦！”刘玉舫百感交集，一把将女儿搂在怀里：“淑兰，我的好孩子！”后来，戏院张老板了解到她家人口多、生活困难的情况，便让淑兰往后多跑儿次大兵和丫鬟彩女，给家里多挣儿个窝头。

在学戏过程中，花淑兰牢记老辈人对她讲的戏剧格言：“要想功夫好，一年得起三百六十个早。”在滴水成冰的三九天，她清晨起来，就跟外祖父到野外冰河上，由外祖父用镐事先给她刨出一个冰窟窿，随后她就趴在冰雪上，张口对着冰水，趁着冒出的缕缕水汽儿，开始练嗓子，练发声“伊——啊——伊——啊……”每次至少喊半个小时。花淑兰成名后，吸取刘翠霞、爱莲君两派之长，以其唱腔的高亢华丽著称，台风也是清新流畅。她弟子众多，但教给弟子最多的是勤奋打磨。

花淑兰在收的第一批学生中，属冯玉萍最小，但她发现冯是好苗子，所以对她要求特别严，从不迁就。她教冯玉萍学第一出戏《牧羊圈》，从教唱法、发声到各种板式，从表演动作到刻画人物，精益求精，一丝不苟。练功场是水泥地，戏中有“跪蹉”动作，冯玉萍怕腿疼不想练“跪蹉”，还在犹豫时，花淑兰“扑通”一声跪在地上，一连做了好几次。当时，冯玉萍很不是滋味，觉得对不起老师。于是，冯玉萍便跪在水泥地上练起“跪蹉”。花淑兰说：“怕疼是练不出硬功夫来的！”从那以后，冯玉萍开始苦练基本功，两腿膝盖磨红了、练肿了，也一声不吭，咬牙坚持，终成大器，不负恩师所望。

筱俊亭，原名张忠善，又名张俊亭，生于天津，六岁丧父，八岁学艺，后拜老艺人杨义为师学习蹦蹦儿戏。由于当时没钱请名师，她就“跑连外”流动献艺，几乎演遍了河北、山东的大小村庄，戏班的老先生给她起了个艺名“花俊亭”。十三岁时她就当了小主演，演出前有人贴戏报和戳水牌时，都要写上主演的名字，于是花俊亭正式改为“筱俊亭”。

筱俊亭善于学习，1980 年，她挑战自我出任编剧，与人合作编写《这样的女人》，1981 年经央视拍成电视戏曲片《小院风波》在全国播放。此后，她又编演了《包公审太后》《儿女情》《卖油郎赶船》《聚宝盆》等多出剧目。

东北评剧“四大名旦”之中，除了鑫艳玲去世于 1988 年 6 月 13 日之外，韩、花、筱都活到了新世纪。韩少云去世于 2003 年 7 月 20 日，花淑兰去世于 2005 年 3 月 30 日，筱俊亭去世于 2013 年 11 月 4 日。因为旧社会的社会地位太低,很多老艺人的出生年月都是他们推算出来甚至初登台前的一刻“认定”的。他们都是舞台上的天赋精灵，也是这门技艺里的大工匠。他们离去的身影尚不遥远，我们还可以做很多事情。期待沈阳越来越多的口袋公园里，能够听到孩子们练嗓子的雏凤清声。

请不要严肃地逗乐

逗：走啊，走吧，你看多么蓝的天呐，走过去就会融化在蓝天里。去吧，一直往前走，不要朝两边儿看。

捧：哎呀，什么都管！

逗：下棋那位一听，“这什么规矩这是？”

捧：是呀。

逗：还不让往两边儿看？我不走车了。

捧：怎么着？

逗：把马拿起来了。

捧：要跳马了。

逗：要跳没跳这工夫，他又说话了。

捧：又说什么了？

逗：跳啊，跳吧，朝仓不是跳下去了吗，唐塔也跳下去了，所以请你也跳下去吧。你倒是跳啊！“啪！”

捧：哎，哪儿来一枪？

逗：没有一枪。

| 杨振华（左）剧照 |

捧：怎么回事？

逗：一摔棋子儿把对面那位吓一跳！

这段杨振华、金炳昶的名段《下棋》，至今还伴着经久不息的笑声，回荡在艺术的永恒时空里。

很多人都说，沈阳是个“相声窝子”，这是个老词儿，意思是沈阳出名家名段，还有很好的市场。2010 年以来的沈阳中街、北市场陆续出现了很多相声茶社，鼎泰、会友、齐乐、嘻哈、江湖……相声界老将新人层出不穷，将沈阳人爱笑的基因发扬到了极致。其实，在大工业时代高速发展的沈阳，京评歌话、相声、杂技、电影才是沈阳人业余文化消费的主流，那时候二人转、拉场戏都主要是在郊县、乡村乃至农家院的炕头上演的。当然，艺术形式没有高下尊卑贵贱之分，这番话只是从沈阳人的集体回忆中来——直到现在，沈阳的传统二人转非遗项目，还是落户在新民、法库等地。

相声的发源地在北京，发祥地在天津，东北的沈阳则是令相声别开生面的地方。据记载，沈阳最早的相声艺人是张太，后来，北京相声艺人范有缘和朱天瑞偶然来沈，先在小河沿后到茶社演出，并广收门徒。

1921 年，北京相声老艺人冯昆治携子冯振声举家迁至关外，父子俩在哈尔滨、沈阳等地登台献艺，不久后组建了冯家班，后来很多名嘴都出自冯家门下，其中有高家三兄弟高德光、高德明、高德亮，杨海荃、常福荃、祝景荃、冯人荃被称为“四大荃”，太平歌词大家吉坪三和侯宝林的第一任老师常宝臣，还有中国相声史上第一位女艺人德淑珍也是冯昆治的弟子。

而冯昆治本人呢？可以说辈分高得有点吓人，他是如今说相声的祖师爷穷不怕朱绍文及其师弟沈春和的徒弟，看家本事是八大棍儿。冯家门的风格，可用火爆、热络、泼辣、干脆、创新、求变这几个关键词形容，把东北人喜欢求新求变、善于打破条条框框的劲儿发挥得淋漓尽致，正是杨振华率先带着西洋乐器吉他上台弹唱表演，引起相声界的关注、争议并最终认可，才有了后来春晚上郭冬临、冯巩的《旧曲新歌》。

遥想当年，说起从旧社会到新社会的相声改革，第一批“新相声”也是在东北开的先河。

1958 年 8 月，代表沈阳的“小立本”李锦田与杨海荃合作创作并演出的相声《社会主义好》，在全国第一届曲艺会演中获得第一名，引起很大轰动。小立本个头不高，又长了一副娃娃脸，说话还是童声，善于发挥个人的嗓音和外形优势，擅长柳活儿和贯口活的传统段子；杨海荃在北市场有“杨疯子”的绰号，说学逗唱功夫全面，能捧能逗，后期专事捧哏。他的捧哏严丝合缝，随机应变，不抢不撂，应付自如，擅长遮错，后辈中能得其精髓者不多。

1979 年，杨海荃弟子杨振华、金炳昶、王志涛、陈连仲的《假大空》《特殊生活》等获全国相声创作表演一等奖。因为曾在铁西区给很多大厂子里的工人说相声，杨振华的表演风格火爆，节奏快，包袱响，锋芒毕露，他能创能演，作品常变常新，广受欢迎；金炳昶的捧哏绵里藏针，与逗哏配合得恰到好处，举重若轻。除了杨振华，金炳昶还给于琪、常佩业、贾承博、王平等捧哏，他妻子富兰英也是相声演员，他们夫妻二人男捧女逗，同台演出，是曲坛的一段佳话。

当然，金炳昶真正的“黄金搭档”还得数杨振华，他们的名段子《下棋》《一封家书》《动物世界》《如此大款》《你以为你是谁》《扫马路》《北大仓》《新居》《“8”字谜》等广受欢迎，是那个时代说相声能卖出票去的厉害人物，最火的时候还有人走穴冒充他们。在1979年的相声纪录片《笑》中，代表东北相声的两对演员中就包括杨振华、金炳昶和王志涛。

除了师承，相声在沈阳也是有组织的。

1948年冬天，沈阳刚刚解放，由相声演员佟雨田、王福田、朱文志、彭国良等人发起了“相声大会”。1950年在会文茶社正式成立“沈阳相声大会”，每天中午开始演出，一直到晚上。每段相声收费3分，说完一段一打钱。除本会演员，还邀请北京、南京等地相声演员，经常上演的传统段子有《假行家》《嘲当行》《怯拉车》《文昭关》《地理图》《山东家信》等，新段子有《工农商学兵》《新妇女》《影片集锦》等。除在茶社演出外，还经常在各地电台播放，如彭国良、富兰英的《天文学》。佟雨田、冯大荃都参加过赴朝慰问团，为抗美援朝部队演出……这就是沈阳市曲艺团相声队的前身。

如今，相声再次越来越走进日常，这么多的人走进茶社，就是想和台上说相声的一起释放一点真性情。就凭这一点，坐在台下的我们内心深处只有一个声音在呼喊：拜托各位老板们，你们是来说相声的，所以，请不要严肃地逗乐！

戏比天大

毕生学习，毕生研练，毕生忠诚，毕生惴惴。对于很多多年活跃在舞台上的人而言，这一行从老祖宗传下来的“戏比天大”四个字重如泰山，曹禺、常香玉生前都常常讲这几个字，笔者曾采访过很多“辽艺”“辽歌”“辽芭”“沈杂”“沈曲”的演员，无论老少，他们也常常讲起这几个字。

我们是幸运的一代媒体人，能够采访到李默然这样的大师，也能够采访到王秋颖之子王小颖，还能够采访到宋国锋、宋佳伦父子，最初去采访宋国锋的时候，宋国锋侃侃而谈他在话剧《高山下的花环》《父亲》和《凌河影人》里为话剧搏命无悔的往事，可彼时他身边的宋佳伦还没有确定自己的艺术风格，在等待着表演个人境界的羽化。

| 李默然 |

那时我们有个栏目叫“家族故事”，所以，最早了解李默然的故事，是从其

子李龙吟先生讲的父母爱情开始的，在儿子的眼中，父亲母亲的爱情都是舞台给予的缘分。

李默然与龙潮相识在1947年，当时他们都在东北文协文工团工作。龙潮毕业于当时的长春师范大学音乐专业，而李默然却是学徒出身，连简谱都不识。龙潮是文工团惹人注目的“团花”，风姿绰约，仪态万千，美丽大方，文工团里不少从延安来的演员和已有成就的作曲家，都暗中钟情于她。在李默然终于鼓足勇气向龙潮表白爱慕之情时，龙潮听他吞吞吐吐说完后，没有答应，也没有拒绝，过了一会儿才笑说：“等你唱歌不跑调了再说吧。”等到新排节目演出成功，李默然终于“过关”。1950年，两人完婚。

回忆起自己在电影《甲午风云》里广为人知的邓世昌一角，李默然说：“那是我捡来的角色。”原来，当时导演林农选李默然来演的本是李鸿章，邓世昌另有人选。但是，因为饰演邓世昌的人临时有事来不了，当摄像师王启民看到风尘仆仆赶来的李默然时，回头便对林农说：“你还找什么邓世昌啊，这不就是吗？”结果李默然第一次拍电影，就演了这么重要的一个角色。当时李默然满脸青春痘，有人质疑说：“这样的人能演邓世昌吗？”王启民说：“脸上没疙瘩的人，不是英雄！”

1962年，饰演电影《甲午风云》里的邓世昌使李默然成为明星，吸引了不少追求者。一次，有位姑娘来信明确表示“在××地方等你，直等到你的到来”，态度很决然。到了见面时间，龙潮催促他赴约，李默然不吱声不表态，“我自岿然不动”。龙潮忍不住了：“我说默然，你是去还是不去？去的话，穿昨天我给你买的那件新衬衣。”李默然一脸不高兴，回了一句：“去了，我的老婆、孩子咋办？要去你去得了。”龙潮建议：“要不，你把我们照的全家相给人家寄一张？”李默然欣然照做。

李龙吟回忆：父亲曾下放劳动，冬天要刨冻土，那个冻土都是冰的，我父亲一不小心用镐头把自己的脚给砸了，被拉到医院后昏迷不醒发高烧，得

|《甲午风云》中的李默然|

了严重的破伤风，我母亲在另外一个农场劳改，接到通知后赶紧到他身边，在病床前六天没合眼。后来医生跟我说："要不是她在这儿，六天六夜守着他，关心他微小的每一个反应，让我们能及时采取措施，你父亲早没了。"

晚年李默然在家负责做饭。有一次在剧院讨论《夕照》剧本，李默然谈完自己的意见，很抱歉地对大家说："我先不听你们发言了，我该回去做饭了。"在夫人面前的李默然，从来都是温情脉脉的。晚年龙潮身体不好，患有胆结石、高血压、冠心病。李默然心疼她，家务全包。对夫人，饭菜尽可能符合她口味，吃药的时候，他先把水准备好，一再提醒她吃。出外参加社会活动，他总是带着夫人同行。

20 世纪 90 年代初，中国剧协的两位书记和李默然谈起第二届中国戏剧节的经费尚无着落的困难情况，想请李默然为国家戏剧节筹资20万元。当时中国戏剧正在低谷中徘徊，作为中国剧协副主席的李默然慨然应允。面对纷至沓来的广告商，李默然犹豫很久，最后选择了一家胃药品牌，酬劳是给第二届中国戏剧节20万元赞助。广告播出后，很多观众寄信表达不满，有战士写信说："您一直是我心中的偶像，没想到您也把自己当成商品……"

这次代言成了李默然一生中最后悔的事。他说："这个广告伤了他们的心，我就悟到了一个道理：我什么权利都有，我就是没有权利伤害广大观众群众。我就从那时下定决心，今后广告一次都不拍。"

李默然用自己的抉择，诠释了"戏比天大"四个字。

王秋颖和李默然在舞台上合作多年，惺惺相惜。王秋颖和李默然联袂演出诸多，世人公认他们合作的巅峰是《甲午风云》。王秋颖饰演李鸿章，李默然饰演邓世昌。

王秋颖还是电影《花好月圆》中的范登高，是《兵临城下》里的胡高参。但他一生主要奉献给了话剧舞台，一生演过80多部话剧，是辽艺历史上的佼佼者。他是千面人，从青年到老年，从达官显贵到职员仆人，声情所至，众口称绝。《胆剑篇》中他演越王勾践，《日出》中他演李石清，《吝啬鬼》中他演阿巴贡，《清宫外史》中他演李莲英，《天配良缘》中他演仆人瓦莱尔……不论正反角，他都演得有血有肉，令人难忘。李默然曾经这样评价他：秋颖同志的表演技巧，可谓达到了炉火纯青的地步。尤其是面部技巧更令人惊叹，双耳能扇动，面颊肌肉能上下、左右活动，眼皮、眼眉能随意变幻成各种形象。

有一个很著名的故事，讲的是二人的最后一面：

1984年王秋颖患肝癌，住进沈阳一家医院。最后时刻，王秋颖提出想见李默然一面。儿子王小颖给正在南方拍戏的李默然发去急电。李默然中断工作，乘飞机赶回沈阳，直接赶到医院。王秋颖剧痛刚被止住，正昏迷着。

守在外面的医生、护士不准李默然进去。李默然央求、争辩，对方仍不允。于是，李默然的嗓门职业性地高了起来。

就在这时，病房里的王秋颖忽然喝问道："谁在二堂喧哗？"

李默然分开医生、护士，推开病房门，应声而入，做了个将马蹄袖左右拂扫的动作，抢步上前，单腿打千，低头道："回大人，在下邓世昌，拜见中堂大人！"

弥留之际的王秋颖一下拉住李默然的手，两人泪流不止……

有关这一段，曾有人找到王、李二位的家属打听是否属实，其实，这一段故事应该更多地源自这两位舞台名家在观众心中的"艺术的真实"。这种高于生活的真实非常典型，非常凝练，非常具有戏剧性。

老沈阳实景多元宇宙

所谓梦境，是人类的情感凝系所在，但我们的梦境实在是如此之长，以致小杜“十载一觉扬州梦”，梦境如此真实，就像现在我们即将进入的实景多元宇宙。

如果我们打开由文字、影像和记忆组成的秘门，在老沈阳连接新沈阳的地方，也许有一张工作证，也许有一张饭票、一张澡票，或者，那是一张去看演出的门票。

放学时分，餐桌上是一张去看杂技的票，而且演出时间就快要到了，一时间，那张门票放出极具质感的光彩，幻化出无限精彩的景象，催促着我们放下碗筷乃至烤串，赶紧出发。

沈阳杂技，多年来就是沈阳文化的一块金字招牌，为这座城市多次获得过金狮奖、金菊奖和金、银小丑奖。

1951 年即成立的沈阳杂技团（现全称为沈阳杂技演艺集团）底蕴深厚：飞车大王蔡少武、魔术大师白小影都是孩子们的偶像，《狮子舞》《高车踢碗》《大武术》《四人柔术》《少林晨练》《腾空飞杠》《炫彩车技》《滑稽软钢丝》伴随了一代代孩子们的回忆。

| 沈阳杂技团演出节目 |

从工业时代的杂技到智创时代的杂技，杂技晚会、杂技秀、杂技剧也是沈阳杂技团的首创，《天幻》《龙幻》《梦幻》《美幻》《未来》《海盗》《惊天饭店》《道》《先声》都堪称大制作，是沈阳杂技团可以适配网络时代观众的观赏品位，更越来越成为适配英雄城市文化的红色招牌。

其中，沈阳杂技团原创的抗战题材杂技剧《先声》《战上海》《渡江侦察记》《铁道英雄》《英雄虎胆》《旗帜》，已成为杂技界红色星座中的闪耀之星。

说到沈阳杂技，还有一个正在飞速旋转的印象，那就是多年来沈阳人必看的蔡少武飞车走壁。

那叫“主打一个震撼”。

几米高的大木桶、叫“铁壁环球”的球状铁笼，许多辆摩托车以每小时 80 公里的速度在里边交叉穿越、90 度飞行、360 度旋转……我们看得眼花缭乱，最害怕的是他们会真的飞出来！所以售票员会事先提醒：心脏不好的不能看，孕妇不能

| 蔡少武演出 |

看，高血压低血压的不能看，晕车的不能看，没有家长领着的小孩不能看。但蔡少武的演出还是会场场爆满，因为这一天演出的不光有自行车和摩托车，还有汽车也会神秘出场……直到多年后看 3D 动作大片，才感受到类似的视听体验。

蔡少武是北京人，原名蔡鑫华，生于 1919 年，八岁拜师刘绪彰（老电影里教末代小皇帝的那位）学车技，十四岁发明墙上走车，多年在全国各地演出。1956 年，他在沈阳自组蔡少武飞车走壁团，1958 年后任沈阳杂技团副团长，从此即使仍在全国乃至境外演出，却已在沈阳扎根。

那时的蔡少武是文化名人，我有一个同学还有他们一家三口和蔡叔的合影留念，在影集里，被放大的照片独占了一个整版。画面中的蔡叔神采奕奕，目光炯炯，发型精致，戴着黑框眼镜，身着西装，系着领带，不像个叱咤风云挑战地球引力的飞车手，倒是很像一位成功的企业家。

辽宁电影制片厂当年曾把他家的故事拍成电影，就叫《飞车世家》，据说由此让蔡少武找到了失散五十多年的姐姐蔡玉兰。蔡家十几口人确实是飞车世家，蔡夫人彭凤、两子六女都表演飞车，尤其是蔡二宝、三宝、六宝等，在 20 世纪 90 年代蔡少武病逝后，早已经继承父业。

据说在临终前，蔡少武已经无法用语言表达，只在纸上写道："灵车慢点开，绕城走，我要最后看一眼沈阳城，看一眼父老兄妹，我是沈阳人哪。"他的一只手在床上无力地画着圈……

蔡家的旧居在中山路 214 号，是一座建于 20 世纪 20 年代的小洋楼，如今已经改造成一座怀旧风格的酒吧。

蔡少武的惊世技艺，早已成为沈阳市非物质文化遗产。

将来，蔡氏飞车走壁、关氏皮影、张氏皇苑龙舞技艺这些非遗亮点都有望通过沈阳杂技团这个全新平台实现"破壁"，将沈阳故事、沈阳文化推广到全世界，让更多的人循着梦境走进沈阳的时空深处。

嫁人就嫁个像高科长那样的

近代城市化以来，沈阳开门便是一座洋气热闹的大都市。20 世纪 20 年代的报纸上，沈阳人便已经有了这样的文化自信：自打奉天开埠，北京、天津、上海有的新鲜事物，沈阳很快也会有。比如电影院，清末民初已在沈阳涌现。萧军在东北讲武堂炮科上学，假日里就和同学去看电影；张学良请张恨水来沈阳为连载小说约稿，招待这笔杆名家的除了听书和听戏，当然还有舞会和电影。

因为城市比较早进入工业化，消费多样，文化多元，名人扎堆，沈阳人富庶且有情调。一生经历坎坷、晚年成为对华友好人士的李香兰，原名山口淑子，出生于沈阳城北烟台，在抚顺生活过，少女时又回到沈阳跟意大利裔歌剧名家波多雷索夫夫人学声乐，她曾在回忆录《李香兰——我的前半生》里写道：“奉天不仅规模大，而且有悠久的历史和传统，是座文化城市。在抚顺，麻雀只是一个黑色的小鸟，而在奉天千代田公园的绿树丛中啄食的麻雀，羽毛闪耀着茶褐色的光亮！”李香兰回忆里的公园就是现在的中山公园。

尤其 1948 年解放后的沈阳，是全国解放的大后方总枢纽，也是抗美援朝的后方总枢纽。工厂日夜繁忙，烟囱林立，大马路上灯火辉煌，校园的早晨歌声悠扬……中山公园在老电影里也出现过，比如《铁道卫士》里，特务不敢在繁华热闹的中街逗留太久，便约定在中山公园的小凉亭接头。

《铁道卫士》是反特片，1960 年上映，但素材是抗美援朝期间我方破获的真实案件：敌特企图破坏我国的军列，沈阳铁路局铁路公安处侦查科科长高健发动群众展开反特防特斗争，自己则化名打入敌人内部，掌握了其活动计划和潜伏名单……当敌特妄想破坏交通运输线、安放定时炸弹破坏长岭隧道时，又是高科长和他的战友们密切配合，最终大获全胜，粉碎了敌人的阴谋。

故事就是这么个主题鲜明的故事，而演高科长的印质明当时太有男人魅力。

下午两点，约定接头的时间到了，浓眉大眼的高科长，穿着一身帅气合身的黑色人民服，在中山公园悦心亭里一坐，胸有成竹，等着特务马小飞上钩。配乐又是那段熟悉又撩人的旋律："嘿啦啦啦啦嘿啦啦啦，嘿啦啦啦嘿啦啦，天空出彩霞呀，地下开红花呀……"

面对这阵势观众怎么能够淡定呢？尤其是女观众。这一段于是永远记在了她们的心坎上。

我表姨做了一辈子工青妇工作，事业全盛时期在厂子里主要负责介绍对象和操办婚事。表姨说，那时候的姑娘都跟她强调，要找对象，就得找一个像高科长那样的，不光总厂分厂保卫科的小伙子一直供不应求，跟沈铁的工会联合办活动时，报名也总是一下就报满。

那是当时妥妥的大 IP 呀。

《铁道卫士》里，不独高科长帅，还有一众演员也都是跟沈阳有关的。影片开场不久出来的美军女秘书是刘惠明演的，她是沈阳鲁艺实验剧团演员出身，她在影片里一边拍发电报一边嚼口香糖的细节，既符合角色的身份性格，更有她自己的帅劲儿，不次于《英雄虎胆》里女特务的扭扭舞。后来刘老师还曾在央视版《西游记》里出演白骨精变化的老妇人。

说到女特务，领着马小飞逛沈阳又跟高科长假扮的303接头的王曼莉是由叶琳琅演的，她人漂亮，就是黑白片也掩不住那种异样的神采，她的角色中每个眼神仿佛都有故事，当特务们拿出她的少女照片时，观众惊呆了：老电影反特片里还有这样漂亮的人吗？王曼莉跟高科长的对手戏，帅哥对美女，连他们吐出的烟雾都是神采奕奕、波谲云诡的隔空交战。

那时候，电影里东北的帅哥美女有好多，和上海的明星一样，是全国电影观众心目中的偶像。

电影当然也要有演技派。张巨光拍完《铁道卫士》，去广西参演中国第一部音乐风光故事片《刘三姐》。他演阿牛爹，跟他配戏最多的“刘三姐”黄婉秋是彩调演员，当年只有十七岁，没演过电影，只演过舞台戏，张巨光协助导演苏里给黄婉秋说戏，而刘世龙（《英雄儿女》里的王成）等很多演员的演唱戏份，也要张巨光帮着指导，而且，在影片里的歌声，都是张巨光本人的真唱。

《铁道卫士》唯一的遗憾是缺了浦克。浦克是山东人，后到安东（今丹东），在本溪念书，却是在沈阳当学徒时在光陆电影院考上了电影班。浦克戏路极宽，正反派兼得，《徐秋影案件》里他搭李亚林，《古刹钟声》里他搭庞学勤，《国庆十点钟》里他搭印质明和赵联，他都是配角。尤其《国庆十点钟》里他饰演的何占彪还是大反派，但他演的是那样从容和精彩，影片最后何占彪跟印质明饰演的侦查员顾群，在审讯室里短兵相接，当顾群亮出“炸弹闹钟”的一刻，何占彪惊恐失措、三步并作两步夺门而逃的表演细节更是展现出不输默片和舞台剧大神的形体演出风采。

中山公园的小凉亭、中街的光陆电影院已经去过很多次了，李香兰出生时的“北烟台”，是不是位于沈北新区稻梦空间附近的烟台村呢？有时间想去转一转。

声音里的玫瑰

世上有这么一种幸运的人，他们能够驾驭美好的声音，在声音筑成的殿堂深处徜徉。

声音里的生命是珍贵的，熠熠生辉，这些生命可以凭借科学智慧的伟力而流传到遥远的未来。一百多年来的人真是比古时的人幸运多了，从血火大地隆隆而来的人类脚步，抑或黑暗里的喃喃低语，在这中间，我们一定曾经拥有过无数美好的声音，但是，那些声音却没有能够留存下来。庄子致予天籁的声音，苏格拉底雄辩的声音，李白激越的声音，莎士比亚华丽的声音，王阳明内观长啸的声音，罗伯斯庇尔鼓动的声音，只可借着文字的通感描述而再现于想象之中。

| 李默然饰演李尔王 |

当声音终于能够穿越时空的局限，今时的桂冠诗人、朗诵者、歌唱者、讲述者和辩论者们改变了我们的时代，通过这些声音里的金石之力和闪光之匙，使得他们的思想和

情感处处传播，击中了每个人内在的心灵，为每个人的生命增添光彩。

所以，声音的表现者们既是在发出声音，更是在表达情感和思想，是在拉着每个生命亲近声音的殿堂，并赠给他们金色的玫瑰。

辽沈地区是好声音的胜地。

翻开城市篇章，从沈阳走出去的好声音，不仅载誉无数，更让千千万万的人认识并记住了这片土地。生发于此的声音早已化入城市的灯海光云，让这里的故事袅袅婉转，回忆悠长。

有关沈阳声音金子般闪耀的记忆，可以追溯到20世纪五六十年代。彼时，一系列在全国叫响的精品让人们深深记住了沈阳声音的绵厚与醇香。比如话剧《尤利乌斯·伏契克》《第一次打击》《智取威虎山》《报春花》《李尔王》……在这些记忆中，李默然走来了。1951年，哈尔滨东北文协文工团并入东北人民艺术剧院（今辽宁人民艺术剧院，简称“辽艺”），年轻的李默然跟随文工团来沈，此后，他主演了60多部话剧。

话剧是即时的艺术，需要有感染力、穿透力的声音。这声音来自何处？很多声音名家都曾有登台演出的经历。李默然之前之后，如邱岳峰和程之，汤姆·肯尼和马克·哈米尔，均曾有丰富的台前表演经验；而孙道临、张涵予，欧美的安东尼·霍普金斯、罗宾·威廉姆斯演播兼备，雨果·维文和爱德华·诺顿更是戴着面具仅以声音“出镜”就塑造了经典角色。

李默然的艺术魅力构成中，朗诵是极重要的，他的演出气度恢宏，感情真挚，正气凛然，他的声音充满磁性，浑厚有力，一波波蕴含深远的情感爆发，展示出立体而丰富的角色内心。周游于李默然的声音世界之中，于高峻处高山仰止，凝重，沧桑，极具穿透力；于深情处深不可测却又不着痕迹，真实，并使得人们深深感动于这种只属于艺术上的真实。

李默然晚年时，当一头银发的他走上舞台站在麦克风前，当他那富有激情、真挚充沛的声音响起时，令无数的观众感动落泪。他是那个时代沈阳的声音担当，他的声音里包含了这座城市的辉煌与沧桑、担当与睿智，他声音里的礼赞，犹如玫瑰花枝，给舞台力量，给所有人能量。

如果说辽艺代表的是整个辽宁的艺术宏图，那么沈阳话剧团便是由沈水滋养的声音摇篮。那部同样享誉全国的《茶花女》，便是沈阳话剧团编排的经典剧目。剧中，玛格丽特的扮演者刘凡，也是沈阳好声音的代表。1953 年，刘凡考入沈阳市话剧团，成为一名演员。《茶花女》叫响后，刘凡跟随沈阳话剧团到国内巡回演出，把沈阳话剧的风采传遍神州大地。周总理曾看过刘凡的演出，并这样评价："刘凡同志的台词功力很好，吐字清晰，我听得很清楚，文艺界都要向她学习，更好地为人民服务。"这不仅是对刘凡业务能力的肯定，更是国家领导人对沈阳话剧团、对沈阳声音的褒奖。

当然，从沈阳传播开来的声音，远不止活跃在戏剧舞台和影视荧屏上。随着时代的发展，这些好声音像披着霞彩的美妙音符，陆续跳动在电视荧屏和收音电波中间。

今天我们回看上海出品的译制片和动画片，会发现其中留存了很多当时配音大师的作品，同样的，在沈阳出品的译制片、动画片里，也留下了令人难忘的回忆，比如译制动画片《聪明的一休》（1983 年版及 1988 年版）就是声音大师们的杰作。

"嗨！不要着急，不要着急，休息，休息一会儿！"这样的声音标志，曾经伴随着沈阳人的文化自信响彻全国。

《聪明的一休》的配音"全家福"，前排中间为李韫慧

那个年代，晚上播动画片的时段，捧着瓜守在电视机前构成了孩子们经典的暑假记忆，通过声音的饰演，一休小和尚成为电

视观众心目中智慧的化身。那动画画面后的阵容可谓群星璀璨：李韫慧配音的一休，袁子文配音的新佑卫门，陈大千配音的足利将军和秀念大师兄，方树桥配音的安国寺长老，邓常兰配音的小叶子，石宝兰配音的一休母亲，加上王晓燕的解说，可称得上是一时之选的“绝配”了。这部作品播出后，日本东映株式会社制作方曾来华访问，并认为这部动画片的译制水准和声音形象的塑造，都已经超过日本原版。

李韫慧的音质甜美纯净且高贵，表现力极强，这与她有二十年的儿童剧舞台表演经历有关，为一休配音时她四十一岁，正是一位演员表演的最佳时期，可以完美驾驭自己的音型，在自信中却隐隐有一种悲苦，与一休坎坷而乐观的命运特质完美契合。

动画片播出之后很多年，我的一位同学的姐姐在富丽华酒店办婚礼，婚礼进行曲悠扬响起，新娘缓缓向新郎走去……正在这时，音乐换了，换成了“一休哥”！这时，特邀的证婚人走上台前，所有嘉宾耳边响起那熟悉的声音：是一休哥和新佑卫门！

原来，真的是李韫慧和袁子文两位老师，他们是来参加老同事女儿的婚礼来了。

他们化身到动画片里，讲述新郎新娘小时候追动画片和分享小人书的往事。在他们那熟悉的对话声中，童年温暖的记忆仿佛回到身边，当年的孩子此刻正流下幸福的泪水。

其实，在《聪明的一休》里，陈大千也是世外高手，他同时给跋扈霸气的足利义满将军和憨头傻脑的秀念大师兄配音，一个大反派，一个大绿叶，都需要精湛的功力加以驾驭，但陈大千却能在这两个角色之间自由切换，呈现出截然不同的声音形象。陈先生曾指导过珠江五校主题兴趣小组的公益表演课，为我们演示如何通过念出台词时的声调与气息，就能令第一排到最后一排的所有观众“感觉”到舞台上的熊为什么是熊，狐狸为什么是狐狸，那神乎其技至今令我们难忘。可惜陈先生五十二岁即英年早逝，真希望他能为我们留下更多的声音。

在新时代，离我们最近的好声音来自丁威。

丁威祖籍上海，却是土生土长的沈阳人。从学生时代起，丁威就发现了自己声音的天赋，除了喜欢唱歌，经常练习话剧桥段，是学校文艺队里的尖兵。曾到前进歌舞团培训了一年的丁威，后因故没能穿上军装，但他的好声音一直都在。二十四岁之前，丁威已参演多部话剧，经过舞台的锻造，他的声音充满穿透力。

到电视台工作后不久，丁威的声音便得到业界的一致认可。辽宁老一辈播音员房明震、齐芳曾这样评价：丁威的声音不仅有厚度还有高度，既有张力又有爆发力。辽艺演员、《甲午风云》中饰演中堂大人的王秋颖，还曾向丁威抛出橄榄枝，专门将丁威邀请到家中做客，与他畅聊语言艺术的发展，并传授一些戏剧上的发声技巧。不过，后来丁威还是婉拒了王秋颖的建议，将播音主持视为毕生的事业与追求。

| 丁威 |

若仔细聆听丁威的声音就会发现，韵律中既有饱满高亢的神采又有充满激情的韵味，声音好似一股清泉从远方悠然流动，听罢让人难以忘怀。技巧自然是有的，不过丁威认为，所有的技

巧都应是为了感情而服务的。如果只单纯要技巧，发出来的声音会显得苍白无力，而唯有用感情发声，才能引起真正的共鸣，才能连接梦想和人生。

当你把美好的事物传递给他人，你的心头也会漾起愉悦与馨香。这些幸运的人，作为播音者，他们的声音既是艺术，也是生活，惠及数不清的人，他们的生命因此而不同。李默然、王秋颖、刘凡、房明震、齐芳、丁威等，他们用自己的心灵发出声音的时候，他们的灵魂之手捧着盛放的玫瑰花束，这是要献给信仰、知音和爱人的，这金色玫瑰纵使经历时间的长路，也永不会褪色凋零。

星斗能言

会讲故事的人，仿佛从口传文学里穿越而来，在孩子们的眼中，周身有一种虚拟人物般的光彩。有一位名嘴说过：如果你会讲故事、拥有故事，你就拥有了世界。

不过，故事是不好讲的，指着这一行养家糊口，那更是需要一点勇气和运气的。沈阳新民市的民间“故事大王”谭振山（1925—2011）就做了一辈子庄稼汉。

谭振山说：“有人说我是讲故事大王？世间百行，种田为王！我的故事最早是从我奶奶那里听来的。奶奶娘家开过大车店。我们这疙瘩是黑龙江、吉林通往北京的大御路经过之处，南来北往的客商，住到一块儿，唠闲嗑儿讲故事来打发时间，自然带来不同风格的故事。我从小就喜欢听故事，口传心记，也能讲故事了。我三大爷谭福臣满肚子贼玄乎的故事，像什么《赵匡胤与红煞神》

| 谭振山 |

《关公有后眼》这类故事，都是他讲给我的；我继祖父赵玉宝是个木匠，能造大帆船，爱讲《泥鳅精受皇封》这类民间故事；还有学校里的几位老先生，像国生武、沈斗山、张英富、刘万信等十多个人，给我讲过很多地方传说。就是在走道啊、坐车当中游人给我讲故事，我都记下来了。打小儿学的故事，全装在脑袋里，张嘴就来。”十四岁那年，他开始给别人讲民间故事。

1987 年，辽宁大学教授江帆到新民对当地文化局上报的数十位故事家进行学术鉴定。新民的数十位故事家会聚一堂，摆开了讲故事的“擂台”。正是在这带有“打擂比武”性质的故事讲赛会上，谭振山脱颖而出。他凭着能讲一千个以上的故事（有民俗学者存档的录音带资料为证）被称作中国的“一千零一夜”。1992 年，谭振山应邀赴日本参加“世界民间艺术博览会”，登台为到会的日本、印度、韩国、意大利、德国等国学者讲了中国民间故事《老龟报恩》《洞房认义女》《三忍救妻女》。

晚年时他感慨：现在孩子忙学业，年轻人忙挣钱，四五十岁往上的人都打麻将去了，讲故事的好光景再也回不来了……20 世纪 60 年代以前，乡亲听他讲故事；80 年代以后，外地人让他讲故事；现在只能对着录音机、录像机讲故事了。

故事里的细节一旦无法联系当下的生活，故事家的人气就要面临一些危机。在笔者的书柜里，还有耿瑛先生的《耿瑛中国民间故事集》和《铁西老工厂传说故事》，这些故事接着地气，但又添加了书面语的成分，阅读的时候就像现在流行的融合菜，是一种比较特别的阅读感受。

当然，沈阳作为一个“有故事”的城市，民间名嘴很多，不仅仅有谭振山，于洪的薛天智据说也能讲上千个民间故事。薛天智，艺名“薛大能讲”，在村里、厂子里、社区里给人讲故事，题材多来自于洪区沙岭街道的诺木珲村。诺木珲村，古名诺木珲（满语意为“忠厚老实”，可用作人名）牛录。据考，这个名字极可能来自此牛录最早的佐领的名字。无论满族、锡伯族，都有丰富的民间故事素材，很多村被称为故事窝子，“窝子”又称“窝集”，是满语词汇，原意为茂密的原始森林，后引申为某种人和事天生聚集的地方。

| 何钧佑 |

令我们偏得的是，故事家一般都是长寿的人。2012年，八十八岁高龄的何钧佑去世。他生前被称为“锡伯文化活化石”。

何钧佑的家族世居盛京城北倒树子村（今于洪区平罗街道），有讲故事的家风，祖父是盛京得胜营的骁骑校，老辈人就曾以锡伯文字记述反映部落时代生活的“喜利妈妈传奇”故事。何钧佑小时候，爷爷何明岫用锡伯语和汉语相间的语言给他讲这些故事。何明岫的大哥则给孩子们讲锡伯族民间医圣传奇故事《黄柯与神袋子》，这些故事每部都长达十几万字。多年后，在外饱经沧桑的何钧佑回到乡里，把从祖辈那里学到的故事用原汁原味的语言，在炕上、小院里给邻里乡亲讲故事。曾在日本学过哲学的何钧佑在讲述传统民间故事时又增添了一些哲学色彩，讲故事时注重情节与史实的联系，总能把生活中发生的事与故事联系起来，生成一些道理。而且，他讲的锡伯族民间故事多为长篇，如《喜利妈妈西征传奇》《慈势德本救母》《勃合大神传奇》《马神海尔堪传奇》《吾初勒西漫游记》，跟《黄柯与神袋子》一样，都是家传的宝贝。

在民间口传文学兴旺的时候，繁星之下，故事家若采诗人一般，挨村遛达，从一个窝子转到下个窝子，靠着灶台，把着炕梢，喂着牲口，听着唠着，一串串的故事就这么记着了。总有一天，当我们破译了宇宙的生命密码，那时候星斗能言，真真亮亮地降下凡尘给孩子们讲故事，那些曾与生命一同湮没的古代故事会再现于此，那些厉害的故事家也都会复活了。

后记

若需要放进漂流瓶和时间胶囊，人类的诗文集究竟应该是宏大而深情的，还是琐碎而客观的？

夜海心舟，星河满天，与心爱的人荡起双桨，叩舷而歌，迤逦而行，向水天相接之处，远远近近地漂荡，澄澈的海平面下，发光的大鱼，欢唱的海女，无形的巨兽熙熙攘攘。

星光下拍击礁石的白浪和涛声，似乎永远也不会停歇。好的文字与声像，即如这样的景观，在人们的灵魂之海反复激荡，潮起潮落却不曾湮灭，这是人类心灵的伟大奇观。

写这本书的时候，通过文字与图像，笔者感觉自己与古时的人物和未来的读者，在心里都是相连着的，在一个没有时空局限的背景之内。ChatGPT之所以不可能取代写作，正是因为数据终究是有限的，就像地球甚至太阳的能源是有限的一样，但人的精神需求是无限的，就像宇宙的外延是无限的一样。

马二琴披衣起来弹琴的时候，函可正在静听春雨，袁枚跟蒲松龄在孤灯下看山鬼妖狐掉眼泪，李世民在跟将军们一起看月色，赵秉文则落单了便自己去河边，高塞望着奇怪而高的夜空笑了，纳兰常安看到海棠花未眠，缪润绂则正在自家的胡同里送走倒数第二拨客人……

这些场景，从此难忘，从此鲜活。

所以，无论何时，我们都不能只有故事。

小时候，我曾是班级里的故事大王。每当班会提前结束或者老师生病、班长无力维持纪律，任务就来了：我得赶紧放下课本，走上讲台，给大家讲个故事，让教室里马上安静下来……每完成一次这样的紧急救场任务，光荣榜上就能多得一朵小红花。

这是我的能力和勤奋换来的。虽然，其实我是一个搬运者。

语言天赋当然是需要有一点的啦，更重要的是我平时订阅很多像《故事会》《故事大王》《动物趣谈》《365夜故事》《严文井童话作品集》这样的“专业”期刊和书籍，甚至《白话聊斋》《莎士比亚戏剧故事集》《希区柯克侦探故事集》那样的成人书，我一个小学二年级的孩子，都装模作样似懂非懂地读了，你就说为了一朵小红花拼不拼？而且，我的套路也很简单：故事的主角一定要有个响亮的名字，故事里一定要有个坏蛋或者谜团供主角出彩，故事里要有个滑稽好玩的画面，最后，主角胜利了，老师回来了。

掌声。

但是，我的班内辉煌史只持续到了四年级，从四年级下学期开始，我的“魔力”不再，失去了镇场效果，徒劳的我，就像一只拼命在池塘水面上滑行、想掀起一点风浪的水黾。讲真话大冒险、记歌词、你说我猜这样的综艺类人才取代了我的位置，我逐渐无法登台赚取掌声，甚至最后落寞地坐在台下，为后起的风云人物们赔笑、鼓掌、喝彩、互动。不过，有幸上台参与互动的“观众”，基本上没有人选我，不知人家是有心还是无意的默契。

高考填报志愿时，我填报的各级志愿都是中文系，我就是想整明白一件事：为什么我的那些故事精彩跌宕、新鲜出炉，却失去了打动人心的力量？

所幸，一位大学老师让我附耳过去，悄悄地讲给我这里边的原理：故事是最基本的元素，但情感才是一切的开始，细节是一切的归宿，故事在这中间，只是表达的催化剂。所以，故事不能取代小说、戏剧，当然更不能取代诗歌与散文；故事第一次讲出来会刺激人的好奇心，第二次再讲出来就会令人疲倦乃至反感，因为人类大脑对冗余信息有本能的生理抵制；所以故事会过时和失灵，而文学却能令所有的故事常变常新。

听这席话时，我虽然频频点头内心狂跳，但只听懂了其中“本能的生理抵制”和“过时”等寥寥几个关键词。

真相是无情的，教训是深刻的，可是令自己改变是困难的，这么多年过去了，我学了若干文学的技法，努力首先令自己成为一个“文体家”。但每当我在众目睽睽之下讲出一个段子或者故事的时候，纵使是我的亲身经历，也会下意识地偷眼扫一下周遭人的脸色，生怕又落入遭人“生理抵制”的窠臼。我会努力把自己的真情实感和我看问题的角度植入其中，努力突出一些后来打动了我的、当时却被自己忽略了的细节，让这个故事增添一些人情味，增添一些不一样的东西，而不是白白浪费别人的时间，不会辜负别人给我的这个宝贵席位。这也逐渐成为我的打分标准，帮助我评价讲台上、人群中那些讲述者的成色。

我有这个自信，因为我的内心曾经走过昏暗幽闭的荒野之路。而如今，我是人群中的人。